ブルーダイヤモンド

〈新装版〉

瀬戸内寂聴

講談社

目次

ブルーダイヤモンド

ブルーダイヤモンド

一

芹沢奈美《せりざわなみ》が、その日、一年ぶりで皇居の中にあるパレス乗馬倶楽部《くらぶ》を訪れたのは、計画的なことではなかった。

例年より長い梅雨《つゆ》がようやくあけたその日は、朝から三十度を軽く越す暑さだった。十時に、パレスホテルのロビーで、ウイルソンの秘書から先日売った絵の代金百三十万円の小切手を受けとると、奈美のその朝の仕事は終った。ニューヨークと東京を一年に何回も往復している貿易商のウイルソンは、絵を買うのが唯一の趣味だった。もっとも彼が日本で買う絵の半分は、帰国した時土産用にする日本の風景画や、美人画だったけれども、無名の画家のでは気に入らないところが、奈美の画廊の上得意であるゆえんだ。家柄や由緒に弱いアメリカ人の通例にもれず、ウイルソンも、奈美が日本画の巨匠として外国にまで名のひびいている故芹沢玉泉《ぎょくせん》の愛娘《まなむすめ》だということで、それまで買いつけていた画廊から、銀座裏の奈美の店へすっかり籍を移してしまった形である。こういう客は外にもあった。

奈美は、父の名を、商売の上で出来るだけ出すまいとしているけれど、やはり、大きな取引の場合には、思わぬ所で、芸術院会員の亡父の名が七光りになってくるのを認めないわけにはいかなかった。そしてこのごろでは、奈美自身、適当に父の名を利用してかけ引するほど商売気も結構出来かかっていた。

奈美は、受取った小切手をしまいかけたハンドバッグのかくしポケットの中に、去年の夏から入れたままになっているパレス倶楽部の会員証を見出《みいだ》した。今朝、何気なく、今年はじめて使うパナマ製の抱えハンドバッグに替えてきたのだった。真珠色にマニキュアしたしなやかな指先でつまみだした薄緑色の会員証に、大きく去年の年が刷りこまれているのを見つめ、奈美はちらと口を歪《ゆが》めた。さりげなくそれをハンドバッグにもどすと、かわりに煙草《たばこ》をひきだし、火をつけた。

このホテルのロビーの前庭は皇居の石垣と濠《ほり》を借景して造られている。ガラス戸ごしに、青い濠の水と、石垣の蔭で、ぐったり羽をとじあわせたまま身じろぎもしない白鳥が見える。濠の水もこの暑さに、ぬるんでいるのだろうか。奈美の椅子の位置からは黒い大手門が見えた。

通いなれた門の中の皇居内の倶楽部への道が、奈美の目にはありありと浮んできた。

灰色の石垣、車の通る度、黄塵《こうじん》のように埃《ほこり》をまきあげる乾ききった地面。どこまでも奥深くつづいている鬱蒼《うっそう》とした木立の緑、そしてあのセピア色の古ぼけた倶楽部ハウスの建物や、森閑とした日盛りの馬場の静寂――

烈日《れつび》をはねかえしている馬場の黄色い土や、明治か大正時代の小学校のような廐舎《きゅうしゃ》の細長い建物――フィルムをひろげるように次々と浮んでくる倶楽部の情景をなつかしんでいるうち、奈美は、急になつかしい馬の匂いに全身が包まれてくるような気がしてきた。すると、こりこりした馬の肌としなやかな毛並の感触が掌にいきいきよみがえってくる。

奈美の瞼《まぶた》に、滝川浩平《たきがわこうへい》の浅黒く引き緊った俤《おもかげ》が浮んできた。

奈美は、その俤を払いのけるように、軽く首をふると、すっと立ち上った。一年ぶりで、倶楽部を訪ねる決心がその時ついたのだった。

奈美が席を離れて歩きだすと、ロビーの人々の視線がいっせいに奈美に吸いよせられた。

いつ、どこを歩いても、奈美の和服姿は人目をひいた。その日の奈美はひときわ水際立ってすがすがしかった。しつけをとったばかりの越後上布に、鮮かな若葉色の紗《しゃ》に銀糸でとんぼをとばした帯を、ゆるく締めていた。

清涼感が、奈美のしなやかな軀《からだ》の中からふきあふれていた。人の賞讃の目には馴《な》れていた。奈美はそんな視線を微風のように受け流す。

「いいお召ものね」

人にほめられると、おっとりした鷹揚《おうよう》さで、素直に微笑み、

「そうどすか、おおきに」

と、柔かな京ことばで答える。

普段、奈美は標準語を使ったが、ごく親しい間柄とか、相手によっては商売の客に対しても、京都弁の効果があがる時には、わざとそれを使うことがあった。

古代雛のような古典的な奈美の顔立は、どちらかというと、冷たい印象を与える。一重瞼の切長な、やや眦《まなじり》の上がった目や、貴族的な鼻の線のせいもあった。奈美の柔かな関西弁や関西なまりは、奈美の容貌の冷たさや、あまりの容姿の水際だったすきのなさから、人に与える一種の圧迫感を緩和するのに効果があった。

ホテルの外に出ると、むうっと熱気がおしよせてきた。目と鼻の先を車で大手門に乗りこんでいく。門の際の門衛の詰所で、制服の警官が三人物々しく詰めていた。

車の窓から見せる奈美の会員証を見て、若い童顔の警官が露骨に愕《おどろ》いた表情をかく

さない。乗馬をする女のイメージと、奈美の着物姿が一致しないのだ。

奈美は、商売用の微笑を無意識に顔につくり、彼等の横を通りぬけた。

ガランとした倶楽部ハウスへ入っていくと、殺風景なハウスの中に、花束が投げこまれたような光りと匂いがゆれた。

「ほう、これはお珍しい」

「いったい、どうしてらしたんです」

「今日は乗りますか」

事務所で事務をとっている人々から一せいに口々に声をかけられて、奈美は笑いだした。

「商売に馴れないものですから、さっぱり閑《ひま》がみつかりませんの。もう足が太くなってしまって靴が入らないんじゃないかしら」

奈美は、一人一人に万遍なく笑みこぼれた顔をむけながら、答えていた。会員証はその場ですぐ書きかえられた。

「今は午前中でしょ？　馬場？」

「ええ、もう、御婦人たちは蔽馬場の方へ入っておられますよ」

「あらそう、拝見してゆこうかしら、どなたがお見えになっていらして？」

「ローズさん、林《はやし》さん、井野《いの》さん、沢田《さわだ》さん……久次米《くじめ》さんも見えてましたね、たしか」

みんな奈美の親しい婦人会員ばかりだった。大会社の社長夫人や銀行支店長夫人、莫大な遺産をかかえた外国人の未亡人等、閑と金をもてあます夫人たちが、来週はもう避暑地へ行くという最後の名残りに乗馬を愉《たの》しんでいる。

「馬は？　みんな元気？」

「ああ、そうそう、あなたになついていた秋月《あきつき》が破傷風で二ヵ月前死にましたよ」

「まあ、可哀そうに」

奈美の目に、しっとり涙がたまってくる。外形のなよやかさに似ず、芯の強い奈美が、涙をうかべるのは馬のことぐらいだった。

その時、馬場の陽盛りの中から歩いてくる乗馬服の女に出逢った。

「おお……めずらしいひと！」

上下純白の乗馬服に、鞭《むち》を持った小柄な女が叫んだ。石村《いしむら》ローズの、崩れる前の黄薔薇のようなけだるいなまめいた顔が、微笑した。

もう六十歳をとうに越えている筈《はず》のローズの正確な年齢を誰も知らない。フランス人を母系にもつ混血児のローズは石村子爵の未亡人で、再婚したイタリア人の莫大な遺産を持っていると噂されている。

十七歳のとき、天覧競技に横乗りのまま障碍《しょうがい》を飛んだという華やかな歴史を持つ人として、倶楽部の中でも特別扱いされていた。エキゾチックな目鼻立に、漆黒の瞳と髪だったのが、いつのまにか黒髪は純白になり、それを前髪だけ、薄紫に染めている。紫のショートカットが、湯の中にひらく蘭の花のようなはかない白さに皺《しわ》ばんだ皮膚に、奇妙にしっくり似合っていた。さすがに肉の落ちた唇のまわりが淋しかったが、濃い臙脂《えんじ》のルージュを、年にこだわらず、くっきりと描き、乗馬服の胸からは、黒水仙の香りをただよわしている。

粋な老貴婦人は、奈美の方に、大形に片手をさしのべてきた。

「おお、あなた、ますますきれいになりましたね。すばらしく、きれい、なにか、いいことありますね」

ローズは、きゅっと片目をつぶってみせた。さる宮さまから、某々男爵に至るまで、およそ大正時代馬に乗った男で、若き日のローズの馬上姿に憧れなかったものはないといわれる艶名の主だけに、七十近い今になっても、ローズの瞳は、そんな色っぽい想像をめぐらせる時、いきいきとなまめいてくる。情事に特殊な嗅覚を持っていて、誰よりも早く、奈美と浩平の関係も見抜いていた女だった。今日のローズも奈美をみたとたん、何かいたずらをたくらんだようないきいきと嬉しそうな表情にかがやいてきた。

「今から、部班が始まるのよ、みていくでしょ？　乗らない？　お乗りなさいよ」

二

奈美を初めて馬の背に乗せたのが、滝川浩平だった。

浩平は奈美の父の玉泉の絵のファンで、何枚か玉泉の絵を買った関係から、いつのまにか世事に無頓着な玉泉の財政管理のルーズさを見かね、先祖伝来の山林の調査やら、奈良にある家作の整理やらを買って出るようになった。気がついた時には、芹沢家には親類以上に密接な関係を持つようになっていた。

玉泉は、大和《やまと》の別荘に娘とあまり年のちがわない祇園出の後妻をつれて引きこもったきり、京都の本宅に帰ることもなかった。女ばかりの三人姉妹は、早くから自分たちだけで自分の生活を守る個人主義を身につけていた。上の姉二人は、東京の女子大を出るとそれぞれ相手を見つけて東京で結婚していた。一人だけうんと年の開いた末娘の奈美は、神戸のカトリックの女学校の寄宿舎に入り、そこを出ると、京都の南禅《なんぜん》寺《じ》にある玉泉の本宅にばあやと二人で住み、芸大の日本画部に入っていた。奈美一人が玉泉の絵の血筋を受けているようだった。

浩平がはじめて玉泉に頼まれて、南禅寺の奈美を訪れたのは、奈美がまだ画学生の時だった。

古風な、大名屋敷のような玄関へ無造作に出て来た奈美を仰いだ時、年甲斐もなく浩平は愕きをかくせなかった。

その日、目のさめるような鮮かな紫の大柄な矢羽根《やばね》のお召に、黄色のどっしりした縮緬《ちりめん》の三尺帯をしめ、腰まである長い洗い髪を背中にときはなしていた。浩平は、明治へいきなりひき戻されたような甘いめまいを覚えた。

浩平の来意を聞くと、奈美は無造作に、浩平を請じ上げた。何の警戒心もない無防《むぼう》禦《ぎょ》なその鷹揚さが、ふたたび浩平を戸迷いさせた。

玉泉の本宅は、奈美とばあやまかせで、荒れ放題に荒れていた。

何年も庭師の入った形跡のない庭は、もとは相当の造園家の手になったものだろうのに、まるで雑草園のようだった。これはひどいと浩平が呆れるのに、

「雨月物語《うげつものがたり》の庭そっくりどすやろ。好きやわ、こんなの」

奈美はすましていた。一向に、家の荒れも庭の荒廃にも気をつかっていない。庭のすみに真新しい藁《わら》を束ねた巻藁がたっていた。男がいるのかとぎょっとして、さりげなくさぐりをいれると、

「あ、あれ？　こないだからわたしが、弓ひいてますの。おてんばに見えしませんか？」

と首をすくめる。白粉気《おしろいけ》のないなめらかな頬が、白磁のように光り、つくろわない眉が、ぼうとかすんでいる。角度によれば、能面のように見えたり、王朝の絵巻物の女のようにみえたりする不思議な奈美の容貌に、浩平は初対面からすっかり心を捕えられてしまった。

浩平が出入りするうちに、奈美の住いはみるみる面目を改めていった。奈美は別にそれをうるさがりもしないかわり、さして有難がっているとも見えない。

時々、食べきれないほどの果物や菓子を持って訪れる浩平のあらわれ方に対しても、同じような無表情さで迎えた。

最初の日をのぞいて以来、その後の奈美は、いつでも洋服を着ていた。まだ一度もパーマをかけたことがないという長い髪をおさげにしたり、時々は大正の少女のように、首の根を、リボンでしばったりしていた。浩平の目には、洋服姿の奈美は、平凡

で、別人のように魅力のない少女に見えた。

浩平は間もなく芦屋《あしや》の自分の本宅へ奈美を招き、妻のまさ江《え》にも引合した。浩平の女出入りでは何十年来泣かされているまさ江も、奈美が玉泉の娘だということで、まさかと思うのか、珍しく嫉妬のけぶりもみせない。

「何て鷹揚な嬢さんでっしゃろなあ、あんさんのいうように、ほったらかしにされてでしたら、どうでっしゃろ、うちの養女にいただかしてもらうわけにまいりまへんやろか」

本気でまさ江がいいだすのに、浩平もふと、そんな夢のようなことも適わないでもないと思うのだった。玉泉はもう、後妻との生活と、絵の事以外、心は浮世にないし、姉二人は、奈美のことなど考えてやる気配もない。いわば孤児同然の奈美の境遇だから、この養女の縁組は案外簡単にゆくのではないかと思った。

浩平は、その頃まだ、奈美に対する自分の心を正確には読みとってはいなかったのだ。

奈美よりはるかに年下の少女たちの水揚も何度かしたこともあるし、奈美位の年の妾を何人も囲った覚えもあった。けれども印刷工から身をおこし、オフセット印刷の特殊技術の発明で特許をとって以来、とんとん拍子に金をつくり、その上小豆相場で当てて、またたく間に阪神地方でも指折りの実業家にのし上った浩平は、まだ素人《しろうと》の女と縁を結ぶチャンスに恵まれたことはなかった。

正妻のまさ江は、飛田《とびた》の遊廓《ゆうかく》でみつけた女だったし、二号の千代香《ちよか》は、南地の芸者だった。元町にバーを開かせている富子《とみこ》は道頓堀《どうとんぼり》のダンサーだった。

今では縁のきれてしまった女たちにしても、みんな似たりよったりの境遇のものだ。

若い時、上海《シャンハイ》までうろつき、性の悪い病気をもらった覚えのあるせいか、どの女にも一度も子供の出来たけはいはなかった。まさ江は先年、子宮筋腫で、手術して以来、しきりに養子をとりたがっている。そうかといって、恨みのこもった浩平の女たちの腹の子ならば、たとえあってもまさ江が引きとるわけはなかった。

あの美少女を自分の手許に引きつけておける日々を空想すると、浩平は年甲斐もない心の高ぶりを感じてくる。名目や名称にこだわる余裕も失うほど、浩平は奈美が無性に欲しくなってきた。

そうと決めると、明日も待てないせっかちさで、浩平はその夜のうちに車をとばして、芦屋から京都へかけつけていた。

南禅寺へ着いた時、九時をとうに廻《まわ》っていた。出迎えたばあやが、驚いた顔で、おどおど浩平の顔を仰いだ。

「何の御用でっしゃろ」

「ちょっと、嬢さんに折りいって御相談しておきたい急用が出来ましてね。遅う上って悪いけど、上らしてもらいます」

いつもの調子でもう靴をぬぎだした浩平の背に、ばあやが困ったような声をかけた。

「あのう、まだ嬢さん、お帰りやあらしませんので」

「えっ、こんなにおそくまで」

浩平の声が思わずとがった。

「いったい、こんなに遅いことがよくあるんですか。若い娘に夜遊びさせるにもほどがあります」

「へえ、そうどすけど、今時の若いお方らは、何ごとにも、時代がちがういわはりまして、年寄の意見のようなもん、よう聞いとくらはらしまへん」

浩平は片っぱしから奈美の立ちよりそうなところに電話させてみたかったが、ばあやは馴れているとみえて、一向に動じていない。

「大和の先生にお頼まれして、私も嬢さんのことには責任がありますからねえ。奈美さんは、誰か、きまった男の友だちでもいるんですか」

浩平はばあやにさぐりをいれる自分の声が、我しらず卑屈に機嫌をとるように聞えるのに腹をたてていた。

「そらまあ、今時の若い方どすさかい……それに嬢さんはああいう目立つおきれいな方どすさかいなあ。どっちかというと、嬢さん御自身、女より男のお友だちの方を好いてはりますし……」

「こんな時は、誰か決った人が送ってくるんですか」

「お顔は一々、覚えてられしまへんけど……」

ばあやの答えは、浩平の神経をいやが上にも苛立せる。

それから、二時間余りの間、浩平は胸をしめつけられるような心配と不安にさいなまれつづけた。その心の平衡を破ったものの正体が、嫉妬だと気づいた時、浩平は、思わず、自分自身に舌打ちしたいような、腹立たしさを覚えずにはいられなかった。

十一時半もまわって、奈美の足音がようやく玄関に入って来た時、一人で妄想と闘いつづけていた浩平は、もう口に出して追及する気力も萎《な》えかけていた。

「さいなら、おやすみぃ」

玄関で誰かに大きな声をあげると、奈美は上気した顔に、目をきらきら輝かせて帰ってきた。

奈美は思いがけない浩平をみとめると、驚いた表情になった。

「奈美さん、まあ、お坐り、いったい、今時分まで、娘さんが夜遊びするのは！」

浩平の声をさもうるさそうに片手でさえぎって、

「お説教、大きらいや。もう眠とうてかなんさかい帰ってちょうだい」

横をむいて手の甲であくびを叩きこみ、奈美は立ち上ると、さっさと自分の寝室へ消えていった。

その夜浩平は、ホテルの一室で、ほとんど眠れないまま朝を迎えていた。目を閉じると、奈美が男ともつれる幻影に悩まされ、心が灼《や》けつくような渇きで、口中がからからになっていた。

浩平はすでにもう、奈美にすっかり捕われている自分を認めないわけにはいかなかった。

三

奈美の行動にさしでがましい口をいれないかぎり、奈美は浩平を便利にし、頼りにもしている様子があった。どんな扱いをうけても、もはや浩平は、奈美を失う生活は考えられなくなっていた。

過去の女たちも、浩平ひとりのものにするまで、たいてい張合のある競争者が一人や二人はいたものだった。いつでも客観的に見れば、浩平より競争者の方が、地位も財力もあり、有利な立場にあった。そんな時にかぎり、浩平の恋心はいっそふるいたち、あらゆる策略と、心身の情熱を傾けつくして、女を男から奪いとることに熱中した。千代香の時などは、船場の大店の旦那の外に、関西で一、二と指折られる梨園の人気役者が情人にいて、女は、とうとう旦那をしくじった上、役者と浩平の板挟みになった。浩平は押しとねばりで、遂に千代香を自分ひとりのものにした。いつのまにか、浩平となら金を積んでも首尾してみたいと色街で伝説めいた人気を得ていた。事実浩平は四十のなかばまでに、蕩児のするあらゆる遊びや快楽は一通り卒業したつもりになっていた。

そんな浩平が、年こそ二十二になっていても、まるで女としては十五、六の雛妓ほどにも色恋の諸わけに通じていない奈美のような女に惚れ、手も足も出ないということが我ながら不可解だった。

奈美がどうやら夢中になっているラグビーの選手などを相手に、いくら何でもむきになって張りあえるものでもない。

毎日でも顔を見たいのをがまんし、一週間に二度か三度に制限することが、浩平には、甘酸っぱい切なさを誘う。

逢《あ》えばまるで大甘の父親の役になったり、執事か家令のような役目にまわされる。

幼い時から孤独に馴らされていた奈美は、浩平に甘やかされることに喜びがあるらしい。

浩平は奈美の機嫌のいい顔をみることだけを目的にして、忙しい仕事の中から時間を割き、芦屋から京都通いをせずにはいられないのだった。

奈美は浩平を滝川さんと呼んでいたのが、いつのまにか、おじちゃんとかわり、三転して、今ではごく自然にパパさんと呼ぶ。ダンサー上りの富子も、パパさんと呼ぶので、浩平はくすぐったいけれど、奈美にそう呼ばれるとみぞおちの辺りがむず痒いような気分になった。

「パパさん、一度佐藤《さとう》さんに逢うてみてくれはる？」

奈美は恋人のラグビー選手を浩平に見せたがるほど心を許してきた。浩平にはあんまり有難くない信頼のされ方だ。

「奈美さんの恋人に、ぼくが逢うてどうなるんです」

「だってえ、やっぱり、パパさんのような大人に一ぺんみとおいてほしいし」

「ぼくがあんなのあかんと、いったら、奈美さん、よう思いきりなさるか」

「そんなん、むちゃやわ」

「そんなに惚れてるのかい？」

「しらん、いけず」

「ごめんごめん、冗談だ、さ、機嫌なおして。ねえ、奈美さん、それなら聞くけど、佐藤さんて、そんなに男前かい？」

「ふん、まあ、八十五点くらいやろか」

「へえ、そんな点数に何で安売りするんです。なあ、奈美さん、よう覚えときなさい。あんたは女としたら百点満点ですよ。何も、八十五点くらいの男でがまんすることはない」

「だってえ、男は顔だけやないし、佐藤さんはスタイルも頭もええのやもん」

「ほうこいつはきつい。手放しでのろけられてる」

「あらっ、そんなつもりやない」

ぽうっと目もとまで赤くなるところが、浩平には憎らしいほど初々しく可愛い。

「それで接吻《せっぷん》くらいすんでるの、それとも、もっとすすんだ？」

「いやらしっ！」

本気で怒るところを見ると、まだ二人はそこまでいった仲ではなさそうだと、浩平は内心ほっとするのだ。

ある日、浩平が昼前突然訪れると、奈美はばあやと二人で虫干の最中だった。二十畳ある大広間は庭に面して平安朝時代のような勾欄《こうらん》つきの縁側がめぐっていた。部屋の中の衣桁や屛風《びょうぶ》にかけただけではたりず、勾欄にまでずらっとかけ並べた着物が華やかな色をあふれさせ、まるでちょっとした呉服屋の展示会のような豪華さだった。

「これはいったい」

浩平は、座敷の敷居ぎわで立ちすくんだ。白い手拭で頭をつつんだ奈美が、衣桁のかげからいきなりあらわれた。浩平は思わず、首筋に血が上るのを感じた。奈美はショートパンツだったのだ。

「ほう、えらい恰好《かっこう》だな」

膝から下がほっそりしているのに、奈美の太腿は思いのほか脂《あぶら》ののったなめらかな肉でまるく掩《おお》われていた。浩平の目には、はらはらするようなパンツの股下の短さなのに、奈美は平気で、勾欄に腰をかけ、まばゆいような白い裸の脚を高々と組むのだ。浩平はあわてて目をそらせて、

「いい着物ばっかりだなあ」

「お母さんが、衣裳道楽やったんですって。ほら、同じ絞りでも七枚も色ちがいつくったりしてますやろ、ええかげん、頭にきてた方やわ」

どの着物の裏も目のさめるような紅絹《もみ》がついているのが、浩平の目に沁《し》みる美しさだった。はじめての日、浩平の目を見はらせた矢絣《やがすり》もそこにあった。

「奈美さん、ちょっと着て見せておくれ」

奈美は、素直に自分の足元にひろげてあった青と白の滝縞《たきじま》の明石《あかし》をとりあげて、ショートパンツの上にはらっと羽織った。

「似合う！　着物の方が、はるかに女ぶりが上るよ」

浩平はほとんどため息まじりの声をだした。

「こんどはこれを着てごらん」

光琳《こうりん》風の秋草模様をしぼのたったずっしりと重い縮緬に染めたのを手渡す浩平の目に、舌なめずりするような光りがみなぎってきた。奈美は、どう思ったのか、だまってそれをうけとり、朱と白の二色に染めわけた横縞の帯を持ちそえると、衣桁のかげに入った。少し待たせておいて、出て来た奈美は、おさげをアップにまきあげ、細い衿足をすっきりとかきあらわしていた。浩平はほとんど息をのんで、奈美の着物姿にみとれた。ショートパンツも、その下のものまで、今は何も身につけていないのが、なめらかな単衣の縮緬のみせる腰から脚の線の流れでよみとれた。子供っぽい洋服姿でいると、肩にも胸にも肉がもりあがっているようにみえる。それが、一たび着物につつまれると、着やせするらしく、五尺二寸、十二貫五百の軀の中で、骨がとけてしまったかと思われるような、きゃしゃでなよやかな感じになった。撫で肩に首が長いという、和服には必須の条件を具えている以外、ウエストもくびれすぎ、骨盤も決してせまくないのに、ぐっと胸低くにゆるくまきつけた帯が、なめらかな背の上に、今にも崩れそうな柔らかさで、結ばれている。

芸者とも、バーの女ともちがう、かといって、堅気の奥さまや令嬢風でもない、不思議な独特のなまめきの滲む着つけであった。

「そんな、着つけ、どこで覚えたの」

「お父さんの、絵のモデルになる時、工夫しましてん、浮世絵風よ、似てますやろ」

奈美は、浩平の正直な賞讃ぶりに気をよくしたのか、ファッションショーのように、それからは次から次へと、衣裳を着かえ、衣桁のかげからあらわれる。

「もう、結構、ありがとう、奈美さんが疲れてしまう」

さすがに、ああ、くたびれたと、ぺたんと、座敷の真中に尻を落した奈美の肩を、浩平は後からそっと押えた。なめらかな錦紗の絹の肌が、奈美の体温で、ほのぼのぬくもっている。裸の肩を撫でるより、薄い絹ごしに伝わる肩や背の肉の熱さが、浩平の押し殺した血の音を高めてくるようだった。

浩平は、両掌をそっと肩にそっておろし、力をこめた。

弾力のある、そのくせ、どこまでも指を吸いこみそうに柔かい腕を一とき、じっと、息をつめて押えていた。

奈美は、どう思っているのか、自分も息をつめ、ひっそりとされるままになっている。

「奈美さん……」

浩平は、かすれ声でひとりごとのように呟いた。

「きれいな軀や、大切にしなさいや。粗末にしたらあきまへんで。わたしが護ります……護ります……」

声の終りは、自分に云い聞かせているとも、何かに祈っているようにも聞えた。

浩平の掌の中で、ぶるっと、一つ身震いすると、奈美は突然、敏捷《びんしょう》な魚のす速さで、浩平の手の中から飛びだし、畳の上の着物をふみしだいて、次の間へかけ去っていった。

何がおかしいのか、ほとばしるような甲高い笑い声が、奥の方から聞えてきた。

四

「今度の滝川はんのレコはいったい、何者やろな」

浩平が買いつけている呉服屋の番頭たちはささやきあっていた。

新しい女が出来る度、浩平は自分の好みで女を飾りたてる癖がある。道楽をしつくした浩平は、なまじっかなおしゃれ自慢の女より、呉服や装身具に目がこえていた。今度の女は年齢も素姓も、番頭たちにも想像がしきれない。それほど浩平の今度の買いものは、地味から派手へ手当り次第という感じがする。それでもその中に浩平は一貫した主調をもっていた。奈美の個性が着こなすと思うかぎりの、柄や色を選んであった。

まるで物に憑《つ》かれたように持ちこんでくる浩平の贈り物に、奈美は一向に動じない。当然のような顔付で、片っぱしから自分の肌になじませていった。浩平の選んだ着物は、奈美の肌にあたためられ、奈美の体臭を吸いこむことによって、はじめていきいきといのちをふきあげる。色も柄も、奈美の肉体を借りてはじめて、生彩を放ってくる。

浩平のふりそそぐ、おびただしい肥料を浴びて、蕾が大輪の花に開ききるように、奈美の中に眠っていた天性の美が、玲瓏《れいろう》と華ひらいてきた。

浩平のすすめで、あの虫干の日以来、奈美は髪をあげていた。くせのない黒髪は、浩平の片掌にあまるほどたっぷりな量をもっていた。

「古風な束髪の方が、かえって奈美さんの個性をひきたてる。だまされたと思って、ぼくのいう通りしてごらん」

浩平は、ばあやに日本剃刀をもってこさせ、奈美の衿足をすってやった。

「だめだ、じっとして、動いてはいかん」

「だってこそばゆいんだもの」

「きれいだ！　目がくらみそうな首筋だ」

「パパさん……」

「なに？」

「キスさしたげてもええわ、そこなら」

浩平は許可をうけたというより命令を聞いたような敬虔《けいけん》さで、次の瞬間、奈美の首筋に唇をあてていた。かすかに奈美が背をくねらせた。

浩平は押えきっていた血が一時にあふれ、とどろきだすようなうなりを体内に聞いた。乱暴に奈美の着物の衿を引き下げ、なめらかな、チーズのような肩から背へ、夢中で唇をおしあてていた。

はっと、身をひいたのは、浩平の方だった。浩平はいっとき、背後から奈美の肩を抱きしめたまま、その背に顔をおしあてていた。

薄い着物を通し、奈美の背に男の熱い涙がしみてきた。

「奈美さんを不幸にしてはいかん」

浩平のうめくような声が奈美の背でした。

浩平は着物の他に化粧品と宝石類も持ちこんできた。奈美へむかってたぎる欲望をストイックに押し殺すそのエネルギーの象徴のように、奈美を飾りたてることが浩平の欲望になったようだ。時には、それは宗教的な儀式めいた荘厳さを帯びてさえきた。

ある日、浩平はいきなり二人の男をつれて来た。男たちは奈美の軀と脚の寸法を丹念に計っていった。

「何つくるの」

今度は奈美もはじめて不思議そうに聞いた。これまでの服や靴をオーダーする時の計り方と、どこか勝手がちがっていたのだ。

浩平は、笑って答えない。

奈美が、そのことをほとんど忘れていた頃、その品が届けられた。

「さあ、着てごらん」

浩平にうながされ、大きな箱をあけた奈美は、浩平がはじめてきく無邪気な歓声をあげた。

乗馬服と、長靴がそこからあらわれたのだ。白いワイシャツに白い乗馬ズボン、黒の上衣に白のアスコットタイをつけて立つと、不思議な色気があふれた。浩平はまばゆそうに目を細めた。アスコットタイの結び方を教えてやりながら、浩平は奈美の体臭が香水なしで甘く匂うのを感じた。

汗が桃の花の色だったという中国の伝説の美女のことを思いだし、浩平は今日のために秘かにつくらせておいたあぶみ型のルビーちらしのタイピンをつけてやった。

新しい長靴が、畳の上を歩く奈美の下で、キュッキュッと泣き声をあげる。

「カドリールの時は、それに山高帽をかぶるんだ」

「カドリールって？」

「馬を、二列に並べて音楽にあわせて馬を踊らせる馬術の一種だ」

「へえ、面白そうやわ、ついでに山高帽もつくらせて」

「よしよし、こないだつい、帽子のこと忘れてたな」

「でも……」

奈美は、鏡の前で、しきりにポーズをつけ、自分の粋な乗馬姿にみとれながら、浩平の方をみもしないできいた。

「パパさんは、何でこんなに親切にしてくれはるのん？」

奈美にしては珍しい質問だった。

「可愛いからさ。可愛くって可愛くってたべてしまいたい」

「そんなにわたし、パパさんの目には魅力ある？」

「あるともさ」

「ふうん、そやけど、失恋したわ」

「え？」

「佐藤さん、結婚してしまはったわ。ぼく、結婚するんだ、奈美さん結婚式に来てやいうの」

奈美は明るく声をあげて笑った。

「こたえたかい？」

「あんまり……若い男って、単純で単調やわ、つまらん」

浩平ははっとして、奈美を見た。女にはじめて肉の歓びをしらせた後のような、奇妙な満足感が浩平の心を充足させてきた。

大阪愛馬倶楽部は、都島の桜宮《さくらのみや》公園にある。川ぞいの堤防の下が馬場になっていた。

浩平はそこに奈美をつれだすと、いきなり一頭の馬の背に、奈美を押しあげた。

「怖くない。おとなしい馬だ。木馬に乗ってるつもりで、楽にしてなさい。軀をきばったらだめだよ。楽に、楽に……」

奈美は、鞍《くら》の上でぐらぐらゆれる自分の軀をもてあまし、必死に手綱にしがみついていた。

馬の背から見下すと、急に視界が高くなったのに驚かされる。

「どうだ、失恋の味も何も忘れる気分だろう」

奈美は、浩平を見下して笑った。教えられた通り手綱をしっかり握りしめていて、返事もすぐには浮ばないほど緊張している。

浩平が馬につきそって歩く。

「すばらしいわ」

ようやく奈美は口がきけた。浩平が下から、

「ゆったりして、気ばらずに、自然に……」

と、しきりに声をかけてくれる。けれども奈美はその注意のほとんどが耳に入っていない。堤防の上を歩く人や、いこう人々がみんな自分を見ているような気がしてならない。

気がつくと、いつのまにか、浩平は馬の側にいなかった。ひやっとしたが、こわくてふりかえることも出来ない。馬は相変らず、少しも歩調を変えず、ゆったり歩きつづけている。ようやく、奈美の目に、あたりの眺望が映って来た。造幣局の建物や、銀橋や、天満《てんま》川《がわ》の水の色が目に入ってくると、かつて知らなかった爽快さが、身内にふきこぼれてきた。

いつのまにか軀がじっとりと汗ばんでいた。

毎日、取りかえ引きかえ華やかな和服姿で、お茶かお花のお稽古ごとに通うように、桜宮通いをする奈美の美しさが、たちまち馬場の名物になっていた。

馬場をみおろす草の中に、いつのまにか特定席のように男の見物人がずらっと居並ぶようになった。馬場に奈美が姿を見せると、口笛が鳴ったり、歓声があがったりする。そんな連中に苦々しく腹をたてるのは、いつも浩平で、奈美は、無視しているの

か面白がっているのか、どんな野次がとんでも顔色もかえなかった。

奈美が障碍を飛びはじめた時には、さすがに浩平はやっきになって止めようとした。

「どうしてやの？　せっかく馬に乗るのなら障碍までせんと、面白うないやないの」

「大体、あんたを馬に乗せたのを後悔してるくらいだ。こんなに夢中になるとは思わなかった。この上女だてらに、障碍まではじめたら、人が何というだろう」

「人の口なんかどうでもよろしやんか。そんなこというなら、わたしとパパさんのことかて、世間はいろいろ取沙汰してくれてはりますえ」

「えっ」

奈美はくくっと、咽喉を鳴らすと、顔色を変えた浩平の前から、もう馬の方へかけだしていた。

桜宮に通いはじめ一年たった頃には、奈美は楽々と一・三〇メートルの障碍を越えるようになっていた。

それまでには、奈美も、馬が障碍を飛び越え、脚を地につける瞬間、浮いた腰が前にのめり、障碍用に特に高くなっている鞍橋に、自分の秘処をもろに打ち当て、気絶しそうな痛い目にも度々逢っている。そのはじめての時、

「死ぬかと思うた、どこうつより痛いのね」

眉をしかめ、さすがにへっぴり腰で馬から降りたまま、いそいで浩平の手にすがり、奈美は泣き笑いの表情になった。

「嫁入前の娘が！　もう、やめときなさい」
二、三日は、痛がって、ふうふういっておきながら、痛みが去ると、また、平気で障碍を飛んでいる。
馬場からの帰りの車の中で、

「パパさん、ほら、ここ、こんなに大きいなった。馬に乗るせいやろか」

浩平の掌をとって、自分の腰のまわりにあてがう奈美だ。一越縮緬の着物の布地を通し、浩平の掌に、豊かな奈美の腰の肉が燃えてくる。無邪気なのか、意識的なのか、浩平は奈美の真意がわからず、急に高まってくる胸の動悸《どうき》をもてあます。

奈美を家に送りとどけ、ひとりになると、浩平は、いつでもその場に坐りこみたいような虚脱感に襲われた。何もかもあの妖しい小娘に吸いつくされたあとのようなおびただしい疲労感を感じるのだ。

この年になって、これほど骨にからみつくような切ない恋に苦しめられるとは思いもかけないことだった。どこまでいっても、思いがけない落し穴が思いがけない場所にしかけられている人生の怖しさに、浩平は今更のように慄然としていた。

人にいえたことではないけれども、浩平はもうこの一年ばかり、二人の妾の肌にさえ触れていない。

古風な千代香は、

「ただ、このままにしておいておくれやす。縁だけは切らんといておくれやす」

といって自分のぐちはいわず、浩平の不思議な恋をいたわってくれた。若い富子は前から関係のあったバーテンといっしょになり、浩平から取るだけのものを取って離れていっている。

まさ江は、もう、奈美の養女の話など、おくびにも出さず、以前よりいっそう冷たい底意地の悪い目で浩平を見つめた。

「酒は呑みぬけるということもあるのに、男の色極道だけは、しぬけるということがないものやろか、ええ年して今更世間の嘲《わら》い者にされて――業やなあ、地獄やなあ」

聞えよがしに浩平の背後でひとりでわめいていた。

五

馬場での奈美の評判が高まるにつれ、これまでほとんど姿を見せなかった会員の誰彼が、熱心に桜宮通いをするようになった。

外科医の浜本《はまもと》と、船場の油問屋の次男の杉崎《すぎさき》が、中でも一番熱心な日参組だった。浜本と杉崎は互いに牽制しあいながら、隙あらば奈美に一歩でも前進しようとうかがっている。二人とも、奈美のレッスンが終る頃になると、必ず現われて、かっさらうように連れて帰る浩平のことを憎んでいた。

「ね、奈美さん、一度聞きたいと思ってたんだけど、あの滝川さんは、あなたのいったい何に当られる方なんです」

浜本はまだ浩平のあらわれない貴重な時間を、一分でも奈美の傍を離れまいとして、馬首を並べながら聞く。

「何って、わたしの後見人みたいな人どすわ」

「へえ、それやと、奈美さんの結婚問題にも発言権持ってはるんですか」

横から杉崎も口を割りこませてきた。

「そんなことあらしません。結婚はわたしの自由意志やもの」

「ほんとですか。いや、それを聞いて安心した。何しろ、ぼくのしらべた範囲じゃ、滝川さんは女にかけては、凄腕だそうですからね、お妾さんだって、何人いるかわからないっていうじゃありませんか」

「へえ、そうどすか」

「何だ、頼りないんだなあ、何もしらないんですか」

「はあ、別に、わたしと関係あらしまへん問題やもの」

「ふうん、ぼくはてっきり、滝川さんとあなたの間には、他人のうかがいしれない、ある情緒的な関係が、ひそんでいると睨んでたんですがね」

浜本は調子に乗って、もっと深く奈美の身辺をさぐろうとくいいってくる。

「でも、滝川さんは、正直の話、われわれ男からみても魅力のある人物ですからね」

「………」

「ちょっと背丈は小柄だけど、あの目がいいですよ。南地や北じゃ、クラーク・ゲーブルってあだ名がついているそうですよ」

杉崎も負けていない。

「それに、床名人で名高うて、年増の芸者たちが、滝川はんとなら、金出しても首尾させてくれいうほど、ひっぱりだこやそやないか」

奈美は能面のような動きのない表情で、馬上にゆったり揺られている。

「そやけど、滝川はんと、奈美さんやったら何ぼ何でも年がちがいすぎるなあ、いくつ開いてます？　二十でっか、二まわりでっか？」

「お半《はん》、長右衛門《ちょうえもん》くらいどっしゃろ」

奈美がすまして云ってのけた。

「やられた！」

杉崎が上体だけで落馬の真似をしてふざけてみせる。

「情緒的とやらでのうて、えろうすんまへんどした」

「それやったらですね」

ふたたび杉崎が活気づいた。

「単刀直入にいいますけどね、ぼくと浜本さんは、あなたを狙ってるライバルなんですわ。二人とも当面の敵は、あの滝川の爺《じい》さんやと思て共同戦線はろういうことにしてましたんやけど、あの爺ちゃんが問題ないいうなら、あとはこの二人の競争ですわ。奈美さん、あんたかて、もう十七や八の小娘というわけでもなし、おおかたぼくらの気持、とうに察してくれはってると思うねんやけどなあ。どうです。ひとつ、結婚を前提として、今日からぼくらとつきおうてくれはらしまへんやろか」

奈美は、二人の男の真中で、急にすきとおった笑い声をあげた。

「わたし、今、恋人がいますの」

「えっ」

「誰ですか、その人は」

「毛並みがようて、スマートで、聡明で、優しくて、ぜったいわたしを裏切らしませんの」

「殺生やなあ、手放しや」

「誰です？　その男は」

「お知りになりとおます？」

「教えて下さい。このままじゃ、あきらめもひっこみもつかない、ねえ、杉崎くん」

「そやそや。聞かしてもらいまひょう」

「ブラック・オパール」

云いすてて、奈美は、さっと乗っている浩平の馬、ブラック・オパールを駈足に移していた。

あわてて二頭の馬がその後を追った。

その年の夏、玉泉が胃癌で病歿《びょうぼつ》した。

祖父のような年齢の父と、物心ついて以来、ほとんど別れて暮してきた奈美は、父の死をそれほど悲しむ様子もなかった。

芸術家の大方の例にもれず、玉泉も死んでみれば、名声ほどの蓄財はなかった。晩年の十年ほどは、制作量も衰えていたし、作品のほとんどは画商の手に渡っていて、遺作らしいものもなかった。

一番めぼしい財産が吉野の山林と、南禅寺の本宅ぐらいのものだった。

浩平はゆきがかり上、玉泉の葬儀一切から遺産相続の面倒まで引受けることになった。南禅寺の家に恰好の買手がついたのを機会に売り払い、奈美の為に、大阪の豊中《とよなか》に小ぢんまりした家を需《もと》めた。

豊中へ移って二ヵ月ほどすぎたある夜だった。

ばあやが休みをとっていて、奈美はひとりだった。夜ふけて、ブザーの音に奈美が出てみると、婚礼の引出物の風呂敷包みを下げた浩平が立っていた。

玄関をあけた奈美をみて、珍しく酔って目のうるんだ浩平は、いきなり、たたきに膝をつき、奈美の脚を抱きしめた。

「こんな……こんな縞を着て！　ぼくにこんななまめかしい縞を着たのを見せないでくれ！」

奈美はその夜母の着物の中から紺青と白の千本縞のお召を出して着ていた。

「酔ってるのね。おかしいわ、いつもとちがう人みたいやわ」

奈美は、浩平の脇に腕をいれて抱きおこした。立ちあがりざま浩平は、奈美の肩をくるっと廻し、背後から抱きしめた。そのままの姿勢で奈美の髪に顔を押しあて、じっと身動きもしなかった。

奈美にはそれがたいそう長い時間のように思われたが実際には二分とたっていなかったのかもしれない。浩平はそのままの姿勢で、うめくようにささやいた。

「こんな縞を着たのをみたら、ぼくがどうなるかわからないんだ。あんたはいつでも、何もわかっちゃあいない」

浩平がゆっくり奈美の肩をまわし、自分の方へむけた。奈美は素直にされるままになって浩平の目をみあげた。

「ばあや、居いへんの、今夜」

はっと、浩平が奈美の肩から手をはなした。

「どこへいったの」

「伏見《ふしみ》の娘がお産したから、二日どまりで閑くれって」

「この家に、今夜、奈美さん、ひとりか」

浩平の顔から急に酔いがひいていくようだった。

「やっぱり、ちょっと心細うなってたとこなの」

「どうして、前から、いわないんです。誰かよこすのに」

「子供じゃあるまいし、二晩ぐらい、ひとりだって平気やわ」

二人は奥の座敷で妙に改まって向いあった。もう雨戸はすっかりたてきってあった。

「ウイスキーでももってきましょか」

「いや、今夜は酒は危険だ。これ以上酔ったら、帰りたくなくなる」

「……帰らんといて」

「えっ」

「淋しゅうて、心細いわ……今夜、泊っていって」

「……奈美さん」

「………」

「どんな、こわいことあんた、今いってるのかわかってるのか」

「どうして、泊ってもろたかて、必ず何かおこるってきまってえしまへんやないか」

「奈美さんは……ぼくのこと好いてくれてるんだ」

奈美の黒目が動かず、じっと浩平をみつめていた。

「ぼくが奈美さんを好きなように……ずっと、ずっと前から……」

「ずっと……前から……」

浩平ははじめてその夜、奈美の唇を知った。女の数を尽している浩平には、奈美が、そんなことさえ、はじめてなのに感動した。

その夜、浩平は、ついに奈美のところに泊った。

「安心して眠りなさい。わたしは、奈美さんをみすみす不幸とわかっている道に追いやるようなことは出来ない。たといじぶんが焦れ死しても、奈美さんを守らなきゃと思っている。さ、安心しておやすみ」

奈美は、だまって、浩平の方にむき、身じろぎもしないで眠りについた。

浩平は奈美と並べたふとんの中で奈美の寝顔をみつめたまま、ほとんど眠らず夜を明かした。

はじめてみる奈美の寝顔からは、起きている時の、冴え冴えした美しい冷たさも、時々みせる小悪魔的な妖しさもかき消え、思いがけないほど、あどけない、おだやかな表情がほのぼのと漂っていた。この夜浩平の味った受刑に似た禁欲には、不思議な、甘い陶酔が伴っていた。

六

その夜を境に、浩平はよく奈美を伴って、旅に出るようになった。白浜《しらはま》とか志摩《しま》、下呂《げろ》、蒲郡《がまごおり》など、奈美の喜びそうなところへ、一泊か二泊の小旅行を試みる。

ホテルでは、部屋の都合でダブルベッドになることもあった。

奈美は、いつでもそんな時、平気で、浩平の胸に頭をかたむけて眠ってしまったり、ホテルの浴衣の裾から、白い脚をむきだし、時には、どしんと浩平の脚にのせたりする。

そんな夜、浩平は、毎度のことながら、ほとんど寝もやらず、奈美の寝ぞうを直しつづけた。

たまらなくなって、白い脚を抱きかかえる。掌の中におさまってしまう可愛いいくるぶしからじゅんじゅんに膝小僧まで、いや時にはもっと上まで、浩平は唇でたどっていくことがあったけれども、奈美は、時々、夢の中で、きゅっと、膝頭をすぼめるようにするだけで、目覚めることもなかった。

浩平は、脂汗のふき出るような切ない禁欲に堪えながら、そんな夜の重なりのうちに、ほとんど奈美の躯のくまぐまを見覚えてしまった。

それはこれまで、金と体力で、わけもなく手にいれた数えきれない女たちの、どの躯よりもありありと、浩平の瞼に焼きつけられている。

いつでも、どこでも浩平は、目をとじさえすれば、奈美の豊かな乳房や、薄紅いの花びらをおしつけたような乳首や、なだらかな背のうねりや、その背の真中になまめかしく翳《かげ》をもった、やわらかな溝や、品よく愛らしい臍《へそ》の窪みなど、仔細に正確に描きうかべることが出来た。

奈美の二十五歳の誕生日、四月七日に、浩平は奈美を東京パレス倶楽部へ入会させた。

桜宮の馬場では、奈美の技術は婦人部で最高になっていたけれども、パレス倶楽部の、往年のオリンピック選手たち、日本最高の技術者の揃っている教官のレッスンをうければ、まだのびる可能性があった。

厩舎に案内されて、馬をつないだ一つの柵の前に立った時、奈美は、

「あっ」

と、鋭い、小さな叫び声をあげ、いきなり傍の浩平の腕をつかんだ。

純白の葦毛の馬が、おっとりとなごんだつぶらな眼で奈美をみつめ、すっと首をさしのべて来た。その柵内の壁の天井近くには、まだま新しい墨あとで、

芹沢奈美白馬　ア・ア

ブルーダイヤモンド

と書いた札が下っていた。ア・アとあるのはアングロ・アラブ系の略号だった。

「パパさん！」

浩平をふりあおいだ奈美の目の中に、浩平ははじめて奈美の涙を見た。

「お誕生日のプレゼントだよ」

浩平は奈美のふるえている肩を優しく叩きながら、その手を奈美の左腕にすべらせ、掌に固いものをのせてやった。

「もう一つ」

赤い鹿皮の六角型の宝石ケースだった。

「あけてごらん」

普通の指輪ケースの三倍もある大きさのケースには、金の唐草模様が精巧に染めつけられている。

中をあけて、奈美はもう一度、さっきと同じ、短い鋭い悲鳴に似た声をあげた。

三カラットあるダイヤモンドが、厩の高窓からさし入る光りという光りを一点に集めて、燦然と輝きわたっていた。精巧にカットされた一つ一つの平面から、ダイヤは吸いとった光りのすべてをその体内で染めあげ、微妙な七彩のハレーションをおこし、ふたたび空中になげかえしている。それらの光りの箭《や》が、他の光の箭と、空中で交錯し、もつれあい、そしてまた更に複雑なハレーションをうみだして、一つの渾然とした光の炎になって燃え上る。すると、透明な炎の輝きの中に、白夜の空のようなほのかに淡いブルーの迷彩が、神々しくさしそってくる。その光りこそダイヤの中でも高貴なブルーダイヤモンドにほかならなかった。

奈美はしばらく、陶然として宝石の妖しいきらめきに目を奪われていたが、ぱちんと、ケースの蓋をしめると、浩平の手にあずけ、浩平の方はみず、馬のブルーダイヤモンドの長い首を抱きかかえ、なめらかな毛並にいとしそうに頬ずりした。

「ばかねえ、パパさんったら、ほんとにばかねえ」

奈美は馬の首につぶやいていた。

その日から、奈美は木内《きうち》教官のレッスンを受けることになった。

白馬といっても、もともと白く生れついてくるものはごくまれだ。栗毛、青毛、鹿毛の原毛色に、後天的に白色毛が生えてくるものだった。黄系統の葦毛も同様で、月毛、川原毛、青毛に白色毛が生じたものだ。

「葦毛になる原毛色の仔馬に、まつ毛、口ひげなどに白色毛が二、三本まじっていると、牧場では葦毛馬と認定するんだよ。馬によっては、白色の増加が早いものもあるけれど、たいてい、次第に年をかけてゆっくり、白色になるものだ」

派手な白馬の毛並について語ってきかせている。奈美は、聞いているのかいないのか、ふと、浩平が嫉妬を覚えるほど、ひくい聞きとりにくい愛語を、馬にあびせかけながら、しきりに馬を愛撫しつづけていた。

「日本じゃ、昔、陸軍が、作戦上、葦毛は目立つから、除外したので、案外少いんだよ。このブルーダイヤモンドも、ハンガリーのバボルナ牧場のアラブ種の血統をひいているから、奈美は自慢していいんだよ」

馬の話をする時の浩平は、さすがに普段より熱っぽく多弁になった。

奈美は、馬術は作法からだと、礼儀のうるさい浩平にしこまれているだけ、普段でもセーターやブラウスの略式では決して馬場に出なかった。

この日も、正式の白黒の礼服のような乗馬服に身を固めていた。

木内教官につきそわれ、ブルーダイヤモンドにまたがった、乗馬姿の奈美の清楚さ、気品の高さには、さすがに上流の貴婦人たちを見なれている別当や教官たちも、思わず息をのむものがあった。

木内教官にみっちり調教されているブルーダイヤモンドは、美しい騎手をさも軽々と乗せ、得意そうに馬場をめぐりはじめていた。

浩平は、馬も人も、金と愛情を惜しみなくふりそそいでつくりあげた自分の高貴な芸術品だと思う誇りから、人馬渾然となった流れるような動きに、ほとんど我を忘れていた。

この一瞬こそ、浩平の全生涯で、純粋な、稀有な幸福にみたされた輝く時であった。

七

バスから出て来た奈美が、湯上りで桜色に染った軀にホテルのタオルを腰にまいたまま、大胆に部屋にもどってきた。

ベッドに入っていた浩平は、眠ったふりに眼をとじていたが、鼻先をかすめる奈美の匂いに薄目をあけてそっとうかがっていた。

奈美は鏡台の前で、そのままの姿で、髪のピンを一本一本ぬきとると、さっと首をふって、長い髪を背にとき放った。

ミツコのオーデコロンをスプレーで素肌にしゅうしゅうふきつけている。

「パパさん……手伝って」

浩平は、はじめて目をあいたふうをよそおい、

「うう？」

と上半身をおこした。

「背中へこれ、かけて」

「よしよし」

浩平はベッドからおりて奈美の背後にまわった。鏡の中に、ピンクのタオルを腰にまいた歌麿《うたまろ》の海女《あま》のような姿の奈美が、もり上った乳房に黒髪をふりかからせて笑っていた。

浩平は奈美のまっすぐ見つめてくるいどむような目の光りに圧されてどぎまぎした。

「どうするんだい」

「背中にこれ吹きつけてよ」

背中は黒髪でおおわれている。

浩平は、冷たい髪を一にぎりに束ねると、奈美の頭の方へぐっともちあげた。肩から胸へかかっていた髪もついでにもち上り、まるい乳房がくるっと鏡の中に、むきだされた。

桃の花びらのように染ったなめらかな背と肩が、卵の皮をむいたように浩平の目の前にあらわれた。

こんな大胆な姿を見せたことはこれまでになかった。

浩平はいわれた通り、スプレーから匂いの霧をふきつけながら、目の中まで桃色の霧がたちこめるような目まいを覚えた。

「つめたくないかい？」

「ううん、いい気持」

鏡の中で、奈美は目を細め、細い顎をつきあげるようにして、唇をうっすらとあけている。

「こすって」

「こうかい？」

「もっと強くよ」

浩平は自分の掌の堅さが、奈美のなめらかな背を傷つけはしないかと、はらはらする想いだ。

女の肌が珍しい年でも経験でもないのに、浩平は、女の肌とはこういうものかと、生れてはじめて味うような新鮮なおどろきにみたされていた。

奈美は、浩平に、香水を吹かせたり、マッサージさせたりしながら、片脚の膝小僧で乳房をつきあげるようにして、足の爪にペディキュアをしている。鏡の正面に、タオルの中からのぞく脚の奥の昏がりまで映っていそうで、浩平の目には刺激が強すぎる。

「風邪ひくよ」

「何でえ？　あつくて……あつくて……」

「……………」

「ねえ、パパさん、やっぱり、パレス倶楽部の先生はすてきねえ、わたし、毎月十日か半月ずつでも通いたいわ」

「そうすれやあいいさ」

「ほんと？」

「このホテルから通えばいい。ぼくの常宿も芝《しば》にあるけれど、奈美にはホテルの方がいいだろう」

「うん、鍵がかかるものね……ね、パパさん、今度競馬用の馬買いたいわ」

「早すぎるよ」

「どしてえ？　お父さんにわけてもらったわたしのお金、あるでしょう。それで買いたいわ。杉崎さんが抽籤馬なら、二、三十万は安うなるていうてたわ」

「杉崎？　あの油屋のぐうたら息子か」

「あら、ぬけ目のないやり手やわ、憎らしいくらい」

「そんなにつきあってるのか」

「そんなにってほどでもない。お医者の浜本さんといっしょにようしゃべりたがるだけやわ」

「馬のことならわたしにまかせておけばいい」

「だから、競馬馬ほしいいうて相談してるのやないの」

「よしよしわかった。そのうち、みておいてやる。だけど、競馬馬は世話が大変だよ。やっぱり毎日のように馬主が厩舎に顔を出さないと厩舎の世話のしかたがちがうし、やれ、病気だ、けがだって、その度、人間よりはらはらさせる。その上、競技で無残なけがでもしてごらん、薬殺することぐらいむごいことはない」

「だって、パパさん、二頭ももってるやないの」

「三頭殺してるよ」

「とにかく、ほしいの、ほしいいうたら、ほしいんだから」

「わかった、もうわかったよ」

　浩平は駄々をこねたり、我ままをいう時くらい奈美が可愛いく見えることはなかった。美人型の女の常で、きちんと服装をあらためると、年よりいくらか老けて見えるくらい、ろうたけてくるのに、こういう裸で、我ままのいい放題をいう時の奈美は、わんぱく小僧のような一図さが、顔に無邪気にむきだしになって、他人には想像も出来ない、あどけなさが滲みだすのだ。

　このごろ、二人の間の接吻は自然に巧緻をきわめ、ディープキッスもいいところまでいっているけれども、そんな時の奈美の応え方は、やはり、どこかあどけない素直さで、はしたない取り乱しようはしない。

　それだけに、浩平にはますます、奈美がふとまちがって雲間からこの世に墜ちてきた堕天女のような気さえしてくる時がある。人が見ていなければ、奈美の足元に拝跪《はいき》もしかねまじい奈美への憧憬にみたされるのだった。

　もちろんその夜も、浩平は、これまでのいつものふたりの夜のように、甘美な受刑に似た、あの禁欲の一夜に終ることを予期していたのだ。

はじめから、奈美の方に、そういう浩平を誘惑する下心があったとも思えない。

ただし結果的には、奈美のこの夜の行動の一つ一つが、意識的か無意識的か、おそらく奈美自身わからない曖昧さの中で、浩平の理性の枠をふみ破らせるほど蠱惑《こわく》的になっていたともいえる。

浩平と奈美がそれぞれのベッドに入ったのはそれから三十分ばかりしてだった。寝る時はいつもおさげに編む髪が、奈美の化粧をおとした顔を少女じみてみせる。

どこかの部屋でバスを使う音がかすかにしている。

「どうした、眠れないの」

天井を見たまま浩平が聞いた。

神経質な奈美は寝つきが悪かった。

「うん、何だか、ブルーダイヤの乗心地を今思いだしたら、軀が熱うなってきたの」

「おとなしい馬だろう」

「ええ、品があって優雅で」

奈美のようだと、いおうと思って、何気なく、奈美のベッドへ目をやった浩平は、あっと愕かされた。

奈美はいつのまにか、浴衣の胸をおしひろげて、つんもりした乳房をむきだしている。その左の乳首の尖に、ブルーダイヤの指輪をちょこんとのせているのだ。指輪の間からのぞいている秋海棠《しゅうかいどう》の花びらのようなピンクの乳首のせつないほどの可愛らしさに、浩平は思わず笑い声をもらした。

奈美が、細めた目だけをゆっくり浩平の方へむけて、

「とって、この指輪」

と、かすれた声でひくくいった。

浩平はベッドから上半身をのりだし、首をつきだして、唇で指輪をつまみあげた。

奈美の柔らかな乳首がぴっと、浩平の口の中で立った。

奈美が浩平の首に両腕をまわした。

浩平の軀はずるっと、自分のベッドからずりおちていた。

奈美が身をずらせ、自分の横をあけた。

浩平の口の中の指輪を奈美が唇と舌で奪いかえしに来た。浩平がやるまいとする。ふたつの舌の間で、ダイヤがあたためられ、くるくる廻転した。小さな輪の中に、奈美の舌の尖が通ったり、浩平のそれにするりと奪いかえされたりする。時々、奈美の舌の裏がわの柔かな粘膜の中に、すっぽりとかくしこまれたりする。

いつのまにか、浩平も奈美も、じっとり汗で胸が濡れていた。

奈美の軀が、かつてないほど強く匂いはじめていた。

奈美が浩平の下で、強く身ぶるいすると、浩平の顔をつきあげ、横をむいて、ぷっと、口中のダイヤをはき出した。唾がダイヤのきらめきをうけて霧のように散った真赤な絨毯《じゅうたん》に、ダイヤの冷たさが青白く光った。

「噛んで……」

奈美がうわごとのようにささやいた。

その時、浩平の躰内で、何かが激しい音をたてて崩れた。

浩平は海鳴のように耳の奥にとどろく血の音を聞きながら、それ以上、優しくはあつかえまいというしぐさで、奈美の着ているものをぬがせて抱きしめた。上気した耳朶に歯をあてると、静かに、小きざみに力をくわえていった。

奈美の躯が爪先から頭の方へ電気が伝わるようなふるえ方をした。

馬に乗りなれた女の躯に、その夜はじめて接した浩平が気づいたのは、水につかったような汗みどろになった奈美が浩平の腕の中で、力という力のすべてをぬき、死んだように息をひそめた後だった。

奈美は処女だった。けれども半年も達人の調教した名馬以上に、勘がよく、柔軟で、騎手のサインの意味に、正確に応じることを知っていた。乗馬できたえた筋肉が、処女とも思えないほどの成熟と発達をとげるのも浩平は、はじめて体験した。

浩平は過去のどの女の時にも感じたことのない深い肉体的な満足と同時に、どの女の時にも味わったことのない事後の不思議な寂寞感《せきばくかん》がひしひしと胸をぬらしてくるのに愕かされていた。

甘美の名残りはそのまま、不思議な悲哀につながっていく。

ついにこの女を守りぬけなかった自分の弱さに対する恥ずかしさとくやしさがあった。

それにしても奈美の受身の見事さはどうであろう。

おしげもなく女のいのちをあふれさせながら、つつましく燃え尽きはてたという感じがする。

「何を考えてはるの」

眠っていると思っていた奈美が、小さな声で聞いた。

「奈美があんまり見事な覚悟を示してくれたと思ってさ」

「もう、何年も前から覚悟してたわ」

「ほんとか」

「わたし、女の魅力がないのかしらと思うてたわ、大切にされてばかしだと女って退屈するもんやわ」

はじめて奈美の顔に、光りがさすような恥じらいがほのぼのと浮んできた。

八

次第に奈美の東京行の日数が多くなってきた。このごろでは帝国ホテルを常宿にして、月のうち、一週間から十日間はパレス倶楽部へ通う。多い月は半月以上も東京暮しをする。さすがに浩平はそれほど上京するわけにもいかない、せいぜい東京の支店の仕事にかこつけて上京しても、日帰りの飛行機で帰らなければならないことも多かった。

奈美はそんな浩平を一向に引きとめる風情もなければ、他の女について嫉妬がましいこともいわず、すると不思議なことに、浩平の方が、かえって、奈美の背後に、何か秘密でも生まれているのではないかと気をまわしているのだった。

「奈美を一生日蔭者にさせたりはしない！　そんなことしたら罰が当る」

浩平は、時々、激しい後悔にさいなまれるように、奈美に取りすがって誓うこともある。

「そんな話もうよろしやないの、何ていったかて、パパさんは、糟糠《そうこう》の妻のまさ江さんを離婚したり、パパさんのいうことなら、一日中でも東でも西でも向きっぱなしでいられるような千代香はんと別れることなんてお出来へんのやさかい」

奈美は、蔑むような流し目で浩平の顔を見て話を打ちきってしまう。時折、浩平は、奈美の柔かな胸に、白髪のふえた頭を落し、思わず落涙することさえあった。奈美から与えられる快楽が、深ければ深いほど、浩平には、この快楽の長つづきしないだろうという予感と不安に脅やかされるようになっていた。事実、奈美には感づかせたくない自分の体力の衰えが、浩平には、時折、誇大に、切実に身に迫ってくることがある。

すると、以前は、物の数にもしていなかった、奈美を取りまく若い男たちの誰彼が、今にも奈美を盗みにくる敵のように見えて、浩平は誰一人として気が許せないようになってきた。

逢う度、ありありと、感度と深度を深めていく奈美の感覚の成長が、これまた浩平の煩悩《ぼんのう》の種になる。

「こんな軀になって、奈美は、ぼくと五日と離れていても、平気なのか」

「あほうなこというてはる。女の軀は、受身やさかい、火つけ役さえなかったら、自分で燃え上らないのやいうて、教えてくれはったのは、パパさんやないの」

奈美はとりあわない。

冷静な判断を下してみれば、隙あらばと奈美をうかがっている男たちの誰彼が、みんな若々しく、たくましく、生活能力もあれば、女にもてる要素にことかかない連中のように思われるのだ。

浩平は朝、めざめた時には一日も早く自分のような男から解放してやらねば奈美が可哀そうだと思うはしから、あらゆる男を敵にまわしても奈美に指一本ふれさせまいと気おいたったりする。一日のうちに、極端から極端へ揺れ動く自分の感情の振幅に、浩平は我乍《なが》ら浅ましく、物狂おしく思うのだった。

ブラインドを洩れる陽ざしはもう昼近いらしい。

目の覚めた奈美は、さっきから、浩平の寝顔にじっと目をそそいでいた。

覚めている時は年より若々しく、いきいきした浩平も、寝顔はびっくりするほど老人くさかった。

奈美は、こんな浩平の寝顔に気づいたのははじめてではない。はじめてふと浩平より早く目ざめ、別人のような浩平の寝顔をみた時のショックは忘れられない。

「奈美の寝顔は見せてやりたいくらいあどけないよ」

そんなことをいう浩平に、奈美は自分の見た浩平の寝顔を告げてはならないと思った。

夢の中の浩平は幸福でないのか、いつも苦しそうに眉をよせていた。時に、切なそうにうなされることがある。ゆすってやると、はっと息をとめ、それからおだやかな寝息にかわる。

浩平はよく、一晩中起きて、奈美を見守っていたようなことをいうけれど、眠りの浅い奈美の方も、浩平の気づかぬうちに、よく浩平の夢を守ってやった。

今、奈美は冷たい目で浩平の皮膚のたるみや、びんの白髪や、目尻のしわを数えあげている。みんな見馴れたなつかしさはあるが、奈美の目はそれらを醜いと感じていた。

昨日、夕方、奈美は、最初、杉崎の電話を受けた。

「今、東京や、今夜、つきおうてくれへんか」

「いつから来てるの」

「三日前や、集金に来たから、先に仕事片づけてたのや。もうすんだ。そいで、奈美さんと、踊りにでもゆきとうなったわけや」

「いってもいいわ、わたしも退屈してたとこやし」

「それじゃどこにする?」

「コックドールの二階で待ってて、六時」

それから二十分すると、また電話、受話器をつたわって来る声は浜本だった。

「何時いらしたの」

「今朝ですよ。学会でね。でも今夜は全然あいているんです。どうです、踊りにでもいきませんか」

「ええ、いいわ、今夜退屈してたところだから」

「じゃ、どこで」

「コックドールの二階がいいわ。六時ね」

「オッケー」

電話を切って、奈美はふきだしてしまった。

それから、美容室へいってゆっくりマニキュアをして、奈美は、六時十分にコックドールについた。

「ひどいなあ、こんな奴に逢わせるなんて」

もう二人で顔を合わせて、ビールをあけていた男たちがいう。奈美はまたひとしきり笑い声がこみあげてきた。

二人も、奈美のいたずらにつりこまれて陽気になっていた。

「こうなったら、やけくそや」

杉崎が、赤坂のナイトクラブへ二人を招待した。奈美は、公平に二人と替る替る踊り、席へ帰っては二人にはさまれて、同時に二人から一つのグラスにビールをついでもらう。

奈美は、踊りながら、二人の男の体臭から、浩平にない若さを胸ぐるしいほど感じていた。大阪で逢うより、三人とも解放的で無責任な気持になってくるので、時間がたち、酔がまわるほど、陽気な雰囲気が盛り上って来た。

クラブを出たあとは、浜本がなじみのすしやにつれていく。すると今度は杉崎が、気の利いたバーに案内する。

「こうなったら、男二人で同盟結んで、共同戦線で、奈美さんを酔いつぶしてやろう」

「そやそや、その後の奈美さんの料理のしかたもワリカンや」

酔がまわるにつれ、杉崎も浜本もそれとなく奈美に軽くからみだした。

それぞれ、女道楽ではひけをとらないだけに、二人とも、奈美が浩平と新しい関係に入って以来の、微妙な軀の変化を見逃してはいなかった。

「奈美さんはひどいや、ぼくたちがあれだけ熱心に、本気でプロポーズしてるのに、なにも目の前でわざわざ滝川におちるところを見せることもないと思うけどなあ」

「そやそや、全く、殺生や、大体この人趣味が悪いよ。口ではぼくらにもうまいこというてうれしがらせといて、考えてみたら、接吻一つさせてくれたことあらへん、あの爺さん、やっぱり噂くらいそないうまいか？　それにしても、せめて、われわれかて試食してみてくれるのが旧友としての礼儀いうものやなかろか」

何をいわれても、一対一でない気楽さから、奈美も始終機嫌よく笑っていた。

別れるまぎわ、

「ホテルの部屋に案外、彼氏がひそんでるのじゃないかな」

「そやそや、いっそ部屋まで送ってやろか」

そんな冗談を最後までなげあって、両方から、奈美の手の甲に唇をおしあてただけで、

「畜生！　泣けてくるなあ」

と、肩を組みあって、またのみつぎに去っていったふたりなのだ。

部屋に入ると、ウイスキーの酔いで青ざめた浩平が、目を血走らせていた。

急に仕事が片づいたので浩平は予定をくりあげ、いきなり飛行機で、上京した。奈

美を愕かしてやろうと、羽田《はねだ》からホテルへ電話してみると、奈美は外出中だという。出先は互いに明らかにし合うという約束が破られていて、奈美の行先はしれなかった。

部屋に入ると急に酔が発して、奈美の方も、和服の裾があやしく乱れるほど足元がふらついた。衿元もいつになくしどけなくゆるんでいた。

「あらあ、来てたのう」

後手にしめたばかりのドアにもたれて、軽い愕きに、酔った目を定めようと、目をみはった奈美の足許へ、いきなり灰皿が飛んだ。

「なに、するのよう」

奈美は、急に、しゃんと、背をのばした。部屋の真中で仁王立ちになり、すでに次に投げるべく、コップをつかんでいる浩平の方をにらみつけた。

「おいっ！　今まで、どこへいっていた」

浩平は、コップを自分の足許に叩きつけると、突進してきた奈美にとびかかって、乱れた衿もとをつかんだ。きゃしゃな奈美は、宙吊りにあったように爪先を浮きたたせ、両手で抵抗した。

浩平はそのまま、奈美を吊りあげるようにベッドへ押したおした。馬乗りになって、左手で、奈美の両手を背中におさえこむと、右掌を奈美の首を締めあげる形に、顎《あご》の下にひろげた。

「云え！　誰と何してきた」

奈美がこれまで見たこともない冷たい憎悪と軽蔑にみちた目をして、浩平をにらみ上げている。

「云え！　云わないか！」

浩平の声は、もう嗚咽にかすれていた。

「浜本さんとダンスしてただけよ」

「浜本を呼びよせて、いつも逢ってたんだな」

「医学会で東京に来ただけやないの」

「嘘をつけ」

「…………」

「ダンスが今まであるものか、今、何時だと思ってる」

「…………」

「おいっ！　返事しろっ！」

「嘘ついてると思うてる人間に、云うことなんかあらへん」

「酒のんでるな、ダンスして、酒のんで、どこへいった？」

「オールナイトのクラブなんて、いくらだってあるやないの、ダンスしてたといったら、してただけよ」

「よしっ、しらべてやる」

浩平は、いきなり、身をずらせざま、奈美の着物の裾をめくりあげた。

「いやっ！」

奈美がとびおきて、抵抗した。浩平が気狂いのように奈美の肩をつきとばし、仰向けに倒れる奈美の両脚をつかむと、乱暴に押しひろげた。

奈美の口から鋭い悲鳴がもれた。

浩平も、奈美も、相手の顔も見えないほど涙をあふれさせていた。

明け方、二人とも身動きも出来ないほど疲れはて、ぼろ屑のようにだらしなく互いの裸を投げだしていた。

あの浩平が、以前のあの無限に優しかった献身の権化みたいな浩平と同一人物なのだろうか。

奈美は、昔の浩平を、今のような浩平にしたのは自分だと思うと、取りかえしのつかない残念さに心がしぼりあげられてきた。

浩平がふっと目をあけた。

みつめている奈美をみて、弱々しく笑った。

奈美は、そんなみすぼらしい笑顔の浩平をみるのはまっぴらだと思った。冷たい目になっているのを自分で感じていた。

この人の死をみるのはいやだと、その時何の関連もなく思った。

奈美は、過去の、自分を所有する以前の、さわやかで、落着のある、堂々とした初老の紳士だった浩平に、昔も、今も、恋している自分をはじめて発見した。

気がつくと、奈美の背後にはいつでも私立探偵の目がつきまとっていた。

東京行の飛行機の往復の中も、パレス倶楽部の常連に、食事にさそわれた時も、ひとりで、映画を観に入った時も、あれからちょいちょい、上京しては、奈美を呼びだす杉崎と、ナイトクラブで踊っている時も、その「目」は、ある一定の間隔と、粘着力をもって、奈美の背から離れたことはなかった。

杉崎と、いつもゆくナイトクラブから外に出た時、奈美は、急にぴったりと杉崎によりそい、

「肩を抱いて」

とささやいた。杉崎がびくっとして、それでもとっさに、奈美の肩をひきよせると、

「わざと、車ひろわないで、暗い方へ歩いていって」

といった。

「いったい、何事やねん。そのままにとってぼく、有頂天になってええのんか」

「だめ、ちょっと狂言うってるのや、つきおうといて」

「へっ、あほくさ！　そやけど何やおもろそうやなあ」

「しいっ！　話は、さも、愛の語らいの如くみせかけてしてよ」

「いよいよ、うれしい注文やなあ」

もともと、冗談好きで、芝居っ気のある杉崎は、たちまち、奈美の計画に同調した。二人は、暗いビルとビルの谷間を、わざとさまよい、灯もとどかない真暗な陰のある場所にくると、ゆっくりとその中に入っていく。ちょっと離れた場所からは、その闇の中の二人の行動は全く判別し難い。

「真似じゃなく、今日の報酬にキスぐらいさせてよ」

「だめだめ、今夜はあくまで、真似だけよ」

「それじゃ、きっと、ほんとにしないから唇の三糎手前のキス」

「うん、それくらいならいいわ」

杉崎は、面白がって、奈美の肩をひきよせると、顔を近づけてきた。奈美は、両手を杉崎の胸においていて、あわや杉崎が二人の距離を一挙にすすもうとする時、ぐっと、男の胸を突き、顔をそらせた。

闇の中から出て、二人は声をひそめて笑った。

「おかしな女やなあ、全く。奈美さんは、そんな味のある遊びも、滝川さんのおしこみかい？」

いわれて奈美は、はっとした。何気なく杉崎に指摘されてみて、あることに思い至った。

奈美は、浩平の長い禁欲時代の習慣が身についてしまっていて、期待と緊張の持続の中で、現実には決して期待の実現されなかった、あのめくるめくような緊迫感が、一種の肉欲的な快楽になっていたのだということに気づいた。

それは浩平が意識して教えたわけでなく、浩平の愛と奈美の愛が、偶然につくりだした一つの不思議な愛のかたちになっていたのだ。

そのことに気づくと、奈美は、浩平と現実に軀で結ばれて以来、肉体だけは、浩平の愛撫に感応しながら、いつでも何か充されない空虚さ、惨めさが肉欲からとりのこされていたことに気づいた。
「杉崎さん、何もせずに、わたしと何日でも旅行できる？」
奈美は、夜目にも輝いてきた瞳に力をこめ、杉崎を見上げて囁いていた。
「これでも、証拠がないというのか」
浩平は、額に静脈をうかせて、唇をわななかせていた。
机の上には、私立探偵のしらべあげた、奈美の行動の調書が分厚いかさでのってい
る。
奈美は、冷たい目で、それを斜めに見ていた。さっきから、浩平ひとりが激昂して
どなりちらしていた。
「何とか、いいなさい、何とか」
「どうせ、はじめから疑ってかかってはる人に、何の云いわけせななりまへんの、信
用してないから、そんなもの頼みなさったんでしょう。早う読みはったらええやない
の。何もかも、そこに調べあげてるって、今、いわはったやないの」
「そ、そんな、ふてくされたいい方をしないで、ちゃんと、出来る申しひらきならし
たらいいのだ」

「忘れんといてほしいわ、わたしは、パパさんの妾とちがいますのよ」

「奈美！」

「わたしは、パパさんを好きになったから、こうなったんやわ。はじめから、人の思惑や、世間体など、気にしてえしません。それだけに、自分とパパさんの愛だけが、生活の中心やし、モラルやし、掟やったわ。それで、何の不都合もなかったわ。そやけど、その愛が崩れてしもたら、もう何もないやないの、パパさんが信用してへんとこに、何がのこりますの、さ、早う、それを読みはったらええのや」

「詭弁《きべん》だ！　へりくつだ！」

「…………」

「お前は杉崎とも浜本とも、東京の何人かとも、俺の目をかすめて」

奈美はだまって立ち上り、部屋を出ようとした。

その時、背後で、鋭い物をひきさく音がし、ふりかえると、浩平が、分厚い調書を両手に持ち、力まかせに、ひきさいていた。

「…………」

奈美は動じない冷たい目で、そんな浩平をみた。

浩平の額にじりじり脂汗が滲み出た。両腕にも青筋をふくれ上らせながら、浩平は、歯をくいしばって、尚も、調書をひきさきつづけている。

「読めない！　怖《おそろ》しいんだ！　奈美！　ゆかんでくれ！　離れないでくれ！　ほんとのことなど知りたくないんだ」

浩平は、ぼろぼろにひきちぎった調書を叩きつけると、いきなりその場に膝をつき、立った奈美の脚元に身をなげだして、その脚を抱きしめた。白い貝のような奈美の素足の甲に、浩平の涙がなまぬるくしみとおってきた。

九

ホテルの窓の外には雨が降りしきっていた。

ツインベッドの一つに腹ばいになって杉崎は煙草に火をつけながら、隣のベッドにいる奈美をふりかえった。

「よう降ってるなあ、どないする？　今日はどこも出んとこか」

「ふん」

「それともいっそ車でどこぞへふっとばそうか」

「一日、寝ててもいいわ。毎日、出歩いてるし」

「ちっとは里心ついてきたんとちがうか」

「今、考えてたとこやわ。さぞ心配してるだろうなあって」

杉崎は、ぼんやり天井を仰ぎながら、煙草の煙をドーナツにしてふきあげている。

奈美に突然呼びだされ、京都のこのホテルへ来て三日たっていた。

仕事の打合せに、杉崎ひとり、間で一度大阪へ帰ったけれど、二人のこの駈落《かけおち》は、あんまり近すぎて、かえって誰にも見つからない。

奈美は、三日間、杉崎と、京都の近郊へ出かけたり、宇治《うじ》へいったりして時間をつぶしている。夜になる度、さすがに杉崎は期待するけれど、奈美はまだ許そうとしない。力ずくでも、こういう状態なら、どうにでもなるけれど、杉崎もまた、そんな無粋をする気持はなかった。案外、杉崎のそんな大人ぽさを奈美は見こんで、浜本より、杉崎の方を道づれに選んだのかもしれなかった。

「ほんまに、家出てしまうのか」

杉崎は、最初の晩、ちらと聞いて以来、ふれなかった話をもちだした。

「そうなの、もう、いっしょにいたかて、みじめな、哀しいものしか残らへん、そんなあの人見とうないのやわ」

「きつい女やなあ、あんたは」

「そやないと思うわ」

「草の根わけても探しだされ、引きもどされるに決ったる」

「まさか、まだ、最後のダンディズムは残ってるわ。あの年になると、男は、女に逃げだされる以外、女と別れられないんだって、何かに書いてあったわ。あの人かて、ほんとに大切だったのは、昔のわたしなのよ。もう二人の間の終ってることは、あの人の方がよう身にしみてるはずなの」

「ちっともわからへん」

「わからへんかてええ話やわ」

奈美は、ゆっくり身をおこすと、窓際へ立っていって、宙をながめた。

「東京で、画廊ひらくつもり……父のお弟子さんと、昔世話しといた画商が応援してくれるのよ」

「へえ、そんなこと奈美さんに出来るやろか、遊んでばっかしいたくせに」

「出来るわ、絵ならいくらかわかるもの、三年くらい、やとわれ店主になって勉強するの」

「やっぱり、ぼくの計算ははずれたらしいな。いよいよ今度は、結婚しよういうてくれるかな、うぬぼれてたんやけどなあ」

奈美は咽喉を鳴らすような笑い方をすると、すっと窓ぎわから離れてきた。

「今度のお礼はするつもりやわ」

そのまま、するっと、脚から、杉崎のベッドにすべりこんできた。

「どうしても、いいのよ」

杉崎は、はじめて奈美の柔かそうにみえて弾力のある躯を厚い胸に喰いこむように抱きしめた。

「何だ……もうこんなに……」

奈美は堅く目をとじて、浩平の俤をみつめていた。昔の、互いの躯をしらなかった頃の、愛にみちみちた浩平の柔かな瞳が瞼いっぱいひろがってきた。

その浩平は、もういないのだと思った。今の浩平を愛してはいない。まして杉崎など、もっと愛のかけらもいだいていない。

もう永久に、自分は男を愛することは出来ないのではないだろうか。

奈美の心の空虚さと絶望にかかわりなく、奈美の躯は、いっそうみずみずしく、杉崎の躯の下でうるおいはじめていた。

十

蔽馬場は、厩舎の裏側の濠の向うにあった。

この辺りは皇居の内とも思えないほど、濠も石垣も手入れが放置されていた。夏草が茂るにまかせ、半分雑草で埋まっているような濠の中には、それでもまだ水がよどんでいて、びっしりと睡蓮《すいれん》がその上を蔽《おお》っていた。白い陶器細工のような花が数えきれないほど葉と葉の間からすがすがしい顔をのぞかせている。

馬場の中では、もう、婦人会員たちでカドリールの練習がはじまっていた。

紅梅栗毛、水青、月毛、鹿毛などの馬が一列になって、教官の号令通り、馬場を廻っていた。馬上の女たちが、見物席に立った奈美をみて、その前を通りながら、口々に、

「ごきげんよう」

と声をかけていく。教官の声につれて馬の足さばきがいっせいに変る。

「巻のり……肩を内に……腰を外に……半巻き……横脚……」

その時、奈美は、向うの入口からおくれて入って来た一頭の馬と騎手をみて、はっ

と身を堅くした。

まぎれもなく、馬はブルーダイヤモンドだった。それにしても、馬上の女は、奈美自身なのだろうか、ブラウスに乗馬ズボンという略装の人々の中に、その騎手だけは白いブラウスに白いズボン、黒の上衣をきちんとつけ、アスコットタイにダイヤをとめている。一分の隙もない正式のスタイルは、浩平のしつけで、かつての奈美が、真夏でも崩さなかった乗馬姿だった。

きゃしゃな胴の下に腰が豊に張り、女は、古代雛のような古風な俤をしていた。

奈美が出奔する時、浩平にかえしたままになったブルーダイヤモンドに乗っている以上、その女が、去年、浩平が柳橋《やなぎばし》からひかせて囲ったという女にちがいなかった。女をパレス倶楽部に入れたという噂を聞いて以来、奈美は、画廊の忙しさも相まって、倶楽部へ来なくなっていたのだ。ブルーダイヤは、大阪へ運んだという噂があったが、いつ帰って来たのだろう。

女を乗せたブルーダイヤは、列の最後につき、やがて、馬場を一周して、奈美の前へさしかかった。

片手でしめられそうな細い長い首筋、きゃしゃな撫肩、一重の切長の目、細い顎……奈美は、自分を馬上に見るような奇妙な気持になった。女は、なぜか、顔色が冴えず、うつろな目をして、機械的に馬の背にゆられていた。

その時、奈美は、女の上衣の胸に蝶型にとめた黒いリボンを一瞬目にとめた。見まちがいだったかと思うまに、馬はもう奈美に後ろをみせていた。

背後に黒水仙の匂いがした。

いつのまにか、ローズが来て立っていた。

「ブルーダイヤ、なつかしいでしょう」

「…………」

「滝川さん、あなたを本当に愛してたのね。あの人そっくりじゃない……でも、気の毒ねえ。まさか、あんなに早くなくなるとは思わなかったわ」

「えっ」

「おや、あなた、しらなかったの……一ヵ月になるかしら……肺癌だったのよ」

ブルーダイヤモンドがまた、奈美の方へ近づいてくる。

今度は、はっきり女の胸の黒い蝶のような喪章が奈美の目に映った。

嫉妬やつれ

「あなた、お夕飯は？」

三千代《みちよ》はさりげなく聞いたつもりなのに、声は喉にかすれていた。今日の日曜も、夫の信吉《のぶよし》は、十時頃起きだすと、朝ごはんもたべず、ふらりと出ていこうとする。

玄関で靴の紐にかがみこんだまま、いらないと、口の中でつぶやき、ふりむきもしないでいってしまった。

「御精勤だわね」

いつのまにかすぐ背後に、出戻りの義姉の靖子《やすこ》が、やはり外出の支度で立って、皮肉な口調で笑いかけていた。

「だめじゃないの三千代さん、信吉に女が出来てるの、まさかあんた、知らないわけじゃないんでしょ？」

うつむいたじぶんの頬がふるえ、表情が醜くつっぱるのが三千代には感じられた。

「あたし、見たわよ、その女。おととい の夜、門口まで信吉を送って来てたわ、あたしがすぐ後から帰ってるのも知らないで、いい気なもんだ。でも凄いわね、今どきの娘は」

三千代には、じぶんをとりまくすべてが、きゅうにひたっと、呼吸をとめたように感じられてきた。ふいに録音のとまったスクリーンを見るような、空虚といらだたしさに、心が白けていく。

靖子が出ていくのを待ちかねて、三千代は台所にかけこみ、用もないのにガスに火を点けた。青い炎の大小の輪が、みるみる涙でぼやけてしまって、目の中いっぱい、青い海のうねりのように燃えひろがるのをみていると、こらえ性もなく涙がとめどなくふきこぼれてくる。こんな時、二人の子供のいる妻が、鍵のかかる所といっては、厠《かわや》くらいしかない粗末な日本の家で、どこで泣けばいいのだろうか。

送ったり、また送りかえされたり、かりそめの別れが堪えがたく、同じ道を何度も行きもどりする甘美な時間の、あのつややかな密度の重さは、三千代の胸にも覚えがあった。

「別れたくないんだよ。別れたくない……ああ、きみをポケットにいれて持っていっちまいたいなあ」

暗い夜道の、人の家の植込や、塀のかげで、乱暴なほど荒々しく三千代をかき抱き、熱い唇を押しつけてきた昔の信吉――その若い情熱のしぶきが、思いだすだけでも、しなびかけた三千代の乳房の奥に、きらきら光りをとりもどしてくる。

そんな三千代の想いへきりつけるように、冴子《さえこ》という女の手紙の文字がおそいかかってくる。

――何も考えたくないの、何もほしくないの、ただあなたの愛の中にだけ溺れこんでいたい……――

女にしては太い万年筆の、大きないきいきした文字であった。白封筒にあて名もじぶんの名も書いてないのをみれば、逢った時手渡した手紙なのであろう。逢っているあいだはことばをかわすのも惜しいような充《み》たされきった時間の甘い沈黙が、別れた後に、せきあげる無数のことばになって心にふきあげてくる。その想いにたえかねて、今別れたばかりの人へ追いすがるように手紙を書く――それもまた、三千代の若い日の姿をそのままみるようであった。

信吉が不用意に、背広のポケットに入れたその手紙をみてしまった後、三千代は、いつのまにか、信吉の服や下着に、こまやかな心くばりを忘れていたじぶんの、心の荒れかたを思いしらされた。

結婚してすぐ出来た中学一年の長男と信吉の復員記念のような小学三年の次男の行末を思うと、三千代は、復員以来、人が変ったように無気力になった信吉を頼りきれず、生活にがむしゃらにむかっていった。

　生れつきの器用さと、仕事への必死さが、いつのまにか編物という内職を、内職以上の収入に盛りたてていた。思いがけない自分の生活力の発見に、三千代は気負いたち、家事や寝る間も惜しいほど、仕事に熱中していた。

「疲れたのよ、眠らせて……」

信吉ににべもなくそんな拒絶のしかたをして、かえって、のばした信吉の腕に凝った肩をもませたりした。

「パパったら、ほんとに意気地なしになったわねえ」

　むきつけてそんなことを云っても、三千代の心はことばほどに信吉をなじってはいないのだ。結婚前の信吉は、銀行に勤めながら戯曲を書き、三千代も属していた素人劇団の演出までひきうけるほど意欲的であった。野心と自恃《じじ》に、細く眦の上った目を、ぎらぎら光らせているような、青春の信吉に三千代は惹かれたのだ。今の信吉は、芝居に対する夢や野心はあっけないほど忘れきり、そうかといって現実の生活にむしゃぶりついていくという情熱もない。どこにいってもすぐ飽きがきて、じぶんから職をなげてしまう。今の合成樹脂を扱う会社は、信吉にとって五つめの職場であった。

「少しはおしゃれをしなくちゃ。もう素顔で見られる年ではなくてよ」

靖子にずけずけ云われても、

「こんな貧乏世帯じゃ、なりふりなどかまってられやしませんわ」

「信吉に対して自信があるのね」

「あら、お姉さん、信吉のポケットには煙草銭しか入っていないんですよ。まさか、あんなくたびれた男を、好きになってくれるもんですか」

三千代は外での信吉に、安心するというより、みくびりきった気持であった。

「ねえ、そんなかっこうしないで、おやすみになるのなら、ちゃんと寝床とりましょうか」

「いいよ。たのむから、ひとりでほっといてくれよ」

珍しく早く帰った信吉が、ねころがってぼんやりして天井をながめ、首の下に腕を組んだ姿勢のまま、何時間でも動こうともしない。いかにも心はここにないといった風なのが、三千代の心にこたえてくる。みつけた手紙を、つきつけるほどの一途《いちず》さも、気恥しいと、三千代の三十五という年がためらわせる。

信吉の帰りの時間が、目にみえて不規則になりはじめの頃、酔って帰った信吉は、思いがけない荒々しさで、三千代を求める夜がつづいた。襖《ふすま》をへだてて玄関わきの三畳に子供ふたりの寝息が聞え、押入れの向うに、靖子の寝がえりのけはいがするような、夫婦の寝間で、三千代はからだの奥からふきあげてくるうめき声を堪えきれず、自分の右手の甲にはげしく歯をたて、血をにじませたこともあった。いつのまにか、夫婦の夜のならわしも、空気のように色も匂いも消え、なれきったふれあいになっていたのに……それが、きゅうに、水をあびたような輝きをとりもどしそうであった。疑うことのなかったじぶんのうかつさを、今になって三千代はほろ苦く思いかえす。

新しい恋に、冬眠を覚まされたような信吉の、細胞と情欲が、まだふんぎりのつかない恋のもだえをこめ、手近な妻の軀の上に、荒々しくのたうったのだ。三千代はそれをとりちがえて、内職の手を動かしながら、われにもなく、夜の記憶が身うちに脈々とよみがえり、ひとり頬を染めたりしていた。

信吉と女の間が、肉体的にも決定的になったことを、ついに三千代は軀で感じとった。このごろの信吉に、複雑な想いをこめ、じぶんから抱かれていっても、三千代はじぶんを汚した後のような卑屈な後味に、舌がざらつく味気なさを感じとってしまう。

「パパ、お願い……泊るのだけはよしてね、お義姉さんにつらいの……」

信吉の背中に顔をおしつけ、それだけいうと、三千代ははじめて声をしのんで泣きだした。

「俺がわるいんだ。どうにも……」

「もういい、云わないで」

それから三日もたたないうち、信吉はついに夜、帰らなかった。

終電で帰れば、二時近くになる信吉の足音を、三時まで息もつかぬ気持で待ちとおした。三千代には、はじめて信吉の恋の激しさが周囲の闇の中から、ときの声をあげてじぶんを嘲笑しているのを聞いた。

自動車のセールスをして、金廻りのよくなった靖子が、二十近くも年下の男をつくり、

「生活能力さえあれば、女だって男を選んで買っていいじゃないの」

とうそぶくのを、これまでは無縁なものとながめていた。しかしそれは他人事ではなかったのだ。金もつかわせない信吉の相手の、冴子という若い女の、新しい倫理と

生活力の強さが、三千代にはじめて、得体のしれない恐怖をともなって迫ってきた。

「あんな信吉のどこがいいのよ!」

逢ったこともない冴子の俤に、わめきかけたい。そのくせ、目も鼻もない、冴子の顔が、

「あなたがあの人を好きなように、あたしも好きなんだわ」

とわめきかえしてくると、三千代はこらえ性もなく、枕を噛みしめて涙をふりしぼっていた。

「信吉にさわらないで! 男はほかにうようよいるじゃないの!」

声にはしないじぶんの叫び声のあさましさに、涙でぐしょぐしょになった頰がこわばっていく。

芝居のことなど、ふっつりあきらめきっていた信吉が、三千代に内緒で、原稿用紙をひろげているのをみたことがある。『花火』一幕とだけ書いていた、まるい信吉の、原稿用の文字をみただけで、三千代には信吉と冴子の恋の想いのきらびやかさがわかるようで、目がかわきあがっていった。じぶんの力では、よびかえすことの出来なかった信吉の昔の情熱を冴子は、信吉の心にも肉体にも、精神にまで、みずみずしくよみがえらせたのだ。そう思うと、三千代はじぶんのすべてに自信を失ってしまっ

て、このまま消えてしまいたいせつなさに、心がしぼりあげられていくのだった。

二人の子どもを送りだしたあと、三千代はめずらしく汚れた食器も片づけないで、鏡の前に坐りこんでいた。

三十五歳の寝不足の女の顔は、そそけたひっつめ髪の下で、毛穴をひらき乾きあがっていた。顔立ちがいいといわれていた中高の卵型の顔は、いつのまにか頰がそげ、とがった鼻すじばかりが、いっそ貧相にみえている。とび上るような熱さの蒸しタオルを何度もとりかえていると、濡れたタオルに、熱い涙が、吸いこまれていく。三千代は留守の靖子の部屋へこっそりすべりこんでいった。乱雑に並んだ鏡台の上から、外国製のコールドクリームをとり、手早く塗りつけると、指は三千代の心のためらいと脅えとは、かかわりないように、次々と敏捷《びんしょう》に働いていく。赤っぽいとのこ色の油性クリームをひきのばし、粉白粉をはたきつける。目の下のしみも、目尻の小じわもうっすらと遠のいて、鏡の中の三千代は、能面のように白っぽく無表情になった。もうやけ気味になり、茶色の眉墨で思いきった弧を描き、ばら色の口紅をぼってり塗りつける。三千代は見なれない自分の顔に、卑《いや》しい目つきで笑いかけていた。笑いのかげから、また涙がつきあげてきそうなのを、荒々しい動作でおっぱらうと、それひとつしかのこっていない絣《かすり》のお召に手を通した。

家の外で、信吉に逢い、今日こそ、信吉の心をききただしてやるのだ。もしも冴子がいっしょなら、なお好都合だ。二人ならべて、いい分をいいつのり、厚かましさをひきむいてやる。気負いたつ心の息苦しさに輪をかけるように、色のあせた更紗《さらさ》帯を、きりきり締めあげた。

つくり声をつくって、信吉の社に電話した。

「朝はいましたが、二時間ばかり外まわりだといって出かけています」

「あら、そうですか。いえ別に……」

まだ何かといいかけるのをがちゃりと受話器を置き、三千代は電車にとびのっていた。何時間でも、信吉の社のあたりでみはりつづけ、信吉を捕えてみせるのだ。

国電から都電に乗りかえたころから、窓ガラスに雨脚が白くしぶいてきた。今朝から空を仰ぐゆとりもなかった。気がつくと、まわりの乗客の八割は、雨傘の用意をしていた。

じぶんの心の昏《くら》さに、空のかげりも気がつかなかった。その時だった。赤いシグナルにさえぎられて、停車した電車の、まむかいの町角に、ゆらりとかたむいた華やかな色彩が三千代の目を誘いにきた。うす暗い雨の日のよどんだ空気の中で、そこだけに光りがこりかたまったようなライラック色のパラソルが、大輪の花になって傾いたのだ。冴えた色のナイロンパラソルは、黒いこうもりが押し並んだ十字路で、ひどく目にたつ明るさであった。薄紫のハレーションをつくった傘の中で、白いレインコートを着た女が、ほっそりとたたずんでいた。小柄なからだを、背のびするように、右手いっぱいに、パラソルの柄を押しのばしている。いっしょに傘に入った男が、うつむきかげんで煙草に火をつけるのを見まもっている。マッチを捨てた男は、無造作に女の肩をひきよせ、パラソルをじぶんの手に持ちかえた。長身の男の顔が、こちらへまむきになった。信吉——だるそうな、無表情な、いつもの顔の信吉が、三千代が息をのんで見つめているとも知らず、ぼんやりこっちを見あげていた。

小柄な女は、手足の先々にまで幸せをしみこませたような、こまやかな身のこなしで、女らしくよりそっている。

想像していたより若くも、美しくもない女であった。三千代は、一瞬の間に驚くほど正確な女の全貌を観察しつくしていた。薄いはがねづくりの撓《たわ》んでもすぐびいんともとにはじきかえる、鋭さと硬さが、その全身から滲みでていた。広い額と、そこだけ灯のともったような強くきらめく瞳が、白昼、男によりそう姿勢をとりながらも犯し難い強さを放射している。

生活にも恋にも、何のやましさも感じていない。自信と自恃にみちた表情で、白い雨をはじきかえしている顔だ。

いつ、どこで、電車を降りたのか、三千代には覚えがなかった。学生の多い駿河台《するがだい》の坂道を、ぼんやり爪先上りに歩いていく——三千代の肩とすれあった人影が、あっと、引きかえし、横から三千代をのぞきこんだ。

気がつくと、まだふりしきる細い雨の中を、人波のままに流されていた。学生の多

「三千代さんじゃないか！　やっぱりそうだった」

「まあ、伊藤《いとう》さん……」

レインコートに同じレインハットを小粋にかぶった伊藤は、飴色のフォックス型のめがねをかけていた。三千代には覚えのないものだ。女のように左の頰にえくぼのへこむ人なつっこい笑顔だけは、昔のままの伊藤だった。

「どうしたんです、今ごろ、傘もささないで」

学生の多い人波から押しだすように三千代をかばい、伊藤は傍の時計屋の軒下へ雨をさけた。

「何年ぶりだろうなあ、ま、とにかく、どっかに入らない？」

「伊藤さん、おいそがしいんじゃなくって？」

「ん、まあ、その坂の上のホテルでちょっと仕事してるんだけど、いっそホテルへいってお茶でものみませんか？」

「でも……」

「あんた顔色が青いですよ。熱いコーヒーでも、バーには酒もあるし、何かのんだ方がいい」

こんな、てきぱき、畳みかける口のきき方をする伊藤ではなかった。三千代はいつのまにか、伊藤の腕で肩をおされるような気持になり、通りから少し入った白いホテルの建物の前に来ていた。

白い服に金ボタンを光らせた若いギャルソンが、す早く近づいて、顔みしりらしい親しい笑顔で伊藤を迎え、レインコートを受けとっていった。そのバーバリの質のよさも、雨をはじいたコードバンの茶色の靴も、今の伊藤の生活のたしかさを物語っていた。

白いレースが豊かな襞《ひだ》を流している明るいロビーの窓ぎわに坐ると、三千代はじぶんの洗いざらしのお召のみじめさに心が臆してきた。

「伊藤さん、ずいぶん御活躍ですってね」

めがねの奥の、こっけいなほどまるい目が、せわしなくまたたいた。それもまた、昔ながらの伊藤のくせだった。

「三千代さんから、そんな御挨拶を聞くとは思わなかったなあ」

この男の、不器用で一途な愛をしりぞけ、信吉を選んだむくいが、今日のありさまだ。三千代は泣き笑いの表情に顔がゆがんでいく。

「芝居だけじゃ、食えないですよ。ラジオやテレビで食いつないでいるんですがねえ。このごろ、映画にひっぱりだされることが多くて——。それより、僕に戯曲を書かせるんだから驚くじゃないですか。とうとう、ここへ一週間ばかりかんづめですよ」

昔の仲間のそんな活躍のしかたにも、無関心になっていた三千代は、相槌のうちようがなかった。

一昔前には、仲間のなかで、一番不器用で、演出の信吉から手ひどくどなりつけられてばかりいた伊藤が、ほとんどひとり、芝居にしがみつき、とにかくここまで成長している。三千代には複雑な感慨であった。

「信吉くん、元気ですか？　南方から帰って、大分からだ悪くしたって聞いたけど——」

「ええ、まあ、どうにかやってますわ、安サラリーマンで、何もかも灰色よ」

伊藤に向っていると、三千代もわれしらず、せりふのようなことばを平気で使いだしていた。頬が熱くなってくる。たったいま、心をつきとおされる鋭い傷をうけたことなど、昔の崇拝者の前にさらしたくない見栄があった。ましてこの男とは、信吉にも語らない秘密をわけあっている――

「伊藤さん、御結婚は？　しらせて下さらなかったのね」

三千代はわざとらしい媚を目に浮べて伊藤をなじってみた。

「いやぼくのは、あなたたちみたいな華々しいロマンスつきじゃないからな、どうせふられっぱなしの男の結婚なんて御都合主義ですよ」

しゃれたパイプに火をつけながら、伊藤がめがねのかげから窺うように三千代の顔をみつめてきた。

「お子さんは？」

「女房がね、女優をつづけたいから、いらないっていうんですよ。ぼくも興味ないしね」

「まあ、合理主義ね」

いいながら、三千代は、はっと心がふるえてきた。さっきのパラソルが、瞼いっぱいによみがえってくる。あの女が、もし、信吉の子をほしいと希《ねが》ったなら……胸の血の音があたりにとどろきだすような心のたかぶりを、必死に押え、三千代の顔は、かえって蒼白になっていった。目の中が急にかげってくると、後頭部にすうっと、からだ中の血がすい上げられていくような目まいをよんだ。

「どうしたんです！　三千代さん」

伊藤のあわてた声を遠く聞きながら、三千代はしまった、しまった、と心にさけびつづけていた。


「おどろいたなあ、さっきは。でもちょっとした脳貧血だったらしいですよ」

三千代は、ホテルの伊藤の部屋のベッドに足を高くしてねかされていた。

「もう一杯、のんだ方がいいんじゃないかな」

伊藤のさしだすコニャックのグラスを三千代は、憑《つ》きものがしたように、一気にあおった。

「もう一杯、ちょうだい」

「大丈夫ですか？　どうしたんです一体」

「いいのよ、もう一杯ちょうだい！」

三千代の声の調子に、十何年か前の命令的な口調がよみがえっていた。伊藤の目の中にふっと、あるかげが走った。

「酔ったって、しらないぞ」

ことばつきも、変っていた。伊藤は力強い手で、いきなりベッドの三千代の上半身をだき起すと、自分の手にもったグラスの酒を、三千代の唇に休むひまを与えず、一気にそそぎこんだ。酒が口からあふれて、三千代の白い喉につたわって流れた。

伊藤は、三千代のからだを、いつか両腕でがっしり抱きしめていた。仰向けにのけぞらせた三千代の白い喉の酒を唇で上へ上へたどってすいあげながら、伊藤は、低く囁いていた。

「覚えてる！　忘れやしないだろう？　きみは、あの時も、ここまではぼくに許したんだ。ホテル、酒、キス……もっときわどい抱擁……そして最後のものは許さない。崇拝者にとりまかれていたあの頃のきみは女王だ。一番みじめな道化者の崇拝者に、自分の肉体の魅力の威力をぎりぎりまでためしてみたかった。最後に自分を守る自信とぼくへの軽蔑があった。覚えてる？　忘れてやしないだろう？」

「覚えてるわよ」

三千代のものうい声が答えた。酔が全身にかけめぐっているのが、薄い着物をとおして伊藤のからだにも伝わっていた。

「あの時のぼくは、きみに惚れていた。きみのドレイだった。でも、今はちがうぞ……今はぼくは、きみに惚れてなんぞいない。きみは、ぼくにあんな恥をかかした翌日、あの男にすべてをやった」

「そうだったわ……」

酔は、三千代の顔も喉も、燃え上るような熱さに染めあげていた。涙が、二つの目からきりもなく溢れだし、こめかみを濡らしていた。

「くるしいっ！　ちくしょうっ！　あ、ああっ！」

いきなり三千代は、おそろしい力で伊藤をはねとばし、ベッドからころがり落ちた。と思うと、こんどは、伊藤の膝に両手でとりすがり、子供のようにしゃくりあげる。

「ね、ね、あたし、そんなにみっともなくなっていて？　ね、ね、あなたが、抱いてみたい気がしないほど魅力がなくなっていて？」

涙で白粉がはげおち、荒れた唇に、口紅がささくれだっていた。目だけが、きらきら輝き、いどむように、訴えるように、そそるように、めまぐるしく表情を変えている。

三千代は呆れて自分を見下す男の目の中に、自分の容貌の衰えと、若さの喪失を、どんな鏡に映すよりも的確に読みとってしまった。

自分のなかで、何かが激しく音たてて崩れるような絶望感があった。

伊藤が、そんな三千代を鈍い動作で再びベッドにひきずりあげた。

三千代は虚脱したように無抵抗だった。

顔や手の劣えに比べると、三千代の裸は、瑞々しく、脂肪のまわったからだは、ぽってりと中年の女の重みと美味《うま》みをたたえていた。

伊藤は意識した報復の計算も忘れ、三千代の軀の上でしだいに我を忘れていった。

無抵抗なだけで死体のように動かなかった三千代の軀も、いつかなかからどよめきはじめていた。


雨は上ったらしい。

窓におろしたブラインドのすき間から、明るい六月の陽の光りが幾条もの縞になって、部屋の中にさしこんできた。

「暑くなりそうだな」

天井を見上げたまま、伊藤が味気なさそうにいった。

三千代は揃えた脚をのばし、胸に手を組んで、やはりひっそりと天井を見上げていた。

頭の中が真空になり、からだの中を、ひえびえとした風が、ふきとおっていく想いがしていた。

今はもう、信吉に向って気負いたっていた荒びた感情の波はしずんでいた。

ただ、昨夜から、今までの自分自身の醜悪さだけが、嘔吐になって、つきあげてきそうだった。

今しがたの行為を、信吉に悪いと思う気持も、怕《おそ》れも、不気味なほどおこらなかった。ただ、空虚な悲哀が、まだ快楽のなごりの波が、かすかに脈うっているからだの芯を、冷たくつつんでいくようであった。

めがねをとった伊藤の顔が、きゅうに老けてみえ、信吉の目尻につきはじめた深いしわを、奇妙ななつかしさで、なまなまと思いださせてくる。

「あなた、こんな所に泊りこんだりして奥さん大丈夫なの？」

三千代の落ついた声が、おだやかに聞いた。

「え？　大丈夫って？」

「心配じゃないこと、女って、ほら、私みたいに、信じられないものじゃなくって？」

「不貞ははたらいてもらいたくないのね」

「おどかすない」

「ふふ……やっぱり、じぶんの奥さんには、不貞ははたらいてもらいたくないのね」

「皮肉だなあ、相かわらずだ。そんなとこ」

「人間なんて、頼りないものね、まして、愛なんてさ……」

「どうかしてたんだよ、きみは今日は……きみはいい人だ、と思うな、今でも」

「…………」

伊藤は三千代が泣いているのかと、そっと顔をあげてのぞきこんできた。

けれども三千代の、伊藤をみかえした目はかわききっていた。

三千代は、ゆっくり身をおこすと、するりとベッドをおりた。伊藤がおどろくほど、すばやく着物をつけ終ると、きりっと帯をゆいあげた。

「帰らしていただくわ」

「ああ」

着やせがするというのか、着物に包みこむと、三千代の豊かな肉体は細っそりみえ、顔のやつれだけが、再び目についた。

ドアの所でふりかえった三千代は、

「何をまじまじみてらっしゃるの？」

生真面目な目つきで聞いた。冷い他人の目であった。気圧されて、伊藤はわけもなく目をしばたたき、小さくいった。

「やっぱりやせたのかな、と、思った」

「これ、嫉妬やつれよ」

三千代のその声を、ドアが真二つにひきさいて、閉った。

死面

煙草に火をつけようとすると、埃っぽい風が邪魔をした。いつでも閑散な新大久保のプラットフォームに、なまぬるい東風《こち》が時々烈しく吹きこんでいた。

二本めのマッチの焔《ほのお》を掌でかばいながら煙草に近づけた時、伊野《いの》の前に人影がたち、吹きつける風を防いだ形になった。花模様のアコーディオンプリーツのスカートの裾が風にあおられ、伊野のズボンをかすめた。火のついた煙草を一口吸いこんで目をあげると、意外な近さに女の目があった。

「やっぱり」

女の目が笑った。別れた妻の美代子《みよこ》だった。

「似てると思った。でもまさかと思ったわ、いつ出てきたの」

伊野はまるで昨日別れたように、さばさばと喋っている美代子の顔を見ていた。最後に逢ってからもう五年になっていた。すぐ五年という月日が浮かんでくるところをみれば、時折は美代子を思いだしていたのだろうかと、伊野は自分の心の奥に苦笑する気持だった。美代子が家を出たのは六年前だ。

「何ひとりでにやにやしてるの、相変らずね」

「元気そうだな」

口ではいいながら、伊野は美代子の体全体から、昔にはなかった疲れと荒れをすばやく探りあてていた。

若々しいアコーディオンプリーツのスカートが、いかにも似合わない年に見えた。相変らず野暮ったい身なりをしている。赤っぽい油性化粧品が、目尻と、口の両側の深くなった皺をくっきり線を描いて埋めている。アイラインの濃い目もとが不潔たらしい。

たしかもう三十七、八、いや八になった筈だと、伊野は心の中で美代子の年をあばきたてていた。お世辞にも若いねということばは出て来ない。伊野より三つ年上だった美代子は伊野といっしょにいた頃は、結構伊野より若く見えていたものだった。ざまあみろという気持がしないでもないが、やっぱり昔の女がしおたれている感じは、気分のいいものではなかった。

「こっちにいるの？」

「去年の秋出てきた。まもなく一年だ」

「そう、ちっとも知らなかったわ」

電車が入って来て人々がはきだされたが、美代子も伊野もその場を動かなかった。

電車が去った。プラットフォームに一とき二人だけになった。

「何してるの今？」

「友だちのやってる美術関係の仕事を手伝ってる」

「そう」

伊野の曖昧な説明をそれ以上聞こうともしないで美代子は汚れの目だつ白いハンドバッグからせかせかと名刺をとりだした。

「今、ここにいるのよ。そのうちやめるつもりだけど、当分はまだいる。一度きてちょうだい」

小さな名刺に、銀座のキャバレーの名と、美千代という店での名が刷ってあった。

「こんな高いところ縁がないよ」

「そうでもないでしょ」

美代子の目がちらっと伊野の全身をすくいあげていた。客の服装を値ぶみする商売女のはしこい目になっていた。

「あんたの名刺ちょうだい」

「持ってないんだ」

本当とも思わないだろうに、それ以上ねだらず、

「じゃ、またそのうちね、あんた、きっと来るわ。だって、わたし、この十日ほど、何だかあんたのこと思いだして、ずっと拝んでたんだもの」

「へえ、何に拝むんだい」

「あら、御本尊様にきまってるじゃないの。とても霊験あらたかなんだから。こんなに早く逢わして下さるなんて」

美代子は大真面目な顔付で冗談をいってるふうもない。もともと、水商売ばかりで生きてきた女のくせに、ユーモアや冗談の通じないところがあった。

「それじゃ、いくわ、今日は集金なの、あんたにも逢えたし、きっと今日はうまくとれるわ」

美代子はその時、再びフォームに入ってきた電車の方へさっさと歩きだした。伊野がそれに乗らないものと決めているふうな歩き方だった。

車内に入ると、人を押しわけて反対側の窓へ向き、もう伊野の方をふりかえりもしなかった。

どうやら美代子が新興宗教のK学会の信者になっているらしいのが、伊野には奇異な感じがして思わず笑いだしたいような気がした。しかし、美代子が今の自分の職業を知ったら、もっと驚くだろうと、口辺に苦笑いがこわばってきた。

美代子が見ちがえるようにおしゃべりになっていたのも、意外な印象だった。昔、別れ話の時さえ、何を聞いてもむうっと口をつぐんだまま、はかばかしく自分の心の中を説明出来なかった無口で口下手な美代子と思いくらべてみると、別人のようでもあった。

新興宗教にはまりこむほど、あれからの美代子の生活が暗かったのかと、伊野はちょっと感傷的になっていた。

四谷《よつや》のSビルの地下室に帰ってみると、煙草の箱のように小さなトランジスターラジオでラテンミュージックを聞いていた助手のはる子が、

「鴨、鴨、大鴨よ」

と上機嫌の声をだした。

「伊野さん、まだ知らないでしょ。さっきのニュースで聞いたんだけど、梶元春海《かじもとはるみ》が今日十一時五分に死んだんだって」

「梶元春海って何だったたっけ」

「お花の家元よ。ほら、春風流《しゅんぷうりゅう》って、前衛挿華の」

「ああ、あれか」

「夕刊みてからじゃ、どっかに先んじられるかもしれないから、すぐ玉屋に連絡しておいたわ、間もなく、返事があると思うの」

いつものことながら、「人の死」を「商売」と結びつけてしか考えないはる子の、浮き浮きした声に、伊野は圧倒されるものを感じていた。

この部屋の入口のドアのすり硝子《ガラス》には、金文字で「東京デスマスク工房」という文字が刷りこまれている。伊野のM美校時代の友人の佐藤《さとう》が始めて、去年伊野がそのまま譲りうけた仕事だった。佐藤は郷里の父が急逝して、家業をつぐ事になり、この工房が不要になった。

「まあ、長くやる商売じゃないよ。案外、競争相手がないのが穴だったがね。やっぱり自分に死臭がしみてくるようであんまり結構な商売じゃないさ。女房が厭がって、早くやめてくれって云い通しさ。その点お前はチョンガアだからいいさ。ま、仕事が見つかるまでの腰かけにするには気楽でいいがね」

商売用の画材の仕入れで上京した時、東京を引きあげる直前の佐藤から話が出て、伊野が乗気になった。

美代子に逃げ出されて以来、厭気がさして北九州の小都市での生活を漸《ようや》くなげうって、上京の決心をかためたのもその時だった。

どうやら採算があいはじめてきた画材店を弟に譲って体一つで上京してきた。人生をやり直すというような気負った気持もなければ、若い時の芸術への夢をとりかえそうというロマンチックな感傷もなかった。三十五歳になるかならずで、伊野はもう、人生に疲れきってもいたし、自分自身にも投げやりな気持になっていた。女への夢は尚のことあせていた。

はる子は佐藤がやめる三ヵ月ほど前から来ていた助手で、この工房の備品といっしょに伊野に受け渡された。モデルをしたこともあるというはる子は、乳房の大きい腰のはったグラマーだったが、自分で自慢に思っているほど性的には味のある体でもなかった。弁護士の卵のフィアンセがいると自称しながら、伊野に使われはじめて三月めに、酒に酔いつぶれたふりをして自分から身をまかせてきた。その都度、きちんと金を請求した上、一年に二度、伊野は堕胎の費用だといって金をとられていた。

「おれの子と決ってるわけでもないだろう」

一度めにも思ったことを二度めは口に出していうと、けろっとした顔で、

「伊野さんのに決ってるわ、カレは、神経質で絶対用心深いんだもの」

といった。おれには子種がないんだと本当のことをいってやった場合のはる子の顔も想像してみたが、十九の娘を相手に大人気ないと、伊野は要求通り金を渡してきた。

「そんなことで、フィアンセにはいいのかい？」

「だって、彼はまだ見習期間で、あたしがみついでるんだもの、こっちはビジネスよ」

虚言癖のあるはる子の話は、どの程度本当だかわからない。恋人の話も一種の虚栄で、案外はる子は、特定のボーイフレンドもいないのではないかとも思われた。処女ではなかったが、女にはなりきっていない堅さがあった。

葬儀屋の玉屋から間もなく電話があった。梶元春海のデスマスクの注文がとれ、告別式は明日午後二時からという報告だった。

はる子ははりきって、てきぱき明日のための支度をととのえている。

デスマスクは、たいてい告別式の始まる前にとることになる。はじめからそんなつもりのなかった家へ、死亡通知を見てから働きかける交渉だから、いつも告別式ぎりぎりのことになるのだった。

夕方はる子が帰っていくと、伊野はひとりでウイスキーをのみはじめた。

何となく部屋をながめまわしてみる。五年ぶりで逢った美代子の印象から、美代子を鏡に自分の姿も見直しているのかもしれないと思う。

四坪ばかりの部屋の真中に、洋裁の裁物台《たちものだい》のような大きな仕事台が、面積のほとんどを占領している。上にはいくつかの汚れたアルミニュームの大小のボール、雑多な型のへら、灰色の粘土、石膏のかたまり等が乱雑にちらばっていた。人の首の型の粘土塊も何個かころがっている。床にも石膏や油の入ったバケツや紙袋が足のふみ場もない有様でちらばっていた。

壁に十個あまりの白い死面がはりついている。蛍光灯の光をうけ、よどんだような汚ない翳をたたえ、どの顔も不服そうにうつむいているように見える。どれもみな重たげに、瞼をとじているせいだ。口髭のある顔が多い。口髭は、死面についているかぎり、威厳の象徴とはならず、何か猥雑《わいざつ》でこっけいな不要な物の感じがした。

どの顔も無表情に見える。伊野はなごやかな表情の死面というのを見たことがない。強いて表情を探せば、圧縮された苦痛か悲しみが、固い塊になって、瞼を垂れる顔の下に、塗りこめられているように見える。伊野はまだ女の死面をとったことはなかった。記憶にひっかかる女たちの顔をデスマスクにして描いてみようとしたが、どれもみなのっぺりした凹凸の少ない同じようなマスクになってきた。

佐藤のデスマスクが注文主に好評だったのは、佐藤が死面からとった原型に手を加え、生前の写真にたよって、少しでも生きている表情に近づけようと、微妙な手加減を加えたせいであった。佐藤や伊野にとって、それはたやすいことだった。けれども伊野は、一切手加減を加えない死面をつくっている。

仕事部屋につづいた壁際に、カーテンで仕切り、奥にベッドを一台入れてある。伊野は住いを別に持とうとせず、上京以来ここで夜もすごしていた。デスマスクに囲まれて眠っているのかと思うと、今更のように奇怪な気もしてくるが、穴ぐらのような地下室のこの独り住いは、無気力になった伊野の気持に案外しっくりとして、この生活態勢を変えなければならないのが億劫で、ついついデスマスク工房をつづけてしまったという形でもあった。

そろそろ死臭がしみてきたかな——

伊野は酔のまわった目で自分のからだをながめ、掌に鼻をつけ、匂いをかぐようなしぐさをした。

今日めぐり逢った美代子のうらぶれた姿が酔の中からくっきりあらわれてきた。

「お前も馬鹿だよ。相変らず要領が悪く、男運もひらけないようじゃないか」

目の前に美代子がいるようにぶつぶついっていた。

案外まだ、五年前の、あの大井《おおい》の煙草屋の二階に間借りしたままでいるのかもしれないと思われてくる。

幹夫《みきお》はいくつになっただろうと考え、そういえば今日の立ち話に幹夫の話を二人ともしなかったのに気がついた。幹夫は美代子の亡夫の子で、美代子より伊野になついていた。指をくってみると、幹夫はもう高校二年になっている筈だった。

小学生だった幹夫しか知らない伊野には、今の幹夫が、はる子とそう年もちがわない少年になっていると想像しても、実感が伴わない。

この五年間に、五年生の子供が高校生になる目ざましい変りようと同じような激しさで、女の三十三歳が、三十八歳になることは、無惨なほど歳月の爪あとを女の肉体にきざむものかもしれない。

逢わなければよかったと、伊野は最後の一口をグラスから口に移した。少なくとも五年前の大井の下宿の部屋を、美代子の思い出の最後にしておきたかったという残念さがのこっていた。

美代子と伊野がはじめて逢ったのは、北九州の小都市にある歓楽街のバー「ナナ」でだった。

その頃、美代子は戦死した夫の子供をかかえ、「ナナ」の雇われマダムをやっていた。愛嬌も愛想も少ない女なのに、まつ毛の密生した大きな目が情熱的で、無口なのが女をちょっと神秘的にみせていた。口よりも軀で誠意をあらわすという美代子の無器用な感じがかえって固定した客をとらえ、結構「ナナ」ははやっていた。

まつげだけでなく毛深い感じが浅黒いなめらかな皮膚と相まって、男の目に美代子を多淫な女のように感じさせた。

客のほとんどが、美代子目あてに通っていたが、わりあい堅いのか、やり手なのか、情事のしっぽをつかまれるようなへまなことは一度もみせなかった。町の土建屋の妹尾《せお》が、美代子のパトロンだということだけは、定連の客のほとんどが知っていた。

妹尾は美代子の外にも堂々と囲った二号や三号もいる道楽者だから、美代子が妹尾に打ちこんでいるとも思えなかった。女にしては酒が強く、ウイスキー一本くらい平気で一人であけたが、感情的になった美代子を客の誰も見たことがなかった。

伊野は二年ほど「ナナ」に通ううち、「ナナ」の若い女二人ほどと軽い情事の機会を持ったが、マダムの美代子とはしんみり話をかわしたこともなかった。

別に美代子に惹かれて通っているとも思っていなかった。もう一はき色気のはけが足りないような「ナナ」のさっぱりした雰囲気が性に合うんだと思っていた。

その土地では伊野はいわば流れ者だった。

学徒出陣で美校の途中で戦地に出た伊野は、復員してすぐ東京へ出てもう一度学校へ入り直した。その時下宿したのが文江《ふみえ》の家だった。

半年もたたないうちに伊野は文江と結びついてしまった。戦地にいても不潔な慰安婦にどうしても触れる気になれなかった伊野は、人妻の文江が最初の女だった。

農林省に勤めている真面目な夫との間に三歳の女の子もあり、おとなしい、ひ弱な感じの文江が、伊野との時間には別人のようになった。

神経質な子供が、異常な大人の雰囲気に感応するのか、理由もなく泣きだすと、文江は、ミルクにズルチンをまぜて睡眠薬を入れたりした。

「こんなことつづけられない。サッちゃんを殺してしまう。あなたさえ決心すればいいんだ。解決しよう」

若い伊野は、人のいい文江の夫をあざむくことも、頑是ない子供に睡眠薬をのませることも空おそろしくなり、文江に迫るようになった。その度文江は泣き崩れるだけで、一向に解決しようという意志は示さなかった。

伊野との時間には、伊野しか愛せないと、ことば以上に軀で誓いながら、週に一、二度は、伊野の目にも、それとわかるほど、目のふちに疲れをみせている朝もあった。

一年ほどの間に、伊野はすっかりノイローゼになった。

ある朝、夫の出勤を送りだした後で、いつものようにお互いをむさぼりあった末、伊野の口説がはじまり、ことばの勢いで、伊野は文江を、

「恥しらずの姦婦だ」

と、まるで夫のいうようなせりふでののしり、家をとびだしていった。三晩ほど友人の下宿をまわって帰ってみると、文江は伊野の出ていった夜、しまい風呂に入ってガスもれをしらず死んでいた。

文江の夫も世間も、誰一人文江の死を過失死と信じ、疑っているものはなかった。伊野はその日から、世界がいつでも曇天のようによどんだ暗さをもって目に映ってくるようになった。

東京も故郷も捨て、旅先の北九州にふと根をおろしてしまった伊野は、子供に絵を教える塾を手伝ったりして無気力に生きているうち、小さな画材店をはじめて平凡な商人になりかかっていた。郷里の父が急逝して、あてにしていなかった遺産の分けまえが転がりこんできたしおに、表通りに店を移し、店員もふやした。

その年はひときわ雨の多い梅雨だった。数日降りつづいた後の看板近い「ナナ」へ行ってみると、もう誰も居らず、美代子だけがたどたどしい手つきでそろばんをいれ伝票を計算していた。

「あら、お生憎《あいにく》ね、あんまり降って不景気なんで早じまいさせてもらったとこなのよ」

美代子はそういいながらも、伊野の前にグラスと封をきってないウイスキーのびんを置いた。

「手伝ってやろうか」

「もう、すむの」

美代子はすぐ計算をやめて自分のグラスもだした。ついでに表の灯を消し、入口を閉めた。

「今夜はあたしものみたかったのよ。つきあってちょうだい」

美代子は白粉のういた疲れた顔をしていた。

話らしい話もないままに、雨の音を聞きながら、二人はかわるがわるグラスを空けていた。一本が空になり、二本めの封がきられた。酔がまわりだしたのか珍しく美代子が饒舌《じょうぜつ》になってきた。

「マダムとさしでのむのは、二年も通ってはじめてだな」

「そうだったかしらねえ……でもあたし、伊野さんのことたいてい知ってるつもりよ」

「へえ、光栄だな」

「あんまり箒はよしなさい。お嫁の来《こ》てがなくなるわ」

「そんなことしないよ」

「だめだめ、向かいの『ザボン』に来た新しい女は、S街にもいたのよ。S街で伊野さん軒並荒らしたって評判だわ。そういう人はきっと生涯忘れないほど女に手ひどいめにあった人か、芯からの助平だって」

S街とは、ふとんにまで潮の香のしみこんでいるような海べりのわびしい肉の町だった。

「もうおれはどうでもいいんだよ女なんか。それよりもくたびれたなあ。何もかも面倒くさくなった」

「あたしも。本当に面倒くさい。あきあきしたわこんな生活」

「結婚しようか」

「誰と」

「あんたとおれさ」

「……いいわねえ……それも……」

それから一ヵ月後、美代子はあっさり「ナナ」をやめ、伊野の家へ子供ごと移ってきた。客たちも、まわりのバーの女たちもあっ気にとられたが、係累のない伊野の正式の妻に収まった美代子を幸運の代表者のように噂しあった。伊野に意外だったのは、妹尾が、

「結婚という切札にはかなわないや。美代子をお願いします」

とあっさり身をひいたことだった。二十万円の小切手を結婚祝に送ってきたのを、二千円だけ祝金として受けとり、残りを小切手にして送りかえすという、きざな意地もはってみせたりして、結構伊野は妹尾に勝ったつもりでいた。

幹夫は、はじめから伊野になついてきた。父親の顔をしらない幹夫は母よりも父に憧れていたらしかった。

美代子は週三回洋裁に通わせてくれといい、後は店に出て商売にも結構熱心な打ちこみように見えた。

惚れたはれたの青臭い感情ぬきでもこうした平安にたどりつける人生だったのか

と、伊野が悟ったようにいい気に思い上っていられたのも一月余りだった。

ある日、伊野は煙草をきらし、美代子のハンドバッグから煙草をみつけだそうと、何気なく黒皮のバッグの口を開いた。美代子は店で客の応対をしていた。財布やハンカチや化粧品がごたごた入っているだけで煙草はなく、伊野の指は二つに折られた一通の封書をつまみあげていた。あて名に住所がなく美代子様とあるだけなのがいぶかしく、中身をぬきだしていた。一読して伊野の顔が変った。反射的に一枚の紙を封筒に入れ、もとどおりバッグにおさめた。そのまま裏口から外へ出た。

気がつくと、暗い映画館の中にいた。スクリーンでは西部劇が演じられていたが、何ひとつ観ているわけではなかった。伊野の目からさっきの手紙の文字が消えない。

手紙は妹尾からのものだった。日付はなかったが、結婚後、二人で密会した事実が明らかにされていた。修飾の全くない要件だけの文章は、かえって、事実を素朴に伝えていて二人の密会の快楽の激しさをあからさまにしていた。

手紙の二度めの誘いに美代子が応じたかどうか考える必要もなかった。ようやく忘れかけていた文江の白い俤が、闇の中にくっきりと浮かび上ってきた。自分とどんな激しい時間を持った後でも、そしらぬおだやかな表情で、帰宅の夫を迎えねぎらうことの出来た女の無気味さが、なまなましく思いだされた。

その夜は久しぶりでS街へ泊り、翌日の午すぎ家に帰った。美代子は何処へ泊ったとも訊かなかった。玄人上りらしいさばけた妻の落ちついた表情で、むしろいたわるように、ちらっとまなざしで伊野の疲れをはかっただけだった。

手紙を見たことを、伊野はついに最後まで美代子に云わなかった。一年ほどつづいた洋裁も飽きてしまって自分からやめると、美代子はむしろ外出ぎらいになり、商売にだけうちこんでいるように見えた。ただ、三月に一、二度の割合で、伊野のかわりに、隣組の会や、商売上の組合の会などに出かけていくと、美代子は、かつて、伊野も見たことがないように酔いつぶれ、かつぎこまれて帰ることがある。そんな時の美代子は、正体もなく猥雑な歌を歌ったりして、胸や裾を乱した風情が、思いがけない色気にあふれていた。伊野はその度、正気もない美代子を激しく打擲《ちょうちゃく》した。

二人の間は、はじめから燃え上るものはなかったまま、五年の歳月がおだやかに流れた。小学一年で伊野の家に来た幹夫が五年生になった夏だった。

結婚してはじめて美代子が病気になった。急性盲腸の手術で入院すると、腎臓も悪くしているということで、そのまま二ヵ月入院した。

伊野は毎日スクーターで病院に見舞い、愛妻家だと病院中の噂になった。

明後日は退院という日、いつものように見舞って帰ろうとする伊野を、美代子が呼びとめた。

「あたしね、別れてもらいたいの」

伊野はあっけにとられて美代子の顔を見つめていた。

「ずっと入院中も考えていたの、もう決心変らない」

「理由をいえ、藪から棒でわからない」

「理由なんて……別に……あんたはいい人よ。でも、もういやなの」

自分の心を表現することの不得手な美代子は、これだけの決心をした複雑な心の経路などいいあらわすのは不可能に近かった。

退院して一週間、毎日膝づめで伊野が聞きただして、ようやくわかったのは、伊野の美代子に示す優しさは、男と女の仲の情愛ではなく、強《し》いていえばヒューマニティで、夫婦としては何かが欠けているということだった。

「何だかこのままだと、頼りない気がするのよ、不平とか不満だとかって、はっきりしたものじゃないんだけど、今別れなければ、あたしは一生こんな煮えたか、わいたかわからないような気持ですごすと思うの、それが何だか惜しい」

煮えたか、わいたかわからないのは、伊野の心情だと美代子は云いたげであった。

結局いいだしたらてこでもひかぬ強情さで美代子は上京してしまった。新しい男でも出来たのか、妹尾のそそのかしかと思ったが、あくまで美代子ひとりで考えぬいた結果らしかった。

銀座につとめている昔の友だちを頼って、職と部屋がみつかるまで、幹夫はあずかってくれという虫のいい云い分にも伊野はうなずいた。三十すぎた美人でもない美代子が、銀座の真中で水商売にかえり咲けるとは思っていなかった。

美代子に去られてみて、伊野は一度だって、美代子を心の底から愛したことがあっただろうかと考えた。

ああいう結びつきにしろ、結局女は愛に飢えていたのだとようやく気づいた。妹尾との件も、知って知らないふりをし通したことが、愛のないやり方といわれても仕方がないと思った。

文江との事で灰になった心の中には、もう愛の芽は永久に芽生えはしないのかもしれなかった。

伊野は誰の目にも妻に逃げだされた惨めな夫の立場でいながら、かえって美代子に重い負目を感じていた。月々、何らかの名目で金を無心してきていた美代子が半年めにようやく幹夫をひきとりにきた。

半年前よりはさすがに垢ぬけて、都会風な化粧になり、銀座のバーに落ちついたし、大井に気安い部屋も見つかったといった。

幹夫を発《たた》した後、伊野は、二人で所帯を持って以来、買いととのえてきた家具を、火鉢の末まで荷造りして、大井の下宿へ送りつけた。

幹夫が上京して一年め、伊野は商用で上京し、新宿で呑みつぶれてタクシーに乗ると、ふと、大井の美代子の部屋の町名を告げていた。

「旦那どこです」

運転手に起されるまで眠っていた伊野は、美代子のいる町に来ていると告げられ、急に酔のひいていく気持だった。まだ勤めから帰ってはいまいという想像が伊野にかえって、美代子の下宿をさがさせる気持にした。幹夫だけに逢って帰るのもよかろうという気持になっていた。その煙草屋はすぐ見つかった。

煙草屋の階段口からピンカールした頭をのぞかせたのは、美代子だった。伊野だとわかると、美代子は九州時代のままの、そっけないように見える素直な笑顔になった。

「あがれば」

「居ないだろうと思ってたんだ」

「風邪ひいて休んでるの」

美代子の後から急な階段を上っていった伊野は、部屋の入口で立ちすくんだ。せまい六畳一杯にふとんが敷かれ、幹夫の他に、壁に頭をおしつけるようにして男が寝ていた。今、ぬけだしたばかりの寝床の端をめくって、美代子はざぶとんをおいた。男のことを悪びれてもいなければ、ことさら説明しようともしない。全く無視しきった態度だった。ふとんの衿から出ている男の髪の刈り方と、首筋の若さに、伊野は、自分よりはるかに若い男だと、とっさに見ていた。

素顔にクリームを光らせた美代子は、老けた顔をしていると思ったら、子供のようだった一文字の太い眉を細く弓なりに剃りこんでいるのだった。

色のさめたみすぼらしいカーディガンを、タオルの寝まきの肩にひっかけた美代子は、とても銀座の夜の蝶とは思えない惨めたらしさで、貧乏くさかった。幹夫の学資にしてやるつもりで最後のまとまった金をとどけるのが目的で訪ねたんだというと、つっと、顔をそむけ、顎をひいた。泣いているのかと思ったら、乾いた目で伊野を見かえし、

「泊ってくでしょう」

何でもないようにいった。伊野は、とっさに返事が出来ず、さっきから、息もつめて、石のように身動き一つしない壁ぎわの男の頭をちらっと眺めた。

美代子は、茶箪笥から、のみのこしの安ウイスキーをとりだした。枕元にあったコップの水をのみほし、それにウイスキーをあけて伊野の膝の前に置いた。

その酔が覚めかけた前の酔も呼びもどした勢いにまかせて、伊野は美代子の寝床の横にもぐりこんだ。寝床の中で、美代子から幹夫の学校の成績表など見せられたようにも思うし、美代子と男の話し声を聞いたようにも思ううち、伊野は深い睡りの底に落ちこんでいった。

目がさめたら、九州の昔の家に寝ているような錯覚があった。箪笥も茶箪笥も、火鉢も、もとのままのものがそこにあるせいだった。枕元の窓から午近い陽ざしがかっとさしこんでいた。まぶしがって目をむけると、頭のすぐ上に、白い裸の脚が、あった。美代子が、窓の軒下に、洗濯物を干しているのだった。昨夜の寝床はとり払われて、伊野一人のふとんが残っていた。幹夫も男もいなかった。

爪先だってのびをした脚のふくらはぎに、筋肉がもり上り、赤みをさした。目の前の足の裏が、葱《ねぎ》のように白く見えた。伊野は腕をのばし、女の脚をかかえた。意外な冷たさが掌に伝わった。腕に力をいれると、美代子はずるっと引きこまれてきた。

「いい人ねえ、いい人ねえ」

うわ言のようにいう美代子の目尻に、涙が流れていった。伊野はこの時まで美代子の手放しのこんな泣き顔をみたことはなかったのに気づいた。まひるの陽があかあかさしこんでいる二階の部屋で、美代子は狂ったように身もだえ、あふれた。

五年の生活にかつて一度もなかった濃密なまぶしい時間がしっとりとただよっていた。

「どっちが悪いのでもないのに……」

美代子が伊野の肩に歯をあて、また激しく泣いた。

幹夫が学校から帰るのを待ってやってくれというのをはぐらかし、伊野はその部屋を去った。

九州に帰って、伊野は大井の部屋から病気を持って帰ったのに気づいた。その時、自分に子供の出来ないこともしらされた。肋《あばら》を一本ひきぬかれたような、うそ寒い脱落感があった。

「どうしたのさ、おくれるじゃないの、午前中にやっちまわなきゃ」

はる子がベッドのそばに黒いスーツで立っていた。

そうだ、今日はデスマスクをとりに行く日だったと、伊野は身をおこした。頭がわれるように痛い。ひどい二日酔だ。

「いやあね、仕事の前に縁起でもないわ、二日酔なんかしてさ」

はる子のことばに伊野は苦笑した。死人のデスマスクをとりに行く仕事に縁起をかつぐはる子の神経がおかしいのだ。はる子がさしだす朝刊の死亡記事に目を通す。顔を洗う前の日課だった。

「梶元春海氏（春風華道家元）十九日午前十一時五分脳出血のため杉並区西荻窪二ノ七二の自宅で死去。六十一歳。東京新聞いけばな展覧会の運営委員で、去る二月行われた『現代いけばな代表作家展』の作品が最後のものとなった。告別式は二十日午後二時より自宅で行う」

伊野は新聞を放りなげていった。

「髭《ひげ》がなきゃいいがな」

「たしか、なかったわよ」

モーニングの折れじわにアイロンをかけながら、はる子が早く早くとせきたてた。

大谷《おおや》石《いし》で築かれた長い塀は、どこまでも白い葬列の花輪で埋っていた。風がおこり、花輪の黒いリボンがいっせいに蝶のように羽ばたいた。すると花々からきらきら光がふりこぼれ、風の足あとがくっきりと人々の目に映った。

花輪のかげから、ハンティングの貧相な小男がちょこちょこと駆けよってきた。東京デスマスク工房と契約している葬儀屋玉屋の店の者だ。紫色の歯ぐきをむきだし、男は追従笑いをした。

「話はつけてあります。二時間ありますから、すぐやって下さい」

葬儀屋は、伊野から一個につき二割のマージンをとるので、たいていのサービスは進んで引受けていた。デスマスクは値があってないようなもので、大体一個最低二万円は軽くとれた。

黒白のだんだら幕をしぼりあげた玄関を入ると、女中がうやうやしく迎えに出た。モーニングと黒スーツの伊野とはる子は、早すぎた会葬者のように見える。

廊下を幾曲りもして祭壇の部屋に通された。型通りの飾りつけの祭壇に職業柄おびただしい生花があふれていた。花の中からふちなし眼鏡をかけた肉づきのいい故人の写真が見おろしている。アルバイトの学生がふたり、もう必要な道具類をもって先着していた。黒紋付の和服に袴の堅い絹ずれの音をたてて一人の男が入ってきた。故家元の義弟で家元の後継者だ。簡単な挨拶をかわすと、そそくさと奥へ引っこんでいった。伊野の堂々としたモーニング姿に安心した風だ。デスマスクの製作者が、一介の葬儀商人に見えるよりは、芸術家に見える方が遺族は安心する。伊野とはる子はわざといくぶん尊大にかまえる癖をつけていた。

誰もいなくなると、二人は大いそぎで上衣をとり、白い手術着を着こみ、マスクをかけ、白い手袋をはめた。

学生がその間に祭壇から金襴でおおわれた棺をかつぎおろす。はる子が手早く棺のまわりにビニールを敷きつめる。

遺体は芳香の強い花々に埋まっていた。伊野が死顔をスケッチする間に、はる子は顔のまわりの花々にもビニールをかける。死顔にオリーブをぬり、顔のまわりにガーゼをつめ、鼻孔にも綿をつめる。その間に学生が石膏の水どきを用意しておく。後は伊野の仕事だった。ふくれ上った石膏を手早くこてで、死顔に塗りつけていく。その上に麻布をかぶせ、鉄線をしん棒にして縦横にはりわたす。更に石膏を塗り重ねる。あとは石膏が固まるのを待ち、死顔から面を引き剝がせばよかった。

石膏が最高度に加熱して冷えはじめる一瞬、面を引き剝がすのがこつであり、急所であった。離れ難いのが、長い眉毛とか、口髭であった。

何人めかの時、髭だけが離れず、伊野は往生した。ついに死体に馬乗りになり、力まかせに引いた。髭がそっくり、死面の方にこびりついてきた。

それ以来、伊野は遺族の立会者はあらかじめ舌先で葬儀屋に断わらせている。

時計をみていたはる子が、時間だとしらせた。

死面に両手をかけた伊野の顔に、急に不安な色がみなぎった。顔が充血し、額のまわりにひしひし汗が滲みでた。

「とれないの？」

察したはる子がすぐ学生二人を廊下へ出し、見張りをさせた。伊野は死体の胸に右膝をつき、容赦ない乱暴さで力まかせに死面を引いた。

ずぼっという間のぬけた音をたてて、死面が死顔から引き剝がされた。瞬間、伊野の口から獣のような叫びがもれた。死面について、目も鼻も口も引き剝がされ、死顔がずるっと一皮むけ、垂れ下っていた。

「どうしたの！　うなされて！　早くおきなきゃだめじゃない」

ゆり起され、伊野は目覚めた。はる子の顔が真上にあった。二日酔で頭が痛い。全身の力がぬけた。

「いやな夢だ」

「今日は梶元春海のデスマスクよ。ぐずぐずしてられないわ」

伊野は、思わず両掌で自分の顔をなでまわした。脂のべっとり滲んだ顔に、たしかな凹凸があった。掌のかげで、伊野は誰にともなく舌をだした。

そうだ、今夜は美代子のキャバレーに疲れ直しにいってみよう。四十近い美代子が、デスマスクのように厚塗りの顔で、どんな惨めな姿をさらしていても、死臭のしみてきた自分には、やはり一番なつかしくふさわしい存在かもしれない。デスマスクをつくる男の客を折伏するキャバレーの女……それも人生だと、伊野は重い頭をゆるくふり、ようやくベッドの外へ足をおろした。

三宅坂《みやけざか》

森にあらず。磯《いそ》にあらず。日ごとわが歩むところ一つの石垣あり、右手《めて》つねに石垣あり……左手《ゆんで》に町あり……その次は何といったかしらと、とつぜん那美子《なみこ》が亮吉《りょうきち》を見上げてきいた。半蔵門《はんぞうもん》から三宅坂に向かって濠端の道を歩いた。那美子が亮吉に話しかけることばは、なかばひとりごとめいて、答えを期待しているわけでもない。黙っていれば、ひとりでうなずいたり、答えたりして、話がすすんでいく。

フランスの詩人で創作家だったポール・クローデルが駐日大使として東京に住んだ時、この道を愛してうたった詩は、亮吉も学生時代よんだ。三十何年か前、愛用のステッキをついて、碧眼《へきがん》の大使が毎日歩いた甃《いしだたみ》の上を、亮吉と那美子は、反対の方向に進んでいる。左手に石垣、右手に東京の街衢《がいく》のひろがりをのぞんでいた。

地のはてにかけて走り去る大路のかずかずあり……そんな意味のことばがつづいていたろうかと、亮吉が那美子の顔をみかえす。那美子はもう、クローデルの詩など、けろりと忘れた顔で、妙な思いだし笑いを片頬にうかべていた。これもまた那美子が亮吉とふたりだけでいる時、よくみせる表情であった。世間に対しては、いつも両肩をつりあげ、いどむようにしている那美子が、亮吉との関係《かかわりあい》になれてくるにつれ、亮吉さえも時折おき忘れる放心に、顔をゆるめた。すてておけば、何分か、時には何時間もたったあと、ふいに、さっきじぶんの心に浮んでいた、おかしい話を、せかせかとして聞かせる。

ねえ、ほんとにこっけいでしょうと、締めくくりに那美子がいうほど、それらの思い出話は、こっけいでもおかしくもなかった。むしろ、惨めでいたましい印象を与えるものが多かった。那美子がひとりで生きてきたこの十年近い歳月の、どろどろの生活の傷口が、むけかえっているのだ。

那美子が夫の矢《や》田要《たかなめ》のもとをとび出し、配給表も衣類も、一切おさえられたまま、自活をはじめたころの話は、よくそういう話し方で話された。

那美子は夫の家を出ると、東京から京都へはしった。学生時代の友だちの下宿へころがりこみ、その翌日から勤め口を探した。小さな出版社に入ったものの、部屋代を払ったら闇米も買えなかった。学生が横流しする外食券を買い、外食券食堂に出かけていた。一月のうち、二十日分も外食券が手に入ればいい方であった。そんな暮しを三ヵ月もすると、那美子は自分がふっくらと肥えてきているのに気がついた。新しい生活をはじめ、からだまで娘のように若がえったと、那美子は得意になって友だちに自慢した。丁度会社で集団検診があった。

那美子のふくらんだ手足を二、三度押し、まぶたをひっくりかえしただけで、医者は難しい顔をしていった。

「栄養失調もひどいところだ。腫れが出はじめている。一体、何を食べているのかね」

その話をする度、那美子は自分のまぬけさかげんをおかしがり、目に涙をためて笑いくずれるのだった。

いくつかの話をつなぎあわせ、亮吉はじぶんなりに、那美子の過去をつくりあげていた。もともと亮吉は、根ほり葉ほり聞きたがる性質を持ちあわせていない。那美子が、決して、聞けば正直に何もかも話す女ではないと、みてとっていた。

「あなたって、へんな人ねえ。ほかの男のようじゃないわ」

那美子がさも今気がついたように、眉をあげていったことがあった。

「どこが？」

「どの男だって、ちょっと親しくなれば、昔のことをいろいろ聞きたがるわ。なぜ、亭主とわかれただの、子供にはあいたくないのかだの、おれとつきあう前の男は、どんなだった……」

「きいたって、云いたくなけりゃ、お前さん云わないだろう」

「ふふん」

「嘘をいう手だってある」

「あたしが嘘つきなのを、見破ってるというのね」

「すぐ尻のわれる嘘をつくのは、女らしさのひとつだ」

那美子は、へへへと喉の奥で笑い、上目づかいに亮吉の目をうかがう。那美子の瞳が、いつもより茶色っぽく薄らみ、頼りなげなはかない表情になった。そんな時、亮吉はどの時よりも、この女を自分が捕えているとの、奇妙な確信を持った。

那美子も、その捕えられ方が性にあうのか、二年余りの歳月をかけた今では、しだいに亮吉に自分の過去をひき渡していった。

はじめのころ、聞かせた話と、まるで辻つまのあわない筋道があっても、那美子は平気で、嘘をとりつくろったり、弁解したりはしない。

自分のからだから一枚ずつ、嘘の皮をひきはがし、亮吉に手渡すのが、いかにもせいせいするふうで、那美子は爽やかな表情になっていく。

それと反比例して、亮吉は、想像よりも複雑な、重苦しい那美子の過去に、どっぷり身を浸している自分を発見する。

真夏の東京の空が、猛々しい光を沈め、ようやく柔かな暮色を滲みださせるひとときであった。

黒エナメルの、きゃしゃな踵のハイヒールで、歩道の甃《いしだたみ》を歩く那美子は、軽く亮吉の腕に手をかけていた。

あまり若くもない男と女が、そんなしぐさで歩いていても、このあたりの整然とした風景の中では、額縁におさまった点景人物めいて、目障りにもならない。

濠の水はまみどりに染り、液体の感じがなかった。みどり色のゼラチンをおし流したように、重たく滑らかに澱《よど》んでいた。

ほとんど風がなく、表面に小波ひとつたたない。石垣のきわに、三羽の白鳥が物静かに浮んでいた。濠の水が、物音を吸いとってしまうのか、ふたりのすぐ傍を、自動車がかけぬけても、都電が行きかっても、妙にひっそりしていた。幾百年もの歴史の風雪をしみこませた古城の石垣と、近代建築の粋をあつめたビルディングの林立を、みどりの濠がくっきりと切りさいている。

空の色と、濠のみどりと、石垣の灰色は、そっくりそのまま日本の版画の色であった。

亮吉のかく油絵は、暗鬱で冷たいといわれ、画商に見限られていた。二十代の亮吉には、自分の才能に恃《たの》んで、手さえのばせば野心をことごとく手に摑めるような、煌《きら》びやかな季節もあった。

華やかだが、短い時であった。周囲の者は勿論、亮吉自身でさえ、忘れかけていた。亮吉の絵は益〻暗く、色は冷たさをますばかりであった。貧窮の中に、妻と子を死なせると、亮吉はもう絵筆をとろうとしなくなった。

そんな頃、那美子が亮吉の埃だらけのアトリエを訪れたのだ。那美子の勤めている出版社の雑誌に、挿絵を描けといわれ、亮吉はそぎとったようにこけた頰をふるわせ、声をだして笑った。

「きみ、おれの絵をみたことあるの？」

「はい、一枚だけ。私が今度の小説の挿絵にと思い、編集会議で通したんです。ですから、断られたら、面子《メンツ》がありません」

亮吉を驚かしたのは、その後の那美子のことばだった。亮吉に剣豪小説の挿絵を描かせようというのだ。

「この小説は、新人のものですけど、近代的なニヒルがあって、ちょっと変ってるんです。今までの講談絵みたいな時代物の挿絵かきじゃ、つまらないと思うんです」

亮吉は肚の底から笑いだした。

結局亮吉は描かなかったが、それがきっかけになり、時々、ふらりと那美子が遊びにきた。妻が死んでから、ろくに湯もわかさない台所で、那美子は手早いわりにこくのある料理をつくった。亮吉にすすめるよりも、自分がいかにも美味しそうなたべ方で、きれいにたべた。少食な亮吉は、那美子のたくましい食欲をさかなにして、好きな酒を手じゃくでのむ。

そうした日が半年ばかりつづいた。

亮吉が夜更けて帰ってくると、誰もいない筈のアトリエに灯がついていた。なげやりにみえながら妙にきちょうめんな亮吉は、鍵をかけ忘れて外出する事はなかった。亮吉のズボンのポケットに、鍵はちゃんと入っていた。

アトリエは、亮吉の外出した時のまま、外から鍵がかかっていた。カーテンも亮吉がひいて出た時のままだ。亮吉は顔色を変えてとびこんでいった。灯りのついたアトリエの、壁ぎわのソファーベッドで、きちんと両脚をそろえて真上にむき、ふかぶかと寝息をたてているのは、那美子であった。

亮吉はあっけにとられ、この闖入者《ちんにゅうしゃ》の寝顔を見下した。胸の上に両手を組み、毛布もかけずに眠っている那美子の顔は、思いがけないほどなごやかで無邪気な表情だった。亮吉が足音をしのばせて去ろうとする。那美子がふっと目を開けた。

「あら、帰ってたの」

そのままの寝姿で、平然とした声であった。

「どこから入ったんだ？」

「あそこよ」

けろりとして那美子が指さした。窓のガラスが破れ、中から鍵が外されていた。

「戸締りがよく出来てたから、石をぶっつけてこわしたの」

「ひどいやつだ」

近所の作家のうちへ原稿を取りに来て、徹夜のおつきあいがいやなので、思いついてここへ来たのだという。

「思いついては御挨拶だな」

那美子はにっと笑った。起き上りもせず、からだをずらせた。亮吉の入れるだけの席をつくったつもりらしいのだ。そのソファーベッドは、ベッドとしては何年もつかったことのない代物だった。けれどもその夜、亮吉には、自分の寝るべき場所は、那美子のつくった空席以外にないような気がした。

「そんなつもりじゃなかったのよ」

ひとり言のようにいった声が、ひどく心細げに聞えたので、亮吉は手をひいてしまった。

那美子の胸の奥から、軽いため息が尾をひいて聞え、亮吉にからだを寄せてきた。那美子の欲情は、むしろつつましく淡泊であった。小柄で細く、色の浅黒い那美子のからだに、亮吉はふと、少女を犯しているようなふしぎな、新鮮な感覚を味わった。亮吉がからだを離した時、那美子はもう一度ため息をひきだし、小さな、頼りなげな声でつぶやいた。

「あたしを好きだったから……と思っていいのかしら」

那美子の声は、陽気で勝気な平常を識っている亮吉の耳に、思いがけないいたいたしさでひびいた。亮吉はまた、那美子のくびれた腰をかきよせたい情感がたかまった。那美子は、亮吉の両掌をじぶんの手の中に握りしめ、乳房の間にひきよせた。亮吉の肩の窪みに頭をのせてよりそった。

亮吉よりも早くおだやかな寝息をたてはじめたのだ。しっくりとはまったからだの寄りそいよう、眠りのすばやさが、那美子という三十女を、可憐ないきもののようにも、情事に場なれた油断のならない女にも思わせる。亮吉は不思議な興奮にかられ、なかなか寝つけなかった。

油絵を描かなくなってから、亮吉がひそかに情熱をそそいでいたのは、版画であった。ぎりぎりに単純な線にまとめ、刀のつかい方を極端におさえる亮吉の版画は、一種奇妙な力がみなぎっていた。亮吉の油絵ではついに無縁におわった、ふっきれたような明るさが、黒白だけの画面から縹渺《ひょうびょう》とただよっていた。

「これ、那美子に似てないかい？」

まだ墨の色の新しい一枚をひきだして、那美子の前においた。吉祥天女風の仏像とも、ただの女ともつかない半裸の女が、笛を吹いていた。ピカソの牧神の絵のような単純で力強い線に彫られた女は、唇を可愛らしくとがらせ頰をふくらませていた。のびやかな眉のあたりと、棗《なつめ》型の一重まぶたの目が、那美子に似ているといえばいえる。

「あたしがモデル？」

「そんなつもりじゃなかったけれど、出来てみたら、どうも似てるような気がしてきた。あげるよ」

「ふうん」

あんまり嬉しそうな顔でもなく、那美子は持って帰った。

その版画が那美子からマクドナルドの手に渡った。

東洋趣味愛好の異邦人という、雑誌の特集で、那美子がカメラマンをつれ、アメリカ人の画商のマクドナルドを訪問した。それがきっかけになっていた。マクドナルドは丸の内にある、ニューヨークのデザイン会社の出張所所長の肩書きを持っていた。

那美子のみせた亮吉の版画に、マクドナルドは一目でとびついてきた。那美子を自分の車におしこむように乗せると、すぐ亮吉のアトリエを訪れた。

自分の版画に法外な値をつけ、ほとんどみんな買占めていくマクドナルドの赭《あか》ら顔を、亮吉はなかば呆れてみまもっていた。

マクドナルドがどんな宣伝を用いたのか、亮吉の版画は、アメリカの日本趣味熱に乗って値が出る一方だった。

亮吉の暮しに安定性がついてきた時、亮吉が那美子に云った。

「きみもそろそろ勤めをやめないか。いつまでつづくかわからないけれど、二人で暮していけるくらい、これからは責任がもてそうだ」

那美子はあの夜をさかいに、月に一、二度のわりあいで、何の前ぶれもなしにふらりと訪れては、淡々と泊っていった。その夜も、那美子はすっぽりと亮吉のからだによりそい、おだやかな呼吸をくりかえしていた。

「二人で暮すって、夫婦になるってこと？」

「まあ、そうだ」

しばらくだまっていた後で、那美子は気のぬけたようにつぶやいた。

「自信ないわ。結婚生活っての、一度でこりごりした。このままじゃいけない？　このままがあたしにはとてもいいんだけど……」

「那美子がいいなら、無理にとはいわないさ。ただ、三十すぎて、もう那美子も勤めが辛いんじゃないかと思って」

「あたし、だめなのよ。みんな持ってしまうと、興味なくなるの。持ちものでも人でも、一部は手に入らないところがある状態が、一番好きなの」

珍しく、それっきり那美子が口をつぐんだので、亮吉はその話を中止した。那美子のこれまでの問わず語りで、自分からしゃにむに飛びだして以来、那美子の上には相当な恋愛経験もあると亮吉はふんでいた。ただその男たちが、那美子と、どの程度の精神的あるいは肉体的交渉があったのかと想像すると、亮吉は、いつでも、目の前に暗幕をはりめぐらされた様なもどかしさを味わわされた。

那美子の精神形成の上に、どれほど男たちの影響があるかは別として、那美子の三十歳の肉体に、亮吉は自分以外の男の爪あとを発見することが出来なかった。四年間の結婚生活をして、一人の子供を生んだ初めての男、矢田要のきざみつけた痕跡だけは、乳をすわせた乳房の型に残されていた。しかし、その他のどこにも、矢田要の爪あとがみあたらない。

那美子の官能の目ざめが、亮吉とふれあってからの二年の間に、徐々に、花びらがほぐれるような物やわらかさと、ゆるやかさで開いていったのを、那美子自身よりも亮吉の方が識《し》っていた。それは亮吉に男の自信を呼びさまさせた。

「この下へ下りてみましょうか？」

那美子はもう先にたって、歩道から、かなり急勾配の土手をおりはじめた。ハイヒールの踵で、器用に重心をとりながら、たちまち濠の水際に下り立ち、まぶしそうな目をあげて亮吉をまねいた。

赤坂見付《あかさかみつけ》の方から、三宅坂へゆるやかに坂をおりてくる都電を背にして、亮吉も歩道から身を沈ませていった。

「ここでスケッチしておいたら？」

「うん」

今日、このあたりをふたりで歩くことになった原因は、マクドナルドの会社で、東京八景の版画図案のふろしきを請負い、その仕事が亮吉にまわってきたためであった。

マクドナルドの選んできた場所の一つに、この宮城《みやぎ》の濠端風景が入っていた。亮吉の版画は、写実性をこえて、シュールに近く、アメリカ人のセンスに適うのだった。だからといって、版画の風景を彫るのに、スケッチもとらないわけにはいかない。

「ほら、この井戸、これが江戸の名所図会にのっている柳の井戸よ」

那美子は柳のかげにある正方形の井戸を亮吉に示した。

「へええ、学があるんだね」

「ふふ、まだ話さなかったかしら。あたし、この辺りに住んでたことがあるのよ。この辺は縄ばりよ」

亮吉はポケットから取りだしたスケッチブックに、す早く、なだらかな石垣の曲線や、白鳥を写しとっていた。

那美子は草の上にハンカチをしき、腰を下した。立てた膝を両腕で抱え、細い顎をのせていた。水の上に目をそそいだまま、那美子がふっとつぶやいた。

「議事堂の中で暮したことがあるのよ」

私は数え年二十五であった。結婚して四年。子供は三つになっていた。私は貞淑な妻であった。

とつぜん、私は夫以外の男に恋をした。夫との結婚は見合結婚であった。結婚前、私には、恋をした経験もなかった。私はこの初恋に、前後の見境も分別も忘れはてた。

相手は私より四つ若かった。ある時期、夫が一年ほど教鞭をとった郷里の中学の教え子だった。香川三郎《かがわさぶろう》といった。

三郎にはじめて逢ったのは、それより四年前、つまり、私が結婚して二ヵ月とたたない時だった。

私たちの新婚の住居は、北京《ペキン》の東単《ドンダン》にあるH飯店であった。

北京の秋は、申しぶんない美しさで燦《きら》めきわたっていたが、私の生活は、およそ蜜月とは縁遠かった。

夫は私を伴って、内地から北京へ帰るとまもなく発病し、発疹チフスと診断された。懇意な医者の好意で、急性肺炎とごまかし、とうていその頃の経済状態では不可能だった入院はまぬかれた。

私は夜眠ることもできなくなった。夜になると、病人の熱は四十度をこした。うわ言がはじまる。夫の夢にはどういうわけか、動物ばかりでてくるらしかった。

「モスコーのネズミがダンスしている」

とか、

「大阪のアベ川のなまずの夫婦が見舞に来たよ」

とか、うつろな目でいいつづけた。夜になると、まだ知人もない北京で、意識の乱れた病人と、病人のつくりだす動物の影にとりかこまれ、私は心細さで膝をだきしめ、泣いてばかりいた。

そんなある日の午後、香川三郎が訪れて来た。ドアの外にほっそりと立った青年のすがすがしさが、熱や、尿の音や、ネズミやナマズで汚れている私の目に、身ぶるいをおこすほど新鮮に映った。

夫の教え子だと名のられ、私は急に威厳を保とうとしたが間にあわなかった。私は学生時代のまま、まだ長い髪をおさげにしていた。白いセーターに真赤なジャンパースカートをつけていた。

「私、矢田のかないです」

はじめて使ったことばに、私が赤くなる前に、香川三郎はくすっとふきだしていた。

私は後手にドアをしめて、急に解放された気持になり、学生ことばにもどった。

「矢田は伝染病なの。入ってはいけないわ、すぐ帰ってちょうだい。でも、また、いらしてね」

私は、三郎と肩を並べ、廊下から入口へおくりだした。

上海の学校に入っていて、旅行で北京へきたこと、今夜北京を発つこと、したがって、また訪れるわけにはいかないと、三郎がてきぱき説明する。私は、きゅうに気力がなくなるのを感じた。明るい外光の中でみると、まだ少年とよぶにふさわしい、初々しい皮膚の三郎であった。

玄関の石段をおりていく三郎の、しなやかな首筋をみつめていると、結婚式以来の疲れがどっとおしよせるような目まいがした。

階段をおりきったとき、三郎はふりかえって私を仰いだ。

「さよなら、おくさん」

めがねの中で、茶色っぽい薄い瞳がやわらかく笑っていた。三郎が胡同の入口に消えていった。私は、三郎とたくさん会話を交わしたような、不思議な錯覚を覚えていた。

部屋にもどると、目のさめた病人が、尿意をもよおしていらだっていた。しびんをあてがい、熱でじとじとした夫のそれをあつかうのは、いつまでたってもなれることができないいやな作業であった。熱気のこもったふとんをかかげ、はかない尿のしたたる音をきいていると、ふいに私は胸にこみあげてくる嘔吐感で、うめき、その場にうずくまってしまった。夫を診察に来た医者は、私をついでに診べ、妊娠だと簡単に告げた。

四年たって、私たち親子が引揚げていた郷里の私の里へ、香川三郎が又、何の前ぶれもなく訪れた。三郎とはじめて逢った北京の秋の日の出来事が、一瞬私の脳裏によみがえった。

三郎の薄い茶色の目がやわらかくまたたくと、私の耳の奥で、さようならおくさん、という三郎の四年前の声が、いくつものこだまになってひびいた。

三郎はきゃしゃな少年めいた俤のかわりに、年より大人ぶった落着きのある青年の顔をつけていた。私もまた、もうおさげに赤いスカートの学生っぽい稚妻ではなかった。私のそばにはいつでも、三つのエイコがまつわりついていた。

夫は、中国地方の山の中の人口十万あまりのその町を、ことごとに文化が低いと軽蔑した。北京の大学で教えていたことだけで、夫は町の名士であり、新聞の論説委員であった。戦後の解放の波が、眠ったような山峡の町にもおしよせ、奇妙に浮々した社交気分がみなぎっていた。

　そうした町の空気にとけこんで、夫は連日、忙しそうに走りまわり、会合ばかり重ねていた。

　北京の四年間に、私は、机に向かった夫をほとんどみていなかった。H飯店の私たちの部屋にはいつでも何人かの客があり、私は終日、お茶をついでいた。快活な夫の話し声、張りのある高笑い、にこやかな笑顔……私たちの部屋は解放的で民主的で、なごやかであたたかだった。夫にも私にも、個人の時間はなく、朝から晩まで社交時間であった。私は夫のことばづかいを覚え、夫の笑顔を見習い、夫の笑い方のこつをのみこんだ。

　たまに二人きりになる時間があっても、妙に落着かなかった。私は自分の心を表現することばを思いだすのに骨がおれ、もどかしく、いっそ黙りこんでしまう。それに二人きりでむきあってみると、夫にぜひとも話さねばならないことなど何一つないのに気がついた。私の知っておかなければならないのは、今夜の客の数であり、餃子の中身についての夫の選択であった。

　内地での私たち夫婦の生活も、北京とほとんど変らなかった。ただ私は、食糧事情の悪い中で親子居候という、いじけた身分に気をかねながら、夫の客のごちそうの心配をつづけるだけでせいいっぱいであった。私はすでに、夫が前途有為な支那古典の学究の徒であるとの、本来の肩がきをすっかり忘れ果てていた。

香川三郎とその仲間の数人の若者が、夫の客の中に加わってから、私の内部に、何かしら、目に見えない変化がおこりはじめた。

自分より年下だとの安心からか、或いは社会的地位で尊敬の序列を占める夫の方針にならったのか、私は、三郎やその仲間の青年に対しては、社交用のお面をかなぐりすてていた。

彼等と話しているうち、私は、私のことばをとりもどし、私の表情を思いだしていた。ことに、三郎と会った後は、ことばにださないでたくさん話しあったような、にぎやかな気持に満されているのだった。三郎たちが訪れてきても、夫には、もっと序列上、高い客が何人か来ていることが多い。そんな時、三郎たちの接待は私にまかされていた。いつのまにか、三郎たちの訪問は、夫に対してではなく、新しいなかまの私に対して行われるようになっていた。私も、三郎も、そのことに全然気がついていなかった。

夫に、とつぜん、東京のK図書館の就職口が決った時、私はむしろ茫然とした。

「これで、いよいよ、ぼくの本来の研究生活にもどることができるよ」

陽気な顔色で、自信にみちていう夫を、私は不思議な気持でながめた。夫が、私と結婚するまで、学者であろうとしていたことなど、もうすっかり忘れていたからであった。私は学者としての夫とまだ暮したおぼえはなかった。

それからまた何日か、にぎやかでいそがしい別れの宴がつづけられた。夫は客のだれにむかっても、K図書館が日本一の設備を有すること、そこで自分は、自分の研究を役だて、更に、研究の便宜もあたえられて、本来の使命を果すであろうことを、謙遜なことばで、しかし自信にみちて、誰もが、うなずかざるを得ない説得力で力説した。

夫はついに出発していった。私と三郎たちが最後まで手を振って見送った。

東京は住宅難地獄であった。家がみつかり次第、私と子供を呼びよせたいと、愛情にみちた夫の第一信がとどいた。

そのはがきを手にして、私はなぜかおなかの底からこみあげてくる、大きなため息をはきだした。

からだのまわりの空気がすかっと軽くなった。その爽やかさは私に後めたい想いをさせた。

私の周囲はきゅうにひっそりとなった。

夫の分厚い封書が届いた時、愈〻《いよいよ》家が見つかったのだと思った。すると、思いがけない狼狽と、失望が私を捕え、愕然とした。ふるえる指で、開封した手紙は、全く意外な内容でみたされていた。

息もつかず読み終ると、思わず畳につっぷし、激しく肩をあえがせていた。手紙の内容よりも、それを開封する前におこった自分の感情の乱れに、改めて怖ろしさと混乱を覚えていた。

手紙は相変らず家がないと記してあった。その事は、ほんの二、三行で、主要な要旨は、今度私たちの町から立候補した植村《うえむら》たまき女史の選挙を手伝うようにとの、夫からの命令であった。

今、たまき女史に助力しておくことは、自分の職場での関係上何かと都合がよくなる。それよりも先ず、家の問題が一番早く解決するだろうと、理由にあげられていた。

尚、このことは、香川三郎に一切相談して、二人で行動するようにと結んであった。

人もあろうに……あの三郎に……。

私は遠い東京の夫に絶叫したくなった。その時になって、私ははじめて、三郎への、じぶんの恋に気がついた。

その日、一日、私は自分の恋をみつめ、恍惚《こうこつ》と暮していた。

夜に入って、三郎が訪ねて来た。私は終日三郎を思いつめていたので、かえって現実の三郎を目の前にして、心は平静であった。

「先生から、こんなハガキもらったんです」

三郎は、私の見なれない陰気な顔付をしていた。彼の後から彼等のなかまもやってきた。

「それで、奥さんは、本当に選挙を手伝うんですか？」

三郎の声の、いつになくきつい調子に、私はおろおろ目をふせた。

「だって……しかたがないでしょう。あの人がこうしろといってきたんですもの」

三郎の薄い茶色の目の中に、冷たい軽蔑の色を認め、私は心が萎えるのを感じた。

「断るつもりで来たんだけど……」

結局三郎たちは、私を扶ける意味で、選挙を手伝おうと云って帰った。

私は政治に全く興味も知識もない女だった。なぜその私に、夫が、こんな無謀な仕事をおしつけてよこしたのか、理解に苦しんだ。

私は夫の手紙をうけとった瞬間感じた自分の中の秘密な混乱に、ひそかに罪を感じていた。やましさが、私を、遠い夫に対して卑屈にさせていた。私はこの不可解な仕事を一種の贖罪《しょくざい》のつもりですでに心にひきうけていたのだ。何はともあれ、私は三郎たちの助力を得て、結婚して以来、はじめて社会の風にまっこうから当るはめになった。たまき女史の一行はその朝、私たちの町に着いた。

選挙戦は七月の中旬から展開された。燃えつくような暑さの盆地の炎天下を、いつのまにか私も選挙という奇態な熱風にまきこまれ、神がかりじみた興奮状態におちこんだ。

たまき女史が一かどの女丈夫で、接してみて好きになれる人物だったことで、いくらか私は救われた。私は女史の秘書役をひきうけ、四六時中女史と行動を共にすることになった。

パージにかかった夫の選挙地盤を受けついで立ったたまき女史は、婦人代議士としてかなり成功裡に一期をつとめ終り、今度の選挙も七、八分の当選確率見込だった。三郎やそのなかまは、勤めの終った後、夜の演説会を手伝っていたが、伯父の会社で会計をみている比較的自由な三郎は、ほとんど毎日、事務所へ出かけてきた。都会風に、神経の鋭く働く三郎を、たまき女史も気に入った。女史の希望で三郎は、たまき女史のコース付きになった。私たちは一つの車に乗り、県下中をかけまわった。チームワークは、私たちの喜憂を一つにとけこませていった。

三郎のワイシャツの胸ボタンのおちているのに気付き、私は、用意の糸で、すばやくとりつけてやった。街頭演説の始まる前の、短い休憩の時間、私たちは道端のよしずばりの陽かげにいた。たまき女史の外にも何人かいるその人目の中で、私は三郎の汗くさい胸に顔をよせ、歯で糸をきったりした。そんなしぐさも、誰の目をもそばだたせない、殺気じみた興奮と緊張に、人々の目は上ずっているのだった。

ささやかな事のひとつひとつが、夜になると、私の胸にくっきりとよみがえって、甘美な反芻をさせる。それは私のかつて知らなかった異様な熱情に移って行き、私の官能をさいなんだ。私はこの四年間、夫といったい、何を話して暮してきたのかと、目を洗われたような気持であった。

十歳年上の夫に、見合の席から私は支配されていた。

「学課は何が好きですか？」

「シェークスピアのものと、源氏物語はどっちがおもしろいのですか？」

入学試験のような質問を、見合の席でした夫は、結婚後、何一つ私の心のいとなみについて質問しなかった。私は夫と、心にのこる会話をした記憶がなかった。

「こんなばかなことを、遠くにいてまで、なぜ私にさせるの？」

私は、夫の俤にむかって、ふき上るような怒りをたたきつけていた。

結婚、夫の病気、出産、現地召集、引揚、平和な時代なら、一生かかって味わっていく苦労を、異常な状態の中で乗りこえていながら、私の四年間の結婚生活の記憶は、幻灯画のような頼りなさでしか実感されない。

夫と私の間には、結婚生活の厳然たる証しとして子供がいた。それなのに、私は夫と離れて暮し、夫の性に何の未練も感じないのだ。

夫婦の習慣だから……そんな消極的な意味でしか、夫の肉体につながった記憶がなかった。

車のドアをあけ、す早い身のこなしで助手台から道路におりた三郎が、何気なく私の方に手をのばし、窮屈な姿勢に身をかがめて車を出ようとする私の腕をとる。私の足が地上をふみしめる、三郎と私の間に弾みのついた律動が伝わり、自然な力強さで、三郎の掌が、私の掌を握りしめる。私はからだの芯を、電流がはしるようなまぶしいめまいを覚えた。身ぶるいする官能の応えかたを、私は自分にも三郎にも恥じた。三郎の行為には何の意味も伴っていないのを、私は本能的にかぎあてていた。そのことがひどく心にこたえていながら、一方、その一事だけに私は頼り、自分の心の傾斜を支えてくれる唯一の支柱にしていた。

　矛盾にみちた内心の葛藤《かっとう》に、へとへとに疲れきったが、私はそれを誰にも、殊に三郎に覚《さと》られまいと、自分に与えられた仕事に熱中していった。いつのまにか、私はたまき女史にとってなくてはならないアシスタントになりきっていた。

　共にすごす時間が長くなるにつれ、私は三郎に溺れるばかりでなく、彼の中に複雑な心の襞をも発見していった。幼い時、家が破産して、転々と他人の家にあずけられ育った三郎は、年齢のわりには、老成していた。私にデリケートと映った美点は、苦労の中で自然身につけた、人の心を読みとる術に長《た》けたことを意味していた。彼はまた仕事を片づけていく上で、決して無駄な労力を費さなかった。要領の好さと適度なずるさが、三郎を人の目に頭のきれるやり手として映じているのだった。アプレの青年に共通な、狂暴な実行力と破壊性が、物やわらかな外貌のすぐ下にかくされていた。私の育った時代感覚の物さしでは、不良のレッテルをはられる要素を、たぶんに身につけていた。しかし今となっては、それらのすべてのあくの強さも、危険性をもふくめた三郎の実体に、私の感情は抵抗をなくしているのだ。

　その夜が最後だった。私たちは町から二里ばかり離れたたんぼの中の小学校で、打あげの演説会を行った。

　私はひとりぬけだし、暗い校庭へ出た。星が高かったので、校庭は闇がこめていた。灯の明るい講堂から、謡《うたい》できたえあげたたまき女史のさびた太い声が、スピーカーを伝わって流れてくる。

　ポプラの木の下に遊動円木があった。私はそのはしに腰をおろした。何もかも終った――そして何事もおこらなかった――からだの中に、一つの大きな空洞を抱きしめているような気がしてきた。

　明日からはまた静かな日が始まるだろう。静かで退屈な……疲労が私のからだの空洞をみたしていく。そこからおしだされてでもくるのか、とつぜん涙がふきこぼれた。

　遊動円木のむこうの端で、マッチをする音がした。まるい炎の中に、三郎の顔が浮んだ。

　私は全身の関節がばらばらになる虚脱感に襲われた。煙草の小さな火が、闇の中を泳いで、私の前に来た。マッチの鳴る音がふたたびして、私と三郎は目を合せた。笑おうとする私の目から、また涙がはふりおちた。三郎は、ズボンのポケットからハンカチをとりだし、大人びたしぐさで私のひざにおいた。火を捨てると、静かに私の傍に腰をおろした。

「疲れていらっしゃるんですね」

話すことは何もなかった。

私が立ち上った時、ほとんど同時に、三郎も立ち上った。私は、この状態から逃げなければと思っていた筈なのに、思いがけないことばを口にしていた。私のなかの何がいわせたのかわからなかった。

「なぜ、逃げるの？」

三郎の白いシャツが迫ってきたと思うと、私は彼の胸に抱きしめられた。はじめての接吻は、ぎごちなく、無器用にあわされた。大人びて偽悪者ぶりたがる三郎の二十一の年齢を、私は、いとしさをこめて思いだした。


仕事で、急に帰ってきた夫は、家へつくなり、私の口から、三郎との新しい恋愛関係を告白された。寝首をかかれたようなショックを与えられたのだ。

「お願いです。別れて下さい。あなただって、外の男に心をうつした女なんて、もう見るのもいやでしょう。叩きだして下さい」

目をつりあげ、化粧も忘れて、唇をふるわせてつめよる女が、あの従順で、貞節そのものだった妻と、同じ女だ。夫の目にはどうしても信じがたいのだ。

「悪い夢を見ているのだ。一種の病気だ。あんな子供といっしょになって、いつまでお前が幸福でいられると思うのだ。え？　とにかく、お前はこれまで、私に従ってきて、世間から後指などさされたことのない貞淑な妻だ。私の留守中に、たとえだよ、お前が、あの男と具体的な姦通まですすんでいるとしても、私は、エイコのために、一度はお前を許さなければならない」

「そんな、子供などひきあいに出さず、自分のために、考えて下さい。何度もいった通り、私たちはまだキスだけの間です。でもそんなこと、ちっとも大切な問題じゃないじゃありませんか。ねえ、あたしは、あの人を愛しているんですよ。そんな私を、あなたが許すなんて、思い上りだわ」

見苦しく取りみだし、自分のことばに混乱していくのは、いつでも私であった。夫は、とにかく表面だけでも、石のように強かった。

夫の常識では、私が説明する三郎への愛など、青臭い観念の遊戯としてしか理解出来なかった。

夫にとって、真に大切なのは、このスキャンダルが、狭い町の中に、すでにどの程度拡がっているかだけであった。

世間に対し、どう振舞わねばならないかの答を、みつけださねばならなかった。

「全く困ったことになった。新聞社ではもうこの事件を、すっかりしらべあげているんだ。選挙にからまる醜聞として、社会的問題に扱いたがっている。原稿まで俺はみて来た。とにかく、今度だけは、私の顔に免じて、記事にするのはかんべんしてもらってきたがね。何しろ、まだ香川は、若い前途のある青年だ。こんなつまずきで、社会的に葬られてしまうのも可哀そうだ」

夫はなぜ、私のことばを、ことば通り受けとってくれないのだろうと、私はぎりぎりした。私たちの間では、お互いの心のうちを話しあう習慣など、もたなかった。姦通という決定的な事実を伴わない、愛だの恋だの抽象的な問題を論じあうと、水の中で唾をとばしあうような、非現実的な感じにすりぬけていく。私はことばにむせ、うめきだしてしまう。

「新聞に出たって、何でもないじゃありませんか。世間と、私たちの愛情の問題と、どんなかかわりがあるんです」

一にも面子、二にも名誉という夫は、私の顔を、無気味な一角獣でもみるような、目つきでみた。

新聞社が、こんなささやかな私たちの情事に、興味をもつ筈がなかった。何もかも、夫のつくりだした、こけおどしの小細工であった。

「あたしとあの人と、三人で話しあって下さい。それしか解決の方法はない筈よ」

「そんなことまで、俺に命令する権利が、お前にあるものか」

夫があまり方々へ出かけて、かまをかけて歩いたため、かえって、私たちの問題は二、三日のうちに町じゅうに知れわたってしまった。

面子が命より大切な生活信条の夫にとって、これは私の姦通の真偽よりも、もっと手きびしい打撃であった。夫はそれがわかると、一日で面変りし、やつれはてた。急に五つも老けてみえる夫の憔悴《しょうすい》は、やはり、私をはげしく泣かせた。三郎とは夫が帰って以来、一度も逢うことができなかった。

「とにかく、エイコのために、もう一度だけ、俺との生活を努力してみる義務があるだろう」

夫の最後の切札に、私は歯むかう道理をもたなかった。子供の問題だけは、自分自身、何の解決法もみつからないのだった。

意外なほど、簡単に、上京に同意した私に、夫はかえって驚いた。

東京に、家がみつかっているわけではなかった。私たちは、町じゅうがまだ眠りから覚めない朝、住居も定めないままで、東京行の一番列車に乗った。

三郎に別れをつげるひまもなかった。

この一週間、三郎の手をかりず、ひとりで夫と夜も昼も云い争っている間に、私のなかに、ある奇妙な変化がおこりはじめていた。

三郎との恋のため、夫との生活を清算する筈の、最初の動機から、いつのまにか、私の決意の方が一歩先ばしっていたのであった。

私には、新しい恋が唯一の問題ではなくなった。何の理由にせよ、私は、一人になりたかった。

もう一度、誰にも属さない自分ひとりになって、自分の靴で大地をふみしめてみたかった。誰のレンズでもない、自分の目で、すべてを見きわめてみたかった。

夫にむかって、夫との生活の空虚さをあれこれ説明しているうちに、私は自分でも思いがけない結論をひきだしてしまったのだ。しだいに影が薄くなっていく三郎との恋に気がつき、私は茫然とした。

誰にも属さない自分と、くりかえすうち、その誰にもの中には、三郎さえ入っているのだった。肉体を伴わない恋のはかなさであろうか。

私は自分がひどく甲羅をへた図太い女のように感じられ、心がざらついた。

東京での生活は惨憺たるものだった。たまき女史の家にむりやり三ヵ月押かけ居候した後で、三度も夫の知人の家を渡り歩いた。

どこにいっても、執念深く争いつづけている子もちの夫婦など、長く置いてくれる家はなかった。

最後にころがりこんだのが、議事堂であった。

年の瀬を前にして、出ていってくれといいだした夫の友人は、交換条件としてこんな話をした。

「じつは、議事堂の床屋が正月休みで帰省するんだよ。その間、あそこは空いてるんだ。ちゃんと、ついたてのかげにベッドがあるし、ガス台も水道もある。どうにか住めるんだよ。その間に、きみたちも必死になって探せば、何とかみつかるだろうさ。話はつけてある」

夫も私も、歪んだままの夫婦生活で、神経が疲れきり、家さがしの気力も失せていた。落葉が、吹きよせられるように、荷物はあずけたまま、親子三人で議事堂住いと決めた。

国会も休み、議員たちも故郷に帰った議事堂の中は、巨大な廃墟のように、森閑としていた。

地下室には、ボイラーたきとか掃除夫とかが、何人か交替で宿直していたが、ほとんど顔をあわせることがなかった。

はじめはあまりの広さにおびえ、すくみこんでいたエイコが、森閑とした空気になれてくると、誰よりも先に元気をとりもどした。どこまで駆けても果てしもなくつづく廊下を、からだをはずませて走り、小さな全身をふりしぼって叫ぶ。

「ママア！　パパア！　……」

エイコの声は、広い天井にこだまし、廊下をはしり、壁にひびき、無数のこだまとなってあとから、あとから湧きあがってきた。

はじめの二、三日、三人はお上りさんのように、廊下から廊下へ見物して歩いた。はしゃぎすぎたエイコが、赤いカーペットの上に、粗相をする一幕もあった。

多くの部屋は鍵がかかっていなかった。燦めくシャンデリヤ、ふんだんに使った金具、深紅色や、紫の襞深いカーテン、マホガニーの家具類……。

私たちはアラビアンナイトの物語の世界に迷いこんでいる錯覚さえした。

散髪室のわが家は、もっとすばらしかった。

壁じゅう、はりめぐらされた鏡の中に、いくつもの自分たちがにぎやかに同居していた。

ちょっと首をまわせせば、ぎすぎすした惨めなじぶんの表情が、否応なく目に映る。

私たちはしらずしらず、和やかな顔付になっていた。

　里帰りの床屋のベッドで、眠り正月を迎えるなど、まともに考えれば、背筋の冷える佗しい現実なのに、ここに移ってから、私たちは、不思議にいがみあわなくなった。

　エイコの手を両方からひき、仲のよい夫婦のように、散歩に出ることもあった。弁慶濠にそった半蔵門、三宅坂、桜田門の桜並木の道は、おそらく日本一の散歩道ではないだろうか。まるで花道のように晴れがましい道を、私たちは、ゆったりと歩をはこぶ。水際に下りて行くこともあった。

「ほら、エイコのおうち、ね、エイコのおうちね」

濠端から、エイコが議事堂を指さして叫ぶ。私も夫も、何ヵ月ぶりかで声を揃え、笑い声をあげた。

「ずいぶん、豪勢なわが家ですね」

「ん、ま、一世一代だろうよ」

　夫も私も、この数ヵ月の間、血みどろになって傷つけあったお互いの傷口には、顔をそむけていた。いかにも幸福な夫婦の典型のように、子供を中にはさみ、三宅坂を、巨大なわが家へ帰っていくのだった。

永久に、私たちの争いはおさまったかにみえていたが、やはりそんな散歩の途上であった。夫は私を濠の水際にさそった。

夫が、ふいに足をとめ、私の名を呼んだ。

「お前は東京に来てから、俺をうらぎらないように努力すると、約束したね」

妙に物静かな声の調子に、私は足をすくませた。

「香川とは、俺の目をかすめた文通は一切しないと約束したね。エイコのための努力は、それを実行してみることだといったのは、お前の口だ」

「あの人から、手紙が……手紙が来たんですね！」

私は血の気の失せていく自分を感じ、ふるえだした。

「これは何だ」

夫の手が、外套のポケットからつかみだしたのは、吉祥寺にいる私の学校時代の友人からの手紙であった。私はとっさにすべてを了解した。私との連絡を絶たれた三郎が、私の在京の友人の住所をさがしだし、そこ宛に私への手紙を書いたのだ。友人が自分の封筒をかぶせ、ようやく届いたのが、夫の手に入ったのであった。

「下さい」

「やれない。俺はふつふつ厭になった。いくら俺一人努力しても、一方でお前が、性こりもなく破壊工事をすすめている！」

「それは誤解です！　私はあの人と何の連絡もなかった」

「俺はこの手紙をよんだのだぞ！　何だ、ぬけぬけと、四国の友人の所へぬけだして来いとか、駆落のさしずまで、お前はあの小僧にうけるのか！」

私は立っている地が揺れうごくような目まいを覚えた、夫の手から手紙を奪おうとした。手紙は水の上へ弧を描いて落ちていった。あっと声をあげた私の顔の上に、夫の拳がつづけざまになった。左の目から、ぬるりとしたものがつたい、押えこんだ指のまたをつたって、鮮血が流れた。私はよろよろ立ち上ると、お辞儀のようなみぶりをした。

「どうするんだ」

「やっぱり出ていった方がいいのでしょう」

「行くなら、着のみ着のままで行け、ここからそのまま行け！　オーバーなどぬいで行け！　マフラーなどいるものか！　畜生は畜生らしくはだかで行け！」

私はオーバーをぬぎすて、マフラーをはずした。寒さが感じられなかった。右の目で、おびえて立ちすくんでいる子供の顔を見、泣き笑いの歪んだ顔をひきつらせた。

次の瞬間、私は土手をかけのぼり、三宅坂の広い道を赤坂の方へむかって、走りだしていた。どこまで走るのか。私は息のとまるまで走るつもりであった。ふりかえらなかった。


「おかしな話でしょう。作り話かな」

人ごとのように那美子が、亮吉の目をすくいあげて笑った。目尻に深い皺が刻まれて、年が滲みでた。

陽が落ちて、水の面に、うす青い夕靄がひろがりはじめていた。

亮吉は、スケッチブックをしまい、那美子の横に腰をおろし、何本めかの煙草に火をつけた。

頭の上の道を電車がきしみながら走る音がした。

「三郎くんはどうした？」

亮吉としてはめずらしく積極的な問いだった。

「死んじゃったの、胸で……。二人で暮す金をつくろうとして、大変な無理な仕事手がけて、自爆みたいなもんよ。私が殺したことになるんでしょうね……。私たち、一日もいっしょに暮さなかった」

「人間は流されていればいいんだよ。もう肩肘はるのはよした方がいい。くたびれるだけだよ」

「そうねえ、つくづく、くたびれたらしいわ、あたし……」

亮吉は那美子の長い話の中で、ついに男は、夫と三郎の二人しか出てこなかったのに微笑した。

那美子が、その微笑の意味をひきとるように、つぶやいた。

「口に出して話せる過去と、お墓の中までひとりで背負っていく過去と、どっちが多いんでしょうね、人間には」

「行こうか、酒がのみたくなった」

「ええ」

立ち上るひょうしに、亮吉の足元に青い薄い手帳らしいのが落ちた。

「なあにこれ？」

那美子がひろいあげ、表紙にはりつけた黄色い紙の字を読んだ。

「外桜田永田町絵図全……」

「江戸の地図だよ。天保の頃のこのあたりの地図だ」

那美子は目の前に方一尺五寸の地図をひろげてみた。

たそがれの色の中に、黄や青や緑の版画の、やわらかな素朴な色が浮び上った。

「サイカチ河岸……って書いてあるわ。この上の道、あたしたち、ここに立っているのね、この緑色の土手の上よ」

那美子のおだやかな横顔に、また一はけ、たそがれの色が刷かれたのを、亮吉の目がとらえていた。

男客

その男が訪れた時、たまたま克子《かつこ》がああいうことのあった直後だったのは見のがすことは出来ない。としても、もし、克子に旧友に対する根深いライバル意識と、負けた感情が潜在していなかったなら、そんなにもたやすく、その男に面会し、その男の要求に応じただろうか。

物心ついて以来、克子はいつでもじぶんの周囲に強敵を失ったことはなかったように思った。そして克子はいつでも負け犬だった。

人生の一番最初のライバルは、隣家の葉子《ようこ》だった。同い年、同じ月に生れた葉子は、克子より一週間ほど早くこの世の空気を吸った。おかげで克子は、生れてきたその日から、あらゆることで葉子に比較された。産声の大きさから、体重、色の白さ、髪の多さ、目鼻立ちから指先の長さ——何から何まで克子の説明には葉子が比較の対象であり、規準の基になった。歯の生え方、歩き初め、最初のことば、あらゆる点で比較された二人の幼児は、四、五歳の時にはもう、はっきり評価が決められていた。人々は葉子を可愛い子供といい、克子をかしこい子供といった。幼女の場合、頭のよさより、容貌の可憐さが大人たちの寵愛を集めるのは当然だった。大人たちは誰でも、克子のかしこさに気づく前に、葉子の可愛らしさに目を和《やわら》げる。

不当な屈辱感は、克子の人生に於ける最初の痛みの感情だった。

幼稚園の時、一緒に通園した葉子の一家が、遠くへ転勤した。克子は家族といっしょに葉子を駅へ見送った。葉子の可憐な顔と、風になびいている帽子の長いリボンが、遠ざかる車窓と共に、完全に視界から消え去った時、思わず、足ぶみしたいような、全身の圧迫感をとかれ、尿をもらしてしまった。驚きと恥しさで火がついたように泣きだしながら、さわやかな解放感があった。

ところが小学校になると、もう葉子に変るライバルが、待ちうけていた。それが早《さ》苗《なえ》だった。

小学校から女学校を通じて、克子は完全に早苗に頭が上らなかった。克子が学習塾へ通い、家庭教師につき、友だちと遊ぶ間もおしんで必死に勉強する間に、早苗は、ピアノを習いテニスの選手になり、たくさんの友人にとりかこまれて旅行を楽しみ、そのくせ、いつでも楽々と克子を引き離した成績をおさめた。

克子はじぶんの下にいる三番以下の友人の成績などかえりみることが出来なかった。早苗からうける圧迫と屈辱感だけで、少女らしい夢をみる閑もなかった。

早苗は、生徒たちの憧れの的だった東京から来た若い英語の教師にも、いち早く目をつけられた。

その頃、人気のあった映画スターのKに似ていると騒がれたその教師は、まだ若い娘たちのかもしだす生ぐさい体臭や、とてつもない高い笑い声の爆発に、反射的に赤面する初々しさがのこっていた。そんな時彼は無意識に、めがねを外し、レンズをふくまねをする癖があった。めがねを外した時の顔が、たいそう少年じみてきて、それがまた女生徒たちには甘いムードがあるというので喜ばれた。

克子は他の少女たち同様、その教師に、深い憧憬を覚えた。内攻的な孤独な少女時代の克子にとっては、その気持は初恋と呼ぶにふさわしかった。

克子は英語の予習復習には、他のどんな学課を犠牲にしても惜しくなかった。

彼もまた、早苗の美貌と才能に、他の教師同様、強く関心を捕えられたのを識《し》った時、克子はひとりよがりの恋から深い失恋の傷をうけていた。克子の恨みは教師より早苗にむけられて内攻した。

卒業の時、早苗は卒業生を代表して答辞を読み、克子は卒業証書をもらいにいく役がまわった。

両掌《りょうて》にずしりと手応えのある全卒業生の証書をうつむいてうけとった瞬間、克子の両眼から涙があふれ出た。両手がふさがっているので、流れでる涙を拭くことも出来ない。席に着くまで、頬に涙の流れっぱなしの克子をみて、教師も生徒たちも、ガチ勉の克子から思いがけない純情をみせられたと思って感動した。

誰もまさか克子が、十一年にわたる早苗との勝負に敗北感を味わって流した涙だとは、想像もしなかった。

卒業した克子は叔父を頼り上京した。

早苗のいない天地で、翼をのばしたかった。

東京で勤めに出ると、職場にもまた、第二、第三の葉子や早苗がいた。が、その度、克子の人一倍強い自尊心は傷ついたが、誰も克子のそんな心の内までのぞきこむ者はなかった。

亀谷規一郎《かめやきいちろう》に求婚された時、克子には他にも、二、三の縁談があった。同じ会社の宣伝課の下っぱで、サラリーも安く、何より容姿のふるわない規一郎と、克子が結婚する気になったのは、規一郎のために、負け犬になる相手など到底あらわれないと思ったし、物心ついて以来、頭に鉢をかぶったような、容貌の劣等感から一掃されたかった。見すぼらしく、凡庸な規一郎の前でなら、克子は優越感と自信にあふれることが出来た。そんな時、克子はのびのびと自分の軀がうごき、表情まで明るくいきいきと輝いてくるのを感じていた。

結婚してみると、全く思いがけないことに、規一郎は好運の神を一挙に招きよせたようになった。

「お前の運勢が強いんだな。俺はお前と結婚して以来、つきっぱなしだよ」

規一郎がつくづく克子にいったのは、結婚後半年めで書いた長篇小説が、ある新聞社の募集の懸賞で一等入選し、一挙に文壇に駈け上っていったあとだった。

規一郎の文名は気味の悪いほど、上りに上りつめた。およそ醜夫の典型のような規一郎の写真が、ほとんど毎日のように新聞の広告欄にあらわれ、電車の車内広告の中にぶら下った。街を歩けば、書店のウインドウに、ぎょっとするほど大きくひきのばされて往来を睨みつけている。

どこか、がまに似ている規一郎の顔が個性的ということばで称讃されている記事まであらわれてきた。

気がつくと、克子はいつのまにか、規一郎の被征服者第一号になっていた。

名声と金の出来た規一郎には女たちがいくらでも集ってきた。ここでもまた克子は、決定的に勝味のない彼女たちの若さとの勝負のため、闘いつづけなければならなくなった。規一郎はもう、克子を自分の運命のマスコットのようにはいわなくなった。ホテルや旅先でなければ仕事が出来ないという理由で、月のうち五日と我家に居ついたことがない。

克子はすでに、規一郎の女たちの若さに対抗するため、美容院通いをしたり、減食したりする努力に疲れはててしまった。もてあましていた自尊心も、ようやく萎えはじめ、生活になげやりな気持が生じた時、克子に中年の女の倦んだようなものういなまめかしさと、富んだ女の貫禄と、薔薇がくずれる直前の、けだるいような豪華で悲劇的な危機感がよりそった一種の情緒的な雰囲気が身をかざってきた。克子自身ではまだ気づいてはいない、新しい克子の魅力になった。

その日、克子は規一郎の知人の告別式に出かけて帰ってきた。規一郎とは会場の入口で待ちあわせ、一緒に焼香したが、また入口で別れてしまった。

帰ってきた克子を出迎え玄関の戸をあけたのは、規一郎の甥の速夫《はやお》だった。女中は回覧板をまわしに近所へ出かけていて留守だと速夫がいった。

残暑がきびしい日だったので、克子はまずクーラーのよく効く玄関脇の応接室に入ってソファーにかけた。速夫がだまって後からついて来てドアをしめた。去年から上京して克子たちの家に身をよせ、美術学校に通っている速夫は、母親似とかで、およそ不美人系の規一郎の兄弟たちには似ない美青年だった。東北弁を恥しがって、無口になったのが癖になり、ほとんど話したがらない。もう二年近くもいっしょに住んでいながら、克子は速夫の心や生活など何もしらないような気がしていた。

帯あげをゆるめ、喪服の胸を少しくつろげ、足袋のこはぜをはずした克子は、片方だけ足袋をぬいだ時、ふと、視線を感じ、顔をあげた。速夫がドアの所に立ったまま、じっと克子をみつめていた。腕組みして、ドアにもたれ、何かに堪えるように、眉をよせ、目を凝《こ》らせている。

「どうしたの、こっちへいらっしゃい」

克子は、なぜともなく、はっとして、少し乾いた声でいった。速夫の端正な顔が口もとから歪み、なめらかな黄色い頬に、ゆるく血が上った。押し出すようなぎくしゃくした動作で速夫が大股に近づいてきた。克子はその瞬間、理由のわからない圧迫と、明確すぎる予感に同時に襲われて、呪縛《じゆばく》にかかったように軀が動かなくなった。ソファーに浅くかけたまま、素足になったばかりの片脚を、斜め横にのばし、そのため喪服の黒い裾と下着の白絹がもつれあって開いているのに気づかなかった。うつむいて足袋《たび》をとった姿勢で、上体を膝の上に倒し、顔だけ速夫の方にあげた克子は、その不自然な姿勢のまま、急に動作を早めた速夫が一気に肩に手をかけるまで、動きを忘れていた。

ソファーに押し倒され、速夫の唇を受けてしまってから、克子は急にもがきだした。それは速夫の火をいっそうかきたてる結果になった。

男の腕に力がこめられ、もう一度しっかりと唇が捕えられた時、克子の筋肉が急にゆるみ、じぶんの唇もしとどに濡れてきたのを感じた。

長い接吻のあとで、速夫は急に身をふるわせて、克子の膝にとりすがった。

「好きだったんです」

「………」

遠い台所で戸のあく音がした。

「たま江が帰ってきたわ」

克子は自分の声の甘さにぎょっとなった。

速夫があっというすばやさで身をひるがえし、庭に向ったベランダの戸口から外へ走りだしていった。

克子はゆっくり身をおこすと、壁のロココ風の鏡の前に立ち、髪を直した。頬が内側から燃え、目がうるんで、一まわり大きくなったように見える。口紅は今朝からひかえていた。

若い男の欲情を刺戟するほど、魅力が残っていたのかという得意さが、克子を幸福にしていた。

その時、玄関のブザーが鳴った。

女中のたま江が、台所から玄関に出る間に、克子は衿元をつくろい、帯あげを直した。ソファーにかえって、片方の足袋をあわててはいた時、たま江がその男の名刺をもってきた。規一郎の文名が上るにつれ、未知の人間の電話や来訪には馴れているので、その覚えのない姓名を見ても克子は愕かない。

「奥さまの女学校時代の竹下《たけした》早苗さんとおっしゃる方の御主人だそうです」

「えっ」

克子ははじめて名刺の文字をしっかりと目に入れた。××油脂会社営業部課長という肩書をもった男の住所には、たしかに克子の郷里の東北の盆地の町の名が記されている。

「へえ、早苗さんの……どんな人？」

「何だか背のひくい、しょぼっとした……奥さまにぜひお目にかかって、家内からの伝言をお伝えしたいっていうんです」

「そう……じゃ、ここへお通しして」

克子はすばやく部屋を見まわした。ビュフェのデッサンも、万暦赤絵の皿も、配置を得ている。応接セットのカバーレースも昨日とりかえたばかりだ。花が少ししおれてきたが、まあがまんしておこう。

——それにしても……——

あの早苗の夫が、女中にもあなどられるような風采の上らない男だったとは……あの面喰いの早苗が……課長といったって、せいぜい田舎町の小さな会社にきまっている。——

克子ははじめて世間にとどろく夫の文名に心から感謝したくなった。

ドアがあき、女中に案内され、男が入ってきた。なるほど目鼻立ちの凡庸な貧相な小男だった。男は卑屈すぎるほど身をかがめ、克子の前に立って挨拶した。

克子は決定的な優越感からくる度をこした慇懃《いんぎん》さで、喪服でいるいいわけをした。

背広もネクタイもくたびれきっていた。

あのおしゃれの早苗が、こんなものを夫につけさせ平気になるほど、神経も情緒もすりへってしまったのだろうか。

男は、小さな目で上目づかいに克子をみながら、ふいに口を開いた。

「全く信じられないですねえ」

「え？」

「いや、うちのやつと奥さんが小学校から女学校まで御いっしょだったなんて、十はお若く見えますなあ」

「あら、まさか」

克子は思わず笑い声が高くなった。

「お宅の奥さまこそ、おきれいでございましょう。そりゃあもう、学生時代から大へんでしたもの」

「いや、なに、もう子供を四人も産んでしまって見られたもんじゃありません。ほんとですよ。奥さん」

男は妙に馴れ馴れしい目付で、克子の全身をなめまわすようにながめた。不躾《ぶしつけ》な、少しいやらしい男の視線が、克子にはそれほど不快ではなかった。男が今、はっきりと自分の妻と心の中で比較しているのがわかった。

たった今、速夫に証明されたばかりのじぶんの魅力を、克子は思いだした。男の前で、大胆に、さっきこのソファーでおこったことを、丹念になぞってみた。すると、あらためて、早苗に対する優越感が胸にわきおこってきた。

克子はそっちの方が整っていると思っている左の頰を客の方へむけ、女中を呼ぶベルを押した。

「おビールを」

女中にいいつける克子を大仰に両手をふって泳ぐように身をうかせ、男はとめた。

「いえ、奥さん、昼間からはいただけません。実は、今日はまだ仕事がございまして、それに、ちょっとお願いがございまして」

男は首筋に掌をやって、恐縮したように庭の方をながめた。

去年新築したばかりの家の庭は芝生が美しくのび、塀ぎわに、ゴルフの練習用のネットが張ってあった。

「ゴルフは、先生が？」

「はあ、わたくしも少しはじめましたの……でも、早苗さんのように運動神経が発達してませんから、全然だめですのよ」

「うちのやつなんか！　でも何しろ結構ですなあ、いや、全く、早苗のやつが、ぶうぶう羨しがるのも無理はありません。何しろ天下の亀谷先生の奥方ですからなあ、うちのやつなんか、もうお声もかけられないと、すっかりしょげてしまいまして」

まさか、あの早苗がと思いながら、男の卑屈なお世辞は、やっぱり克子の耳には快くひびいた。

どんなに、努力しても、がんばっても、ついに追いこすことはおろか、並ぶことのなかった、昔の早苗への屈辱感が、遠い記憶の中からなまなましくよみがえってくる。それはそのまま、現在の優越感に裏がえしになってつながってきた。

克子が好奇心にかられて聞く早苗の近況は、全くぱっとしなかった。

最初の結婚の相手は、交通事故でなくし、この男と再婚して以来、ただもう、家事にかまけてあくせくしている。

「ピアノ？　ああ、そんなもの、もうわたしの所へ来る時はもってもいませんでしたよ。何しろ、あれの里の父が、小豆相場で破産してしまいましてね、いえ、わたしの方にも先妻の子が一人おりまして、それでまあ、丁度つりあう縁だと、あれがつれ子をして来まして」

「あら、それじゃ、四人のお子さんは？」

「ええ、わたしの子供を三人うみまして、ですからあれは、都合五人の子供の面倒をみなきゃあなりませんので、所帯やつれもしますよ。何しろ、わたしが甲斐性なしですし」

「そんなこと」

克子はもう、何といっていいかわからない。まさか、こんなにまで決定的な勝利感を、二十年もたってから早苗に対して味わおうとは空想もしてみなかったことだ。早苗は、まさか、若い美青年に襲われるというようなスリルと快楽には無縁だろう。克子は、急に速夫がいとおしくなり、この男が帰ったら、二階の速夫の部屋を訪ねてみようかと思った。

するとその時、ようやく男の話が本題に入ってきた。

「実は、そのう、少々汽車賃をおかし願えないかと思いまして」

集金に上京して、今朝帰ろうと、山手線に乗ったら、財布がなくなっていたのだという。

「池袋のプラットフォームで週刊誌を買った時には、たしかにあったのですが、それが上野へつくと、もうなくて……」

克子は、声をだして笑った。そしてそれはすられたに決っていると断言した。

「ごめんあそばせ、つい、笑ったりして、何だか、おかしくなってしまって」

「いや、全くお笑い種《ぐさ》ですよ。そうですかなあ、でも、全くすられた感覚ってのがありませんでしたけどねえ、この上衣の内ポケットなんですよ。それに、それほど、混んでいるというほどでもなくて」

男は、まだ、すられた事実が半信半疑だというふうにしきりに車内の状態をくどくど克子に説明する。聞けば聞くほど、男のお上りさんらしいまぬけさが目にうかび、それがあの早苗の、いつでも太陽のように輝いていた表情に結びつけると、克子はほとんど肉体的といってもいい勝利の快感を覚えていた。

帰りの旅費だけでいいと恐縮する男に、むりに手のきれるような一万円札を渡し、早苗に土産にしてくれと、香水の「夜間飛行」まで渡し、お三時がわりにと、すしをとりよせて、克子は、駅へ送るためのハイヤーを呼んだ。こんなことなら、規一郎のいうように、運転手つきの自家用車をおくことに、反対するのではなかったと後悔した。

この男が、早苗につげるじぶんの今の生活が、あくまで豪華で、充たされているようにと、克子は男をのせた車が門を立ち去るまで、鷹揚な微笑をたたえて丁寧に見送った。

それから、三日め、克子は神田警察署から、電話をうけた。三日前、こんな男が立ちよって一万円借りなかったかという。

「そうですか、いやあ、残念でした。金はすっかり使っていましたが、あいつは今、捕えました。サギの常習犯でしてね。昔の女学校の名簿を手に入れて、全国に散らばっている成功者の奥さんを訪ねるんですよ。

もう何十件もやっています。早苗？　ああ、やつは女房なんて全然ありませんよ。

ええ、簡単なんですが、やはり調書の作成上、これからちょっと伺います。いや、御災難でしたね」

冬銀河

一

ノックの音に気がついていたけれど城吉《じょうきち》は狸寝入りをつづけていた。どうせ、新聞代かガス代か、その他の借金のさいそくをされるのがおちに決っていたし、まだ、このアパートで、城吉は何となく人目を憚《はば》かる気持があった。時々通っていた城吉が、いつのまにか幸子《さちこ》の部屋にずるずると居ついてしまって、それで一向に幸子の生活が楽になるどころか、かえって、目に見えて生活の窮迫してきたのが、まわりの部屋の女たちの目にも察しられていると思うと、大きな顔で廊下を歩けもしないのだった。

幸子を、一、二度つついてみたが、暁け方の抱擁の疲れでぐっすり寝込んだ幸子は、うるさそうに城吉の手を払っただけで、どしんと寝がえりをうち、一向に目を覚ます気配もない。

ノックの音はひかえめだけれど、妙に執拗《しつよう》にいつまでもつづく。ちょっと叩いておいて、耳をすますように間を置き、また根気よく繰りかえし、耳をすまし、また叩く。どうやら、開けるまでは去らないという気配だ。そのうち、誰か、このアパートの住人らしい女の声がしてきた。

「いいえ、いらっしゃる筈よ。出かけた様子はなかったけど……朝のおそい人だから、もっと、どしどし、叩いてごらんなさいな」

　相手の声は低く小さく聞きとれない。故意に小さくしているらしい気配に、城吉ははっと身を固くした。もしやという懸念がはしった。いや、知れる筈はない。幸子はもとのバーはもうやめていたし、店へは住所をごまかしていたのだから、今の住居を妻の弥生《やよい》がつきとめることは出来ないのだ。そうは思ってみても、やはりもしやという不安が湧いて、残っていた眠気もすっかり覚めきってしまった。

「おい、誰か来てるよ」

　声をおし殺しながら、幸子の耳もとでいい、思いきりその丸い肩をゆすった。冬でも躯が熱いといって、薄いナイロンのネグリジェ一枚の幸子は、広くくった衿あきからむっちり脂ののった肩をあらわしていた。

「何よ、だあれ」

「誰か来て、さっきからノックし通しなんだ」

「うるさいわね、朝っぱらから」

「もう十一時だよ」

部屋は六畳一間に、一畳ほどの炊事場が入口についているだけだから、話し声はドアの外にもれていないともかぎらない。

城吉は、外で耳をすましている相手には、丁度、さっきの廊下の会話が、一人の声しか聞えなかったように、幸子の声しか相手の耳には届いていないだろうと想像した。するとやはり、そこに立って耳をすましているのが、妻の弥生のような気がしてならなくなった。

その予感を幸子に告げたい気持と、それをひたかくしにしたい気持がまざって城吉はかえって無表情な不機嫌らしい顔付になっていた。

幸子はぶつくさいいながら、それでもふとんから這いだすと、ふとんの裾になげすててあったえんじ色のキルティングのガウンをひっかけ、整理簞笥の上にまるめてあった城吉のマフラーで寝乱れた頭髪をくるっと首からすくいあげ、ターバンのように額の上で結んで恰好をつけた。えんじのガウンといえば華やいで聞えるけれど、もうどろどろに汚れていて、人前に出せるものではない。

板の間とのしきりに防寒の意味もかねた大柄なプリントの綿ビロードのカーテンが下げてある。

そのカーテンをひきよせたかげから上半身だけのばし、幸子はようやくドアを細くあけ、首だけ廊下へさしだした。

「どなた」

「あの、前田《まえだ》幸子さんでいらっしゃいますね」

城吉はあっと首をすくめた。やはり弥生の声だった。妙に落ちついた、ひくい声をだしている。一瞬、幸子がだまって相手の顔をみつめている気配で返事がない。

「幸子さんでしょう」

今度はやや高い、いつもの弥生らしい声になった。

「ちがいます。前田幸子さんなんて人いません」

幸子が何と思ったかそんな返事をした。

「だって……」

弥生の声がしんねりとつづいた。

「幸子さんにちがいありませんわ。上岡《かみおか》が居りますでしょう」

「そんな人いませんって。幸子さんなんてしりません」

「どうしてそんな見えすいた嘘おっしゃるの。あなたのそのマフラー、上岡のマフラーじゃありませんか」

廊下に人の靴音がする。とうとうたまらなくなって城吉が、

「おいっ」

と中から声をかけた。

「入れろよ」

「知らないわよ。あたし」

幸子が赤く上気した顔をカーテンからふりむけて城吉を睨んだ。寝たりた肌が冴え、大きな目がきらきら光っていた。興奮する時の幸子の一番魅力的な表情になっている。

「外にみっともないから……ともかく入れてしまえよ」

城吉はそういいいなだめながら、あわててかけぶとんも敷ぶとんもいっしょに二つに折り、押し入れにつっこもうとした。

かさばりすぎて、そんな入れ方では押し入れの口までしか入らない。またあわてて二つにわけ、いつものように三つ折りにしてようやくつっこむと、ストーブも消しているのに、じっとり汗が滲みでた。襖でふとんのふくれを押しこめるようにしめきったとたん、枕をしまい忘れていたのに気がついて、あわてて、また細目にあけた襖のかげへ、それをつっこんだ。

もう弥生はその時、カーテンの外まで入ってきていた。幸子がカーテンの内側で、両手をひろげ、そこから入らせまいとするように背でカーテンをおさえているので、城吉はまだ軀を這わせるようにして、今朝の名残りの匂うものをかきあつめ、くず箱の中へ投げこんだ。

城吉が窓をあけるのと、弥生が幸子の肩先から首をさしだすのがいっしょだった。

幸子ももうあきらめたらしく、不貞くされた表情で押し入れの襖ぎわにぺたっと腰を落して坐った。

弥生はまるで美容院へでも出かけてきたように冴え冴えと化粧していた。髪もセットしたてのように型よくまとめられ、城吉の見覚えのある、ただ一枚の大島《おおしま》に、派手な小紋の羽織を重ねている。しばらく見ないうちに三つ四つ若がえってさえ見える。夫に置き去りにされた妻のみじめさなどその様子のどこにも窺えなかった。

窓ぎわで城吉は膝を抱いて仕方なさそうに坐っていた。

弥生は誰からも坐れといわれないので、これも仕方なさそうに空いた部屋のすみにきちんと着物の裾を片手で敷きこんで正座した。

「あたしだって来たくなかったんだけれど、仕方がないことが出来て」

城吉は臆病そうに目を伏目にして、あわてて妻の視線をさけた。とっさに娘の明子《あきこ》が交通事故にでもかかったのかと膝がしらの震えるような気持が湧きおこった。

「お舅《しゅうと》さんがお悪いんですよ」

「神経痛か」

城吉の父の久米造《くめぞう》は神経痛の持病が毎年寒くなると悪くなっていた。

「そんなのじゃなくて、風邪から肺炎をおこして」

「入院でもしているのか」

「どうにか入院までしないでくいとめたけど、どうしてもあなたに聞いておきたいことがあるから一度帰るようにっていうんです」

「どうして、おれの居るところを……」

それまでだまっていた幸子が突然ぷいと立ち上ると洋服簞笥から服をひっぱりだそうとした。

「どうした」

城吉は今度は幸子に声をかける。

「そんな話、聞きたくないから出るわ」

「いや……じゃ、おれたちが外へ出る」

「当り前よ。そうしてよ」

幸子は一度あけた簞笥の戸を手荒く閉めると二人に背をむけて窓ぎわに立っていった。

城吉に目でうながされて弥生は腰をあげた。

「お邪魔いたしました」

わざとらしい落ちついた声の挨拶に、幸子はふりかえりもしない。先に弥生を廊下に出し、城吉はカーテンをよせて幸子の方をふりかえったが、幸子はまだ窓にむいたまま身動きもしなかった。

――幸子、すぐ帰るからね――

そういいたいことばは、さすがに廊下の弥生に憚かられ、城吉の口に出て来ない。ドアの外へ出ると、弥生が階段口で、赤いポリエチレンの洗面器にしぼった洗濯物をいれ、それをかかえた女に丁寧なお辞儀をしていた。

頭にクリップやローラーをいっぱい巻きつけた女は斜め向いの部屋の二号だった。ちらと城吉と弥生を見比べ、好奇心のこもった目付で、城吉の横を通っていった。

二

「変ってるわねあの娘《こ》」

アパートから半町ほど離れた喫茶店のボックスに落ちつくなり弥生が皮肉な口調でいった。

幸子が自分が出ていながら、そんな人は居りませんといったことをさしているのはわかっている。城吉は弥生の口から幸子のことを批評されるのを聞きたくなく、

「おやじが今更、おれに何の用があるんだ」

といいかえした。父の久米造も母のきんも弥生びいきで、身持ちの定まらない城吉を叩き出さんばかりにして三月前別れていた。

「そういういい方ってないでしょう。お舅さんがああいきりたたれたのも、もとはといえばあんたのせいじゃありませんか」

城吉は久米造に鉄製の灰皿を投げつけられた額の傷あとを長い指先でなぞりながら、

「おやじに万一のことがあっても、おれはもう帰らないから、お前の好きなようにやってくれ、もうだめなんだよ、おれは……」

「だめって、何がだめなんです。お舅さんはとっくに気がおれていて、あなたの帰るのを待っているだけじゃないの、それくらいわかってるんでしょう」

たまってきた。

弥生はようやく、押えに押えてきた感情が堰をきったように、声が張り、目に涙が
「だから……だめなんだって、いってるじゃないか。あの家はもうお前の家だよ。お前とおやじで気のすむように処分してくれて、何の文句もつけないよ。おれはただ、我ままだけれど、もうほっといてほしいんだ」

「無責任にもほどがある！　そんな勝手なこといってすませられるというんですか。あなたもういくつになってるか、知っててんですか」

「わかってるよ、前厄だ」

「あきれた人だわ。あんな女のどこがいいんです」

「そういうだろうと思ってたよ。おれはだからいってるじゃないか。お前には嘘はついてないんだ。ろくでもない女にどうしようもなくのめりこむのがおれの性質だし、これはもう、治らないんだ。その目で見て気がすんだだろう。どうせいつだってああいう女だ」

城吉は自分が妻にむかっていっていることばのむなしさに、ふっと、空っぽの胃の腑から吐き気がわきあがってくるような気がしてきた。

弥生の整った美人型の顔は怒りを押えきれず、それに幸子への軽蔑の嫉妬が重なっ

て、いっそう冷くとりすましたものになってきた。

切れ長の目に悪意がみなぎるので、凄艶にさえ見えてくる。こうして見ると、今更に弥生の美しさを見直さずにいられない。その美しさが、今はもう城吉には何の魅力もひきおこさないことにも思い至らなければならなかった。

城吉はそうして妻と向きあっている間も、アパートの部屋にのこしてきた幸子のことが気がかりで、落着いていられなくなってくる。弥生が今、口に出していいたいのを城吉にさえぎられ胸に渦まいている幸子への批評のことばが城吉にははっきりと聞きとれるのだ。

――何さ、あんな不きりょうで見るからに無教養で、馬鹿みたいな女、あんな女のどこがいいのよ――

実際幸子は美しくて聡明でさえある弥生と比較になどならない女だ。年が若いということだけが魅力だけれど、その年だって弥生や城吉と比較してのことで、もう二十七歳といえば、女の人生で一口に若いとはいいきれない。

「馬鹿みたい」

弥生が嚙んで吐きだすように罵った。城吉の現状をそういったのか、幸子の印象をそういったのかわからなかったが、城吉はだまって聞きのがした。あわてて出て来たので城吉はカーディガンのポケットに煙草銭ももっていない。この喫茶店の払いも弥生にさせるのかと思うと、我乍ら浅ましくなってきた。ふたりの前にはいつのまにかコーヒーが運ばれていたが、二人ともカップに手をふれもしないまま、不味《まず》そうに冷えている。時刻の早いせいか、いつもはやらない店なのか二人の外に一組の客もなかった。

城吉は何とかして弥生と話をすませ、早く幸子のところにもどりたい気持で次第にあせってきた。結局、弥生が幸子の印象だけにこだわってくるのを見ていると、父の病気云々は口実にすぎず、要するに、何等かの方法で知った幸子の住いを急襲して、城吉の現状をたしかめ、幸子という女の正体も見とどけたかったのが本音だということも察しがついてきた。

「とにかく、一度帰るよ」

早くけりをつけたいばかりに城吉はそう口にした。

「いつ帰るんです」

突っかかるような弥生の口調には、城吉のその場かぎりの出まかせは見抜いているという自信にみちた気負いがある。この女のこういう自信ありげな確信にみちた口調がおしつけがましく重っ苦しく厭なんだと、城吉は改めて心の中でうなずいている。

それでも口は、

「いつって……今日の夕方にでも帰るよ。ほんとだって」

「……………」

「だから、な、その時ゆっくり話すよ」

城吉は空になったハイライトの箱を片手の中に揉みつぶしながら、もう腰を浮かせた。

「今からちょっと、出かけるところもあるんだ」

弥生はでんと坐りこんで腰を身ゆるぎもさせない。

「じゃ……おれはいくよ、急ぐから」

勘定書の伝票は無視した風をして、城吉はテーブルを離れた。弥生もようやく腰をあげたが、二人の真中におかれた伝票はそのままにして席を立ってくる。城吉は、仕方なく、

「おれ、金持ってないんだ」

弥生は一瞬ぼんやりして焦点の定まらないような目で城吉をみていたが、城吉に指さされて、はじめてテーブルの伝票に気づいたらしく、それをつまみあげた。勝気で、よく気のつく日頃の弥生にしては、間のぬけた動作だった。故意に忘れたふりを

したのではないことは、あわてて、伝票をつまみとった指先でハンドバッグの口金を押し開いた動作でも察しられた。弥生が、今、表面の冷静さとは全くかけ放れた激情を胸に押しこめて、その荒々しい感情と闘っていたのが、城吉にもひしひしとわかった。さすがに弥生がいじらしく、あわれさが胸にたぎってくる。この女にもかつては結婚間ぎわの男を裏切らせ、かっぱらうようにして駈落ち同様に一緒になったことを思うとすまなさはあった。勝気なだけに、弥生が城吉との結婚生活の破れやつぎ目を、決して自分の身内や友人にはさとられまいと、必死に耐えている心情もわかりすぎるほどわかる。そのくせ、今、幸子に惹かれている自分の心をどうしようもない。城吉はわれ乍ら自分の煮えきらない、女にだらしのない性情に、愛想がつきるような気持になった。

ようやっとのことでバス通りで弥生をタクシーに押しこみ、見送ってしまうと、城吉は小走りになってアパートへとんで帰った。

居ないかと思って、はらはらして駈け上ってみると、ドアは鍵もかかっていず、部屋の中ではまたひっぱりだした寝床の中にもぐりこみ、幸子が頭からふとんをひきかぶっていた。

「悪かったね」

かけぶとんをはねのけ、荒々しく顔を摑んで、さかさまに重ねた顔のまま、唇で目を吸ってやると、あふれている涙が塩っぽく舌に吸いあげられてきた。丸い顔は泣き腫らしててらてらに光っている。美しくない幸子の泣き顔はいっそう醜くなるだけだけれど、醜くなるのもかまわず、手放しで子供のようにしゃくりあげる幸子の泣き顔が、城吉には可愛いくなっていた。

幸子は両腕をのばして城吉の首をつかむと、まるで顔ごと抜きとるような強さでひっぱった。

「痛い！　痛いじゃないか」

城吉が思わず痛さに腰を浮かしたから、とっさに幸子の腕が胴にのび、がっきりひきよせられ、他愛なくふとんにひきずりこまれてしまった。

幸子は城吉のいいわけも自分のぐちも軀で交そうとするような勢いで、遮二無二城吉にいどんできた。城吉は途中で腕をのばし、トランジスターのアンテナをいっぱいにひきあげ、手速くダイヤルで音楽番組を探しあてた。騒々しいジャズの音が、強い音量で部屋いっぱいにあふれだすと、幸子は待ちかねていたように思いきり音楽の中に押えていた声を放った。幸子の声は城吉の動きにつれ、まるで弾かれている楽器のように、さまざまな音色に変るのだった。

話をするゆとりが出来た時、幸子の激情やショックはもう大方なめされてしまっていた。

「この嘘つき!」

思いきり腕をつねられ、城吉が悲鳴をあげる。

「人が知らないと思って、だまくらかして」

「何をだました」

「だって、奥さん、あんな美人じゃないの、このアパートじゅうさがしたって、あれだけの美人いやしないわ」

「美人じゃないといった覚えはないよ」

また城吉は力まかせにつねりあげられる。

いくら怒ったふりをしても、もうすでに幸子の中では弥生に襲われたことで受けたショックは消えてしまっていた。一つことをいつまでも長く考えつづけられない性質だし、男と軀を合わしてしまえばその歓びの中に心身を埋没させつくしてしまって、それ以前のことにこだわっていられない天性のんきなさっぱりした性質が幸子にはあった。そのため、幸子は過去の暗い不運のあとが心身に痕跡を残さず、年齢も四、五歳若く見られる。

「ああ、おなかすいた」

「当り前だよ、もうおひるはとうにすぎてるぜ」

「それに、今朝から、二回戦だものね」

幸子はあっさりといってのけ、爽やかな動作で床をぬけ出ると、炊事場のガス台に火をつけに立った。

三

上岡城吉は勤めに出る幸子といっしょに高円寺《こうえんじ》のアパートを出て新宿駅で別れ、中央線でそのまま水道橋《すいどうばし》までいった。神保町《じんぼうちょう》のいつもの本屋まで歩いていくうちに、四、五軒本屋をのぞいて時間をつぶし、陽が落ちるのを待った。

時間つぶしに古本屋をのぞく時は、城吉は専ら、旅行案内書か、美術書の頁をめくることにしている。小説を書こうという夢を持って、二、三の同人雑誌に籍を置いたこともあったが、今は遠い昔の夢になっている。その当時も仲間の小説にはいっぱしの利いたふうな批評をしたりするけれど、自分では一向にまとまったものが出来ず、いつでも書きだしの十枚くらいで厭になり、一度も活字になったこともない。眼高手《がんこうしゅ》低いだと自分でうそぶいているうちに、同人の文学少女といっしょになって仲間の反感を買い、その同人雑誌にいられなくなり、次のに移ると、たいてい同じような形でまた女関係にまきこまれ、書く方はお留守になった。弥生もそうした女の一人で最後の同人雑誌で、主宰者の有望な男とほとんど婚約同様の形になっていた女だった。同棲こそしていなかったけれど、仲間の誰もが、その男の持ち物という目で弥生を見ていたし扱ってもいた。才能といえばどんぐりの背くらべの中でその中川《なかがわ》という男だけが、小さな文学賞ももらっていて、一番認められていた。

城吉が同人雑誌の仲間の中で、作品も書かないくせに、何となく重んじられていたのは、偏《ひと》えに城吉の人生経験の豊富さにあった。たいていの文学青年が口ほどに放蕩もしらず、人生の裏街道もしらず、青臭い文学論しか口にしない中で、城吉は、いつまでもつまらなそうな退屈した表情をみせて坐っており、たまに酔いがほどよく廻った時だけ、ほんの少しずつ、自分の身の上話をする。小柄で、きゃしゃで、さして目だたない体つきの城吉は、容貌もとりたててきわだって人目を惹きつける男でもない。むしろ、おとなしそうな整った女性的な目鼻立ちをしていて、眼鏡の中の切れ長な細い目だけが不思議に艶で、女を横目で見つめる時には、男でも、ふっと厭らしい色気を感じることがある。そんな城吉が、ほんの少し洩らす話が、吉原や鳩の町や洲《す》崎《さき》とつながったり、いきなり浅草のストリップ劇場の楽屋のことだったりするのが、人に意外な感じを与えるのだった。

「まあ一口にそれぞれの場所の女の雰囲気をいえば、吉原は泥臭いの一語につきるし、新宿はがめついいし、洲崎は荒っぽいいね。一番いいのは何てったって鳩の町だね。あそこは廻しがないんだよ」

いかにも断定的に自信を持った口調で城吉がそんなことをいうと、文学青年たちは、決って城吉を見直した。殊に吉原の内部の地図をすらすら書いてみせ、この町角に何屋、この通りに何屋と、妓楼の名まで空んじてみせると、仲間たちの目には羨望さえ浮ぶ。そればかりか浅草のストリップ劇場の楽屋も、何々座は化粧前が椅子式だの、何々座はいつでも入口に女の子のパンティがまるい簡易干機に何枚もぶら下り、出入りの人間の額にいやでもさわるようになっている。そのまたパンティが、古びていて、破れやしみが目立って、とてもみられた代物じゃないなどというと、仲間の中から、

「城さん、なぜ、そんなに識っていて、それだけでも書かないんだ」

など、親身な声がかかったりするのだった。かと思うと、

「おれなんかもう、女にはあきあきしてるんだ。あらゆる階級の女とやっちまったか

らなあ」

など洩らす一言に、意外な重みがきいて、城吉は得体の知れない過去を持ち、大変な女蕩らしで、今にその経験だけ書いても三、四百枚のものはたちまち出来るだろうというような期待と羨望がよせられるのだった。

文学少女たちが意外な容易《たやす》さで城吉の胸に倒れこむのは、この城吉の得体の知れない過去への好奇心であり、女蕩らしという絶対の切札のせいだった。

城吉自身は自分の文学的才能などほとんど信じたこともなかったけれど、一つぐらいは自分の女出入りだけでも書いておきたいという気持は持っていた。女蕩らしの異名についても城吉自身に格別の自信があるわけではない。根が小心なので、いつの場合も相手の立場や気持ばかりが気にかかり、それをいたわる癖があって、そんなちょっとした思いやりの言葉やしぐさに、予想外の反応を女の方から示して来て、そうなるとまた女の期待を裏切るのが悪いような気持になり、つい、手をとり、肩をひきよせ、唇と軀が合ってしまうという段取りに運ばれていくのだった。

「女蕩らし」だという評判に恐れを抱いて警戒するような女は、城吉の経験ではほとんどなく、その異名は女に一種の憧憬と好奇心を与える。そうして近づいてきた女に、決して女蕩らしなんかではなく、ただ気が小さく人よりいくらか優しく骨おしみしない人間だとわからせた時は、もう女は十中八九、城吉の胸の中にいるというのが、城吉の経験から得た女の落し方だといえた。

美貌と聡明さを自他共に認めていた弥生の場合だって例外ではなかった。弥生にはその上、すでに恋人がいるという自信が、かえって大胆で奔放な態度をとらせる結果になった。

最初、弥生は当時の恋人の中川のために、城吉の豊富な人生経験から小説のネタを取材でもしてやるくらいの計画で近づいたのが本音だった。城吉はよく、仲間に、特に文学少女連に、

「きみたち、おれの話、書かないかなあ。おれは物ぐさでだめだよ。書く気があるならいくらでも話してやるよ」

というようなことをいっていた。それもつい、目の前の人間の気持を快くさせようとする城吉の持って生れたサービス心からの社交辞令みたいなものだった。

「ほんと？　じゃ、一度それ、聞かして下さる？」

膝をすすめてきたのが弥生だった。

「よし、ほんとに書くかい？　じゃ弥生さんに一番向く女の話をしてあげよう」

「そんなのいや、一通り、上岡さんの経験をすっかりお聞きした上で、あたしに選ば

せていただくのよ」

喫茶店なんかでは、落ちつかないということになり、弥生の家の弥生の部屋が選ばれた。父が考古学者の弥生の家ではほとんど父は旅行中だし、母は長い間脳溢血で倒れて寝ついており、年とった耳の遠い婆やがいるきりだった。こうして中川もこの部屋に招かれたのだろうと思いながら、城吉は弥生の部屋に通った。

弥生の部屋にも父の考古学の書物が片側の壁一杯埋めていて、弥生自身の文学書など、そのおびただしさやいかめしさに比べるとまるでちゃちなアクセサリーのようだった。

二階の南向きの六畳の日本間で、きちんと整頓された部屋の床の間に赤い友禅のゆたんに入ったお琴がたてかけてあり、勉強机にバラの花が一輪ざしにさしてあったり、夢二の複製のカレンダーがさがっていたりするのが、いかにも娘の部屋らしくなまめいていた。

「失礼して、ノートさせていただいてよ。よろしくって？」

弥生はいつもの生真面目そうな表情を崩し、甘えるように上目づかいに城吉を見上げた。恋人のために取材しようという気負いから、媚態が滲んでいるのを弥生自身も気がついていないのだった。

「ぼくの別れた女房の話が一番、女が書くのにふさわしいんだけどなあ」

城吉が弥生の気を惹くようにいってみた時、弥生は正直にとん狂すぎる声をあげた。

「何ですって！　上岡さん、結婚したことおありなの」

「ええ、正式のは一度だけね。籍も入れましたよ」

「まあ、知らなかったわ」

結婚した男というのが、未婚の女には、一種の安心感を与えるというのは城吉の計算には入っていなかった。所謂女蕩しの放蕩児だとばかり思っていた男が、一度は真面目な結婚をし、しかもその妻に人生で最初の裏切りを与えられたと聞いて、弥生の目は一種の感動でうるんでさえきた。

四

城吉の最初の妻の静香《しずか》は城吉の学生時代の下宿の娘だった。三つ年上の静香は、小柄で丸顔のせいか、年より若く見えたが、胸と腰が豊かで、細腰がくびれ、蜂のような軀つきをしていた。

未亡人の母親と一人の弟と三人家族で、父の恩給とわずかの貯えで心細く暮していたので、城吉の下宿する三年ほど前から、二階の二部屋を学生に貸していた。城吉の父が満洲《まんしゅう》の奉天《ほうてん》でレストランを開いていた関係から、城吉は中学を出ると、高等科のある東京の私大へ入り、父の知人の世話で静香の家に下宿した。静香が城吉の部屋へしのんで来るようになったのは、大学に入った年の春だった。

静香は既に処女ではなかったが、城吉は女に触れるのははじめてだったので、静香に事の後で、しくしく泣きだされると、責任を感じ、身が引きしまってきた。もちろんその時は静香の処女を疑ってみることもなかった。

そのしるしをたしかめるなどというゆとりもなく、そういうことは泣いている静香の前でとれる行為でもない気がしていた。

無口だけれど、床の中では静香は人がちがったように情熱的になった。最初しのんで来たのも静香からだったし、ふたりで抱きあう時はいつでも身につけたもののすべてをはぎとることを習慣にしたのも静香からだった。

「結婚するまでに赤ちゃんが生れたら、城さんを困らせるから」

といって、衛生具を使うことを提案したのも静香だった。もう戦時色が濃く、町には軍歌がひびき、女の衣裳や髪型にまで、とかくの禁令が出ているような時代に、学生の身でそんなものを需《もと》めにいくことさえ非国民めいて気のさす時代だった。静香は、芸者屋の娘に小学校時代からの親友があるといって、そういうものの用意までととのえてきた。

城吉はそのすべての恥しい支度を身をもって整える静香の心尽しを、ひたすら自分への愛情の深さだと解釈していた。

城吉が大学二年で、学徒出陣で応召する時には、城吉は静香を奉天の両親の元へ送った。おとなしそうで愛くるしい外見の静香は、城吉の父母にも気にいられ、城吉の出征中に入籍して正式に城吉の妻となっていた。

城吉は南支の飛行隊で従軍していながらも、静香のことを想って心は賑やかで幸福だった。静香の慰問文がとだえはじめて半年ほどたった頃、母からの分厚い封書が前線にとどいた。静香がてっきり病気をしているのだと空想していた城吉は、母の封書の古風な墨字に不吉なものを感じ、開封する手が震えるようだった。中からあらわれた消息は、城吉の予感していた静香の死亡通知よりもっと悪いものだった。

「何といってお前につげてやればいいかことばが見つかりません。でもいつまでも知らせないでもいられないので勇気をもって書きます。静香は妊娠しました。子供の父親はうちへよく来ていた関東軍の将校の一人です……」

城吉は母の手紙の文字が一時に墨を流したように霞み、読みすすめられなくなった。

苦労人の城吉の両親は、静香の籍を抜き、男と現地で結婚させ、家から嫁入らせたというのだった。両親の計いに感謝していいのか怨んでいいのか城吉はわからなかった。

それ以来、城吉はつとめて決死的な飛行ばかり希望して自滅の時をはかったのに、妙に運が強く、生きのこりつづけた。ある時などは、不時着陸して同乗していた操縦士は即死したのに、城吉は、投げとばされ、気絶しただけで生きのびたり、ある時は、同じ目にあって手榴弾で自爆を計ったのに、その手榴弾が不発だったりした。

「不発だと、気づいたら、急に命が惜しくなって、夢中で走りだしたものだよ。その瞬間からようやく女房のことを頭からふりおとすことが出来たような気がする」

城吉の話に弥生はノートをすることなどすっかり忘れた様子で聞きいっていたけれど目をあげた時は、瞳が濡れていた。

「可哀そうなのね、上岡さんて、でもひどい女だわ。あんまりだわねそんな裏切りって。結局その人淫蕩《いんとう》な人だったのね」

「そうだろうね。今になって思えば、ぼくはおやじとだって何かあったんじゃないかとかんぐってるんだ。だって、そうでもなきゃあ、いくら何だって、両親が、そんな不始末な嫁の尻ぬぐいをそこまで見事にしてやれるものかと思うよ」

「まあ、それじゃいよいよひどいわ」

「でも、その女が、まだ家とつきあってるんだよ」

「えっ、何ですって！」

「終戦後、無一文になってうちは満洲から引き揚げてきたけれど、まあどうにか家の恰好がついたところへ、ひょっこりその女がやってきたんだ。何しろうちから嫁入らせたのだから、里といわれても仕方のない間だしね。俺は一目見て、ほんとうに憑き物がおちたと思ったよ。亭主に死なれて、子供を背負ったり、抱いたりして三人もつれてやってきた姿は、もう昔の俤などみるかげもなくなっていた。色の白いのがとり柄だったのに、真黒になっているし、まつ毛なんかも短くなってしょぼしょぼしてるし、丸顔が三角になっているし、見られたものじゃなかった。それでいて、俺がひとりでいると見ると、秋波を送ろうとする。いっそ、死んでいてくれたらと思ったよ。別れた女には二度とめぐりあうものじゃないと思ったね」

「上岡さんが吉原へいりびたりになったってのはその後の話？」

「いや、それは伝説だよ。本当は吉原で稼いでたんだ」

「何ですって」

城吉は、静香の思い出から解き放たれると吉原へ足をふみいれるようになった。

城吉の両親は満洲で永住するつもりで、全財産を奉天の店に注ぎこみ、内地には全く財産の分散をしていなかった。初老に入って、一切を失ったショックから、父母とも急激に年をとって、当分は立ち上る気力もない。城吉はその当時の復員兵の多くのしたように、飛行服に身をつつんだままで闇屋の仕事に没頭していった。大阪、神戸、東京を股にかけて、駈けまわった。その間には、人妻や二号や、学校の教員まで物資欲しさに身をまかせる女に幾人も出逢っていた。飢えと物欲の前には女の貞操など物の数ではなくなっている世相を、凄じいとも情けないとも感じなくなって来たのは城吉の成長というより魂の荒廃と見るべきだったろうか。

女が神秘でも可憐でもなくなると、女との情事に刺戟《しげき》だけを需めるようになった。

外見が慎しそうだったり、身だしなみがよかったりする女にかぎって、一度肌を温めてしまうと、どんな破廉恥《はれんち》な要求にでも応じてくる。教養の高さが、羞恥の度と反比例することも城吉はその頃に覚えた。

神戸の三宮《さんのみや》の目だたないしもたやに、その道上りの老婆がいて、電話一本で女たちは呼びよせられた。

そこへ来る女の中で凪子《なぎこ》は大阪でも有名な名門女学校の英語の教師だった。色は浅黒かったが、脂で男の指が吸いつくようななめらかな肌をしており、恥毛にまでオリーブと外国香水で手入れがゆきとどいていた。腋や下腹のしげりが圧倒されるようなたくましさだった。定規を置いたようなかっきりした逆三角形のその底辺を、城吉が戯れにもう二糎ばかり剃りとろうといいだすと、はじめのうちは軽く抵抗をみせていたのに、いつのまにか、子供のように、風呂場の腰かけの上に脚を開いて坐り、城吉が両脚の間にしゃがみこむのを許し、その手許を息をつめて見下していた。

「痛いのか」

「ううん、くすぐったいだけ」

笑いをこらえるので絹を張りつめたような下腹が、ひくひくうごめいて、剃刀をもった城吉の手許の方が震えてくる。

そんな戯れまで許す仲でも、凪子はきちんと金を請求した上、そういう戯れ代の割増も受けとることを忘れない。

凪子が内職をもうひとつ持っていて、その方が老婆の二階に上るよりは、はるかに金になると打ちあけたのは三ヵ月馴染んだあとであった。

凪子の英訳した日蔭の本の、古典になっているものさえ、城吉はそれまで読んだこともなかったので、英語で朗読して聞かせる凪子の訳を面白がって聞いた。

「お金を貯めたいのよ。そして外国へ行って暮すの。こんな汚い日本に住んでいたくもないわ」

「それじゃアメ公をとっつかまえればいいじゃないか」

「馬鹿ね、あんた。アメリカ人なんか、日本の女を犬か羊がわりにしか思ってやしないのよ。あたしこの間、この耳で聞いたわ。心斎橋《しんさいばし》をアメリカ兵が、見るも無惨におたやんのパンパンをつれて歩いているの。それと逢ったもう一人のアメちゃんが、何てみっともない女をつれてるんだとからかったら、何と返事したと思って? 犬よりましさだって。女は何といわれているかもしらないで愛想笑いをして、男の腕にぶらさがっていい気なのよ。あたし、死んでも金で外人に買われるのだけは厭だと思った。それに外人と寝たら本当にあとがだめになってしまうっていうじゃない」

「まさか」

城吉は凪子のような女の心理はとうてい摑みきれなかった。

五

関西で摑んだ金を持って吉原に入る時は、城吉はなぜかふっと心の故郷に帰るような感じがした。満洲で生れ、満洲で育った城吉には故郷といえばあの奉天の茫漠とした味気ない街の筈なのに、吉原の大門をくぐると、ふっと風が頰を撫でさするようななつかしさを感じるのだった。

しばらく通っているうちに、城吉はそこの女たちが、むやみに写真好きなのを知った。吉原のなかにあるK館という写真館の若主人が、女たちを専《もっぱ》ら写している。

ある日、城吉は上るつもりでいつものように廓《くるわ》の中へ足をふみいれた時、なじみの妓楼の女が外出着にレースのショールをかけ、パーマのかかりすぎた頭にカチューシャというリボンのような飾りをつけ、タイルをはりつめた妓楼の大きな軒下で、しなをつくっているのを見た。K館の若主人がその前でカメラをのぞいている。その女が終ると、次々似たような身なりの女があらわれてポーズをとった。

わざわざ横をむいて、頰に人さし指をあてる女もいた。横顔が自慢なのだろう。につと不自然な笑顔を保って、それが必死なので泣いているように見える女もあった。申しあわせたようにショールをかけ、手にハンドバッグを持っている。

「これ商売になるんですか」

城吉は自分より数歳年上に見える若主人に声をかけた。

「ええ、結構いい商《あきな》いになりますよ」

男は何の警戒もない声で答え、城吉を見かえった。

「兄さん、この商売がやりたいのかい」

「おれにやれるかな、カメラいじりはちょっと覚えがあるんだけど」

「現像もやったのか」

「十六ミリの現像をやる会社に半年ばかりつとめたことがある」

「そんなら玄人《くろうと》だ。わけはないよ」

写真屋はいっそう隔てのない声をだした。

女たちが写真を写すほど、まだその日は日が高かったので、城吉は男に誘われるままにK館へついていった。煙草屋のようなウインドウに女たちの写真がひきのばしてはりだしてあった。みんないやに鼻の頭が白く、のっぺりした顔に撮れていた。

男は、城吉に椅子をすすめた上で、改めて城吉の相談の相手になろうという態度になった。冗談で聞いたとも今更いえず、城吉は引込みのつかない気持で、実は闇屋をやってきたけれど、仲間が関西で殆んどつかまってしまったので商売が成立たなくなったといった。

商品をわざと言わないでいると城吉の口調から写真屋は、秘密の薬品と察して決めこんだふうであった。写真屋はいっそう親身な表情をまるい目にみなぎらせ、人の好さそうな童顔をまっすぐ城吉の方に向けてくる。

「この商売は、今までの闇みたいなぼろもうけは出来ないよ。しかし乞食《こじき》や役者と同じでやりはじめたら止められないかもしれないな。要領は教えてあげるし、女も紹介してあげよう」

「有難う。でも、そんなことしてもらってはそちらの縄張り荒らしになる」

「いいんだよ。廓《なか》の女たちはそりゃ義理堅くて、これまでのうちの得意の女は、絶対あんたの客にはなりっこないんだ。女も増えたし、うちだけでは写しきれなくなっていたんだ。それにしても、吉原《ここ》だけじゃ喰っていけないな。うちはまあこの店があるから、出張の写しはサービスみたいなもんだからね。洲崎と、鳩の町と、新宿にも顔を出してごらん。まだこれという写真屋は入っていない筈だから」

城吉は女たちからK館のおじさんと呼ばれている好太郎《こうたろう》の親切に、ふっと目の中が熱くなってきた。日蔭者や敗残者や、罪人には無条件に親切だと聞いている吉原の廓の中の人情の厚さを初めて肌にひしひしと味わった気持だった。

十六ミリの現像会社にいたという話は出まかせではなく、復員してまもなく、ふっと駅で買った新聞の求人広告で入った会社にたしかに勤めた経験はあった。半年といったのは三ヵ月の嘘だった。会社とは名ばかりで、社長と技師と社長秘書の娘という人員で、学生時代カメラいじりの好きだった城吉はその日から現像の仕事を受け持たされた。奈加《なか》ちゃんと呼ばれていた十九歳の社長秘書は浅草の羽子板職人の娘で、体臭の強いよく笑う女だった。社長の女と知らず城吉が現像室で抱いてしまった時も、城吉がとまどうほどころころ笑い声をあげ、せまい場所での無理な姿勢がおかしいと、その最中にも笑い声をとめないのだった。

たちまち事はばれて城吉は定石通り馘になった。

好太郎の親切と無償の好意に報いるのが目的の形で、城吉はそれから二、三日後にはもう廓で写真屋商売を始めていた。首つりのコールテンの黒の上衣を軍服のズボンの上に着こみ、汚れたベレーをかぶっただけで、写真屋らしい雰囲気が出ていた。

好太郎の口ききや、馴染みの女たちの景気づけのおかげでもうその日のうちに、四、五人の客がついた。

教えられた通り、女の顔から頬骨を削り、鼻をむやみに高くしてやり、髪のはえぎわをととのえてやる、修整の跡があるほど、女は満足するということも好太郎に教えられた。一組四枚の名刺型が百五十円で、材料費は、三十五円もかからない。桜型や、ハート型に焼きぬいてやり、はしにリボンの写真でもそえてやると、女たちは踊りあがって喜ぶのだった。

城吉は一週間もしないうちに廓の中でベレーのお兄さんと呼ばれて、女たちに引っ張り凧になっていた。少くても一日十組ぐらいは売れていく。

女たちは、写真を写す時は、出来るだけ素人っぽく撮るのと、彼女たちの労働スタイル、即ち、客をとる時の姿で撮られたがるのと二通りあった。意外だったのは、客をとる姿の写真を、故郷の家族に送るものが多く、素人づくりはなじみの客に渡す様子であった。

こちらが気恥しいほど修整した写真を、女たちはしげしげと眺め、

「まあよく撮れてるわね。お兄さんてほんとにお上手ね」

と感嘆の声をあげる。自分の、日頃鏡の中に見馴れている顔に遠いほど、女たちには美化された自分のイメージと合致するらしく見えた。

愕いたことは、女たちが一組四枚の中から一枚をぬきとって城吉にくれたがることだった。

「いいですよ。ぼくの方にはネガがあるのだから」

といっても、

「だって、記念だもの、とっておいてちょうだいよう」

という。城吉は女たちの写真を撮り歩くあいだに、女たちから自然に身の上話や打ちあけ話をされるようになり、時には恋文の代筆まで頼まれることが多くなった。客となって通っていた頃とは全くちがった打ち解け方が、女の方から城吉に示されてくる。

そのうち、城吉はこの廓の中で城吉のように、いわば女の恥部で食っている人種の幾人かとも顔見知りになって親しさを増してくるようになった。

客で上っていた時、女が蒲団の裾から湯たんぽをさしいれてくれたものだったが、その湯たんぽを貸して歩く男がいることも識《し》った。テキヤの仕事らしく、夜更けになるとリヤカーに積んだ湯たんぽを湯たんぽやが曳《ひ》いていく。たちまち湯たんぽは女たちの手に渡って、朝になると、湯たんぽやがそれを回収して歩くのだった。湯たんぽ屋という職業を成りたたせるためには、妓楼では買った方が廉《やす》い湯たんぽを常備品にはしない。

同じように、朝になると大八車を曳いて京花《きようばな》を集めて廻る老人があった。紙やのおじいさんと呼ばれている老人は、一晩のうちに出た使い捨ての京花を妓楼の軒毎に集めていく。やり手婆が、各室の紙屑箱から出たそれを集めて渡してやるのだった。どうせ便所に捨ててしまうなら、それを再生させるおじいさんの生活のたしにするのが、この廓の中のしきたりと人情なのかもしれなかった。

女たちは申しあわせたように、ガーゼを数枚合せたものを刺し子にして京花代りにして使用している。

朝になると、どの女の窓にもそのガーゼが公然と干され、風にそよいでいた。それでも最初の一度は京花を使う。まるで紙集めの老人の仕事を守るだけの為のようなそんなしきたりが、城吉には妙に心に沁みるのだった。

刺し子のガーゼが窓ぎわにひるがえる光景は、鳩の町でも、洲崎でも変りはなかった。

そうした町々で暮すようになって以来、城吉は、次第に自分の生活感覚も、浮世を離れていくような気がしてきた。

女の写真を撮り、女に届け、その折々に、女たちの打ち明け話を聞く。心を鎧う必要も、肩をいからせる必要もなく、今日は明日に、明日は次の日にとなだらかに流れていく。

白粉臭いとも、どぶ臭いともいわれる廓の中の空気が、外の世界の空気よりもきめこまかく、うらごしされているような感じさえしてくる。

いつのまにか城吉は、城吉の闇で稼いだ金を資手《もとで》に、バラックの旅館を開いた父母の家から出て、吉原に隣接した竜泉寺町《りゅうせんじまち》のせんべいやの二階にひとりで下宿住いするようになっていた。

城吉が妻に早死された独り者だという伝説がすでに廓の中ではすみずみまでゆきわたっており、城吉は別にそれを訂正しようともしていない。

六

芙蓉楼《ふようろう》の浪子《なみこ》のことを女将から切りだされたのは、城吉の写真屋稼業がもうすっかり板について来た頃だった。

芙蓉楼は廓では、三流どころの構えだったが、女将のお滝さんが人情家だというので、女たちがみんなおっとりとした幸福そうな表情をしていた。

やはりレンズから相手の顔を覗くのが商売となってしまってからは、城吉には厭でも、対象の心のうちまでその表情に読みとれるようになってきていた。そのため、店全員で城吉を贔屓《ひいき》にしてくれる芙蓉楼の女たちの表情の、そんな特徴と呼ぶべきものまで自然に解ってくるようになっていたのだった。

浪子はその店では看板娘で、昔の言葉でいうならさしずめお職を張っているおいらんとでもいうべき立場らしい。

城吉は客としてこの町へ出入りしていた頃には、一度も芙蓉楼に上ったことはなかったので、もちろん、浪子をはじめ、他の女たちとも一度も枕を交わしたことはない。おかしなもので、城吉の得意になってくれるのは、城吉を客として扱ったことのない女の方が多かった。城吉自身にしても、昔、客として抱いた女の顔をレンズから片目でつくづく見るのはきまりの悪いものだったし、自然、その店は遠ざけるという形になる。

浪子は中肉中背の、引きしまった肉付が、見るからに健康そうなばら色をしていた。美人という顔ではなく、扁平な顔に低い小さな鼻がつき、左右の大きさのちがいがめだつ目の黒目が大きく、まつ毛の濃いせいで、顔の他の欠点が一まずかくされてしまう。眉も目尻も下っていたが、化粧で眉は形づくり、うけ口の、下唇がぼってりと厚く、唇のふくらみにひとつほくろが押されていた。

きりょうの好さなら、芙蓉楼の女たちの中には、浪子をしのぐ者が何人もいたが、浪子の稼ぎの首位は下ったことはないという噂だった。化粧映えもしたし、人なつこい素直な性質なのが客受けするのだろうけれど、もちろん、浪子に客が通うのは、もっと浪子の軀にそなわったものに惹かされてくることが察しられた。

女将のお滝《たき》は女たちに写真を届けに行った城吉を、自分の部屋に呼び入れた。神棚を背にして、磨きこんだ長火鉢の前に坐った女将の頭の上から、お酉様《とりさま》の熊手のばか大きいのが、てかてか光るお福の面《かめ》や花々に飾られて見下していた。

壁には製薬会社の、女優の写真つきの大きなカレンダーがはりつけてあるけれど、飴色に磨きこんだ柱には、富山《とやま》の薬袋と、分厚い昔ながらの日めくりが下っている。

城吉はふっと自分が歌舞伎座の舞台にでも迷いこんだような気さえした。

「外のことでもないんだけど、お兄さんはお独りだって？」

「ええ、まあ」

「おかみさんなくなったんだってね」

「ええ」

「写真屋さんの商売は繁昌《はんじょう》してるようね」

「おかげさまで」

「お兄さんはほんとに人気者だね。容子が粋なだけじゃなく、優しいところが何ともいえないんだって、大騒ぎされてるわよ」

「おからかいなすっちゃあ」

城吉は呼びこまれた目的がつかめないので言葉少なに調子を合わせるしかない。

つくづく近くで見ると、女将はまだ四十をいくつも越えていないように見えた。なりがめっぽう地味作りなのと、ふちなし眼鏡のせいで、小肥りの軀に貫禄がついていて、城吉は五十近いと思いこんでいたのだった。女形《おやま》が扮した女将のように見えるいかめしさがあったけれどきりょうも抱えている女たちなどより数段まさっていた。

「もちろん、お兄さんほどの人に、いい人がいないとは思っちゃいませんけどね、そうとわかっていて、ちょっと無理なお願いがあるんだけど」

「へえ、なんでしょう。ぼくで間に合うなら、何でもいって下さい。日頃お世話になってるお宅のことです」

「間に合うどころじゃないのよ、お兄さんでなくちゃならないという話なの」

「それはまた、どういうことで」

「ざっくばらんにいっちゃいますけどね、実はうちの浪子がお兄さんに首ったけなんですよ」

「えっ」

「いいえ、ほんとなの。そりゃあ、こういっちゃ何だけど、うちとしちゃあどの妓だってみんな資手のかかった大切な玉ですからね。一人々々の健康から精神状態まで、じっとここに坐ってたって気をくばっていますのさ。顔色ひとつ、目の動きひとつでどの妓が何を考えて、どの妓がどこが悪くなってるくらいは解るようになる。またそうなくちゃつとまらない役目でね。それで浪子だけれど、あの子がいじらしいくらいお兄さんに岡惚れしていますのさ。そこで、物は相談だけど、浪子の望みを一ぺんだけでも適《かな》えてやってもらえないかしら。いえ、なに、うちへよってあの妓を買ってくれなんてことを頼んでるんじゃないんですよ。あの子の休みの日に、廓の外で一日つきあってやってほしいんです。日当を出すというのも失礼だから何だけれど、その日の費用一切はもちろん浪子もち、お兄さんには電車のキップ代も迷惑かけないようにする。あとはお兄さんの計らいで、浪子に一日、夢を見させてやってくれればいいんです。あたしの口からいうのも変だけれど、浪子はうちの妓たちの中でも気だての素直な、気持のいい女ですよ。決して、お兄さんに後々までどうのって迷惑はかけない、いや、あたしが見張ってて、かけさせやしません。ね、御迷惑かしら」

「いえ……迷惑なんて……ただちょっと突然で」

「そりゃそうよね。今度の浪子の休みが十五日だから、それまでにとっくり考えていただいとけばいいんですよ」

城吉が煙草を出すと、すぐ長火鉢の向うから火鉢の火種がのびてくる。火箸に挟まれた小さくまるくなった炭火が、灰を白っぽく漂わせている。その火にぐっと顔をよ

せていきながら、

「浪子さんが女将さんに頼んだんですか」

「いいえ、そうじゃないの、まだあの娘はこんな話されていると全然知っちゃいない。だってそうでしょ。万一お兄さんに断わられた時、可哀そうだしね。ただあたしとしちゃあ、あの妓がよく働いてくれるんで、何とかして骨休めさせてやりたいし、心から喜ばせてやりたいのさ。あたしの口からいうのも変だけれど、こういうところにいる妓はみんな気立てがいい、いじらしい妓ばっかりだよ」

城吉はまた新しい勉強をしたと思った。この中の生活に入って以来、この廓の中に暮している人々の間に、もう外の世界ではすっかり見失われ、忘れられている古風な人情や思いやりや義理が生き残っていることを知らされてきた。それでもまだ雇い主と女たちの関係は、搾取者と、被搾取者のいわば敵どうしだと感じていたようだった。けれどもそういう公式的な割り切り方ではすまない暖かな情が、彼等の間には通いあっているらしい。

城吉は次第に、女将たちでさえ、この中でこそ堂々としているものの、この廓という世界から一歩ふみだした外界に対しては、こっけいなほど臆病な恐怖心と警戒心を持っていることを知ってきた。彼等を緊密に結びつけている感情の中には特殊な意識のようなものがあって、被害者意識にも通じあい、しっかりと根強くその共通の意識で結び合わされているようにさえ見えてきた。

城吉もいつのまにか、廓の中にいる時と、一歩外に出た時とでは、自分の歩き方や背中の表情まで違って来ているような気持を味わいはじめていた。

廓の外界での、所謂真人間たちの集りの生活の方が、嘘や脅しや、裏切りや破廉恥が充ちていて、廓の中だけに、戦前の古風な人間らしさが残されているような気さえしてくるのだった。

肩を落し、猫背になって、足をひきずるような歩き方が、城吉の廓の中でのスタイルになりはじめてきたのに、城吉はある日ふっと気づいて慄然とした。

もしかしたら、自分の表情まで、ここにいる女たちに共通な、一種まのびのした人の好さを漂わしはじめているのかもしれないと感じてきた。

芙蓉楼の女将の話を聞いてからも、城吉は浪子やその朋輩に何度も逢っていた。そう思って観れば、浪子が城吉に逢う時は、目のふちをぼうっと染め、厚い受け口の下唇を時々きゅっと嚙んだり、舌の先でちろちろしめしたりしているのに気づいてもくる。

ぱっと灯をともしたような輝きが、左右不揃いの特徴のある目の中にみなぎるのも、いじらしさを誘った。

それでも、特別、自分ひとり意味あり気な風情や思わせぶりなそぶりは全くなかった。むしろ、自分の恋を自分自身でどうやってなだめていくべきか途方にくれているような表情をするのが、放念の表情に近く、そんな表情や目の中には、従順な家畜の中にみると同じ種類の哀憐を誘いだすものがあった。

十五日が近づくにつれ、城吉は女将に申し出を断わる何の理由も自分にはないような気がしてきた。

女将に、浪子との逢引を約束し、その日の待ち合わせを調えた後では、城吉はわざと鳩の町や洲崎を廻り、吉原へは姿を見せないですごした。

七

十五日の正午というのが、女将の決めてくれた待ち合わせの時間だった。

場所は、銀座の尾張町《おわりちょう》四丁目、服部《はっとり》の時計台の下。

竜泉寺に住んでいる城吉が、出がけに誘いによってもいいというのに、女将は手を振って、

「いえね、ここの妓たちは、商売を離れて男と逢う時は、どこまでも素人の真似がしてみたいのだよ。昔っから、銀座の四丁目、服部の前で待ち合わせなんていうのが、逢い引きの定石だと聞きかじっている。すると、そういう場所でそういう逢い引きがしてみたいのさ。ま、どうせ一日はお芝居だと思って、つきあってやっておくれ」

といったのであった。

城吉の寝起きの時間も、もうこの頃ではすっかり廓の内と同じようになっていたので、十時頃、目を覚ますと、ゆっくり身支度して、カメラだけを提げ、それでも背広に着かえて家を出た。

銀座につき、服部の時計台が見えて来た時は、十二時の五分前だった。女を待たしたことのない城吉の癖は、その日も自然に守られた。女将が昔通り、服部と呼び、今式に、和光《わこう》の前といわなかったのを思いだし、城吉は面白がっていた。

そろそろ、昼休みの人々の出盛りはじめる頃で、和光のウインドウの前では、もう何組もの待ち人が、佇んだり、もたれたりして通行人の中に目を配っている。

城吉の過去の数多い情事の中にも、こういう晴れがましい野暮な場所で女を待ったり、待たせたりした経験はない。次第にその人群れの方へ近づいていくにつれ、城吉は照れ臭さと恥しさで、軀が火照《ほて》って来て、まるで本当に、恋人に逢うため、心もそぞろになっている若者に似た動悸の高なりさえして来はじめた。

城吉はすぐ浪子をそれらの待ち人の中に発見した。

浪子は城吉にまだ気づかず、全く反対の方角から来るものと決めていて、そっちの方ばかりきょろきょろ探している。

城吉は浪子の姿の全身が目に入ったとたん、

——こいつはいけねえや——

と心中、とっさに悲鳴をあげた。

浪子は誰の目も引きつけるほど異様に目立っていた。

派手な藤紫色の地に、大柄な木蓮の花をピンクで散らした着物に、オリーブ色の燃えたつような綸子の羽織を重ねている。その羽織には鶴が絵羽模様で飛ばされていた。それだけでも銀座の町角では異様に目立つけばけばしさなのに、白粉の濃さがあたりを圧していた。

髪はたった今、美容院から出て来ましたといわぬばかりに、一糸乱れぬ堅さにセットされていて、まるでかつらをかぶっているようだった。わざとらしく額の上に三つおろした巻毛まで、油でねり固めたように固定している。

白粉は、鉛の入った舞台化粧のように、すきまもなく厚く素顔を塗りつぶしていた。その上、頬紅が赤々とさされている。

それで三味線でもかかえていたら、どさ廻りの小屋芸人の舞台姿のようだった。草履が金糸入りの五糎もかかとの高さがあるぼってりとしたものだった。

城吉は、情なく恥しく、このまま、浪子に気づかれぬうちに踵《きびす》をかえして逃げ去ろうかと思った。いくら何でも、芙蓉楼の女将がついていて、このちんどん屋の満艦飾でよこすとは何事だと憤りまでこみあげてくる。

顔色もなくなる想いで、城吉が立ちすくんでいると、きょときょと、首を廻らしていた浪子の視線が、そんな城吉を捕えてしまった。

「あっ、写真屋のお兄さあん」

浪子は嬉しさに全く我を忘れたらしく、大きな声をあげて、手を振ったかと思うと、裾を乱して城吉の方へ駈けよって来た。

真赤な地に金粉をふきつけた長襦袢が、裾にひるがえって、あんまり慌てたため、浪子は思わずつんのめりそうになった。

群衆は一せいに浪子の方に目を止めた。

城吉は自分の顔にかっと血が上り、たちまち蒼白にそれがさめていくのがわかった。

浪子には、もう人も建物も世間も眼中になかった。

人々の肩にぶつかりつき当り夢中で城吉の方へ走りよった。

「よく来てくれたわね。あたし、もう一時間も待っていたの」

逢えた嬉しさで、浪子はいつもより雄弁になっている。

城吉は一刻も早く浪子をこの場から連れ去ることだけを考えていた。近くでみると、白粉は厚く塗りすぎて、まだらにはげかかり、鼻の頭が光っていた。マスカラが今にもとけて流れそうに固っている。近くでみると髪には、櫛をさし、リボン形のカチューシャをまき、それに御丁寧に造花がつけてある。

城吉は悲鳴をあげて、浪子を突きとばし一目散に逃げたくなった。でなければ突然、大地震におそわれ、たった今、すっぽりと二人諸共、地殻の割れ目に埋没してかき消えたかった。

かかえハンドバッグを持った指には指輪が二つ光っていた。

浪子は城吉にぴったりと寄りそい肩を並べた。人目さえなければ胸に抱きついて感謝の意を表し、うれし泪でも流しそうな表情だった。

「ほんとによく来て下さったわね」

浪子のことばには東北弁がのこっていた。いずれは山形《やまがた》か盛岡《もりおか》あたりの在の貧農から売られて来たのだろう。

城吉はもう、一時も早く、浪子を銀座から連れ出すことしか考えていない。

「どこへゆこうか」

それがはじめて今日城吉が浪子にいったことばだった。

「どこへでもお兄さんのいいところ」

浪子はおうむ返しにひびくように答えてくる。

何かいっていなければ、心の歓びが別の形で爆発しそうな感激を抱きしめているのだ。

「そうだ、遠出しよう」

「まあ嬉しいわ」

どこへとも聞かない。浪子はもう一切まかせきった素直さで、城吉にすべてをゆだねている。

「車に乗ってもいいかい」

城吉は浪子の目にはじめて目をあてた。

「車？　ああ、ええ、いいわ。お金はおかあさんがどっさり持たせてくれたの」

ハンドバッグを胸の上で叩いてみせる。

城吉は安心してタクシーを止めた。

車の中に浪子をおしこみ、その横に自分もすべりこんで、

「横浜へやってくれ」

はじめて、城吉はほっとため息をもらした。

脂汗がじっとり顔にも首にも滲みでている感じで、あわててハンカチを使った。

車が走り出すと、せまい車中に、むせかえるような香水の匂いだった。

初老の、髪の薄い、首筋の肉のたるんだ運転手にさえ城吉は浪子をつれていることが恥しくなった。

浪子は急に身を固くして無口になった。

車がゆれて、ふたりの軀がぶつかりそうになると、まるで熱いものからとびのくように身をずらせ、堅くこちこちに身をひきしめる。

さっきからの自分の行動のすべてが信じられないといった不安そうな面持になっている。

車が走るにつれ、反対に城吉は落着きをとり戻してきた。

レンズの中からよく見馴れている浪子の素顔に近いいつもの顔が目に浮んでくる。

ほくろのあるうけ口の厚い唇の肉感的なうごきや、左右不揃いの目をすがめるよう

にして、恥しそうに相手を見つめる時の可憐な表情や、まだそれほど荒れても崩れてもいなさそうなすっきりとなめらかな首筋などが、レンズに集る陽の光りにきらめきふちどられて、ありありと見えてくるようだった。

城吉は、群集の中から、歓びに顔を輝やかせ、裾を蹴立てて駈けよって来たさっきの浪子の姿まで、一種の哀憐の気持で思いかえすことが出来る落着きをとりもどした。

城吉はそっと手をのばし、浪子の袖をひきよせると、そのかげで手をとってやった。

節《ふし》は高いが、むっちりと肉のついた、指の根にえくぼの浮ぶ浪子の掌は、少女の手のように柔かく、小さかった。浪子が堅くなり、同時に、わなわな小きざみに軀を震えさせてくるのが、掌をとおして城吉の方へ伝ってくる。

処女のような敏感な反応と、恥しさを浪子の軀が示している。膝の上にもっとひきよせた掌を、城吉は静かに撫でてやったり、指を一本々々やさしくしごいてやったりした。

指の股に城吉の人さし指の腹が入り、ゆっくりこすりあげると、浪子の震えは大きくなり、押えきれないため息が肩をゆすって唇をもれた。

窓ぎわに逃げるようによっている軀に腕をのばし、ひきよせてやると、もう着物の布地まで熱っぽく燃えていて、柔かな絹地を通して掌に伝わる浪子の軀は、とけそうに柔かく城吉の指や掌にまつわりついてくる。

浪子に伝っている伝説めいた廓の中の評判は、もしかしたら、本当かもしれないと思い、城吉はひそかに目をそそいで浪子の耳を見た。女の鑑別法だと、遊び仲間で云い伝っているひきしまった耳をみせ、その耳たぶの薄紅いの上にこまかく生毛が光っていた。

うす桃色の見るからに柔かそうな皮膚は、酔ったように燃え上っている。

浪子のまつ毛が激しく震え、次第に合歓《ねむ》の花の閉じるように上下から合わさっていく。薄い瞼が震え、下り眉の根が左右からしぼるように寄せられていく。

唇が開き、うけ口の下唇がいっそう突き出されてきた。

城吉はそんな浪子の官能度の激しさに愕かされながら、

「今朝は早かったんだろう。疲れただろうね」

と話しかけた。浪子は軽く首をふり、咽喉の肉をあえがせただけで、返事が声にならなかった。

「朝、美容院へいって来たの」

セットのあとの鮮やかな髪をみて囁いてやる。

「ええ……」

やっと、浪子が声を出したのをしおに、思いきって袖口から手をすべりこませ、腕を撫でさすっていくと、城吉の掌の方が愕いて、思わず動きを止めてしまった。まるで吸盤ごけでも生えているように浪子の熱い肌が、城吉の指を吸いよせてしまったのであった。

八

山下公園で車をおりた時には、もう浪子は身をまかした後の女のような自然さで、城吉の横によりそっていた。

せめて、知人に逢いそうもない横浜へ逃げだそうと、やみくもに思いつき、ここまで連れて来たことを、城吉はよかったと考えていた。

アメリカ兵の腕にぶらさがった原色揃いの服をつけた女たちの中では、浪子のデコレーションもさして目立つわけでもない。アイシャドウや目ばりのどぎつい、髪を赤く染めあげた女たちの中でみると、浪子の満艦飾は、古色蒼然としていて、アメリカ兵などには、かえって可憐でエキゾチックにでも見えるのだろうか。城吉を尻目にかけ、口笛を吹き送ったり、ウインクを投げてよこしたりする。

「ムスメサン」

「オオニンギョサアン」

そんな声が自分にむかってかけられているのだとわかると、浪子は目をみはって頬を輝やかせた。

「あたしのこと」

「そうだよ。浪ちゃんが可愛いから、あいつら、嫉《や》いてんだ」

「あらっ、いやあだ」

浪子は嬉しさをかくしきれないで、どしんといきなり軀を城吉にうちつけてきた。

公園の前に海が展け、ゆっくり白い外国船がすべっていく。

「かもめ？　あれ、かもめでしょう」

子供のようにはずみきった声をあげて浪子は城吉の手をとり、うち振った。

「あたし、こんなことはじめて。東京へ来てはじめてだわ。夢のようだわ」

「横浜気にいったかい？」

「あら、ここ、横浜なの」

「何だ、知らなかったの」

「だって、夢中だったんだもの」

浪子は美容院でセットが思いの外早く上ってしまい、じっとしていられないので、銀座へ出たら、一時間も早くついてしまった。あんまりたくさんの人波の中に、もしや城吉を見失いはしないかと気が気でなく、もうその頃から頭に血が上りっきりで、城吉を見つけた嬉しさ以外は、車に乗せられたのもよくは覚えていないというのだった。

「車の中のことは、どうなの」

城吉が返事をうながすと、浪子はくるっと、背をむけ、袂《たもと》の中に顔を埋めてしまった。よく新派の芝居などで娘の羞恥の表現としてやるそんなしぐさが、この時ほど城吉の目に可憐に映ったことはなかった。

「おかあさんが、一昨日、はじめて教えてくれたの、写真屋のお兄さんが十五日のお休みにはいっしょに遊んでくれるよって。あたし、だまされてるんだと思って、嘘でもそんなひどい嘘ついてからかうおかあさんはひどいって、泣きだしたのよ。そうしたら、絶対本当だっていってくれたの、今度はまた嬉しくって涙がとまらないの」

「泣き虫なんだね」

「ええ、すぐ涙が出るのよ。お客さんがね……」

いいさして浪子ははっとなったように口をつぐんだ。

「どうしたの、お客さんが何ていったの」

「いや、忘れちゃった」

浪子の染まりやすい皮膚がまるで紅をふきつけるように鮮やかに染まっていく。浪子の軀のすべての異常なほどの敏感さが、これだけの接触と観察の間にも、城吉には充分想像出来るようだった。

どこもかしこも行ってみたいという浪子を、城吉は次第に本気で楽しませてやりたくなった。

今日、浪子に逢うまでは、廓で、女の恥部で喰っている税金だぐらいの気持で、一種のお勤めと思って出かけて来た筈だったけれど、浪子と逢っているうちに、浪子の無垢な純真さに次第に心の垢《あか》が洗われていくような気がしてきたのが不思議だった。

空の青さや、海の広さや、空気の美味しさなど、浪子は何をみても嘆声を発し、大きなため息をついた。

外人墓地へつれていくと、

「まあ、西洋へ行ったみたい」

と、柵にしがみついて離れようとしない。

「あたしね。来年のお盆には故郷へ帰っておかあさんのお墓建ててやるの、それで貯金しているのよ」

「へえ、えらいんだね。おかあさんはいつ死んだの」

「あたしの小学校一年の時、おとうさんはわからないの、おかあさんは温泉宿の女中だったから、誰かに生ませられたんだわね」

母に死なれた浪子を養女にした村の百姓が、結局は浪子を吉原へ売ったという身の上だった。

南京町《ナンキンまち》で中華料理をたべると、ようやくあたりが黄昏《たそが》れて来た。

浪子は女将から今夜は外泊の許可を得て来ていると告げ、また瞼まで赤く染めあげた。

どこへいっても浪子は金を支払う時になると、城吉をおしのけるようにしてレジスターへ駈けよって金を払った。

「お兄さんの仕事を休んでもらって来たんだもの、びた一文迷惑かけちゃいけないって、おかあさんにいわれてるの」

中華料理屋を出ると、あとはホテルへ入るばかりだった。ベッドに寝たことはないという浪子のために、城吉は洋間のある連れこみ宿を探した。

ペンキ塗りの安っぽいホテルの窓からは、海が見えた。暗くなった海に、灯のきらめく船がいくつも浮んでいる。宝石で綴ったような船の形の灯のつらなりは、幻のように美しく、浪子は城吉にしがみついてきた。

「あんなきれいなもの見たことない」

城吉は薄く口を開いて光で綴られた船に見とれている浪子を軽くすくいあげると、壁ぎわのベッドに運んだ。

「西洋の花嫁さんはこうしてベッドに運ばれるんだよ」

浪子はもうぐったりと全身から力をぬいて目を閉じていた。唇を合わすと、何の反応も示さなかった。吉原の女の中には接吻を極度に嫌う女が多い。浪子もそうなのかと、舌で歯をわけてやると、おずおずと応えてきた。

城吉はふっと、処女を犯しているような不思議な昂ぶりが軀の芯から湧きたつのを感じた。帯に手をかけると、浪子は急にはっきりした声で、

「待って」

と止めた。くるっと起き上り、自分で手速く帯をときはじめた。たった今、かもしかけた情緒も何も霧散していく。浪子は鼻白んだ城吉の目にも気づかず真剣な表情

で、といた帯を丁寧に畳み、帯あげや紐のいくつかをくるくる手ぎわよくまるめていった。羽織も、着物も、ベッドの上に一杯に拡げてきちんと畳みあげた。真赤な長襦袢だけになった浪子が、まるい腰の線をあらわにして、着物を畳む姿には、目のくらみそうな刺戟があった。計算ずくではないそんな姿態で城吉をかきたてておきながら、浪子は一まとめに重ねた衣類の置き場に困って、きょときょとしている。

城吉はそれを椅子に置いてやると、もう口もきかず力をこめて抱きしめ、もみしだいた。

スプリングのきしみの強い安ベッドを浪子は嫌がり、ふとんをひきずりおろすと、床に敷いた。

「やっと落ちついたわ」

そういって自分から抱きついてきた時には浪子の泉はあふれきっていた。

乳房をつかんでも、ゆるめても、浪子は目を覚まさなかった。ベッドの脚と三点セットの脚にはさまれたせまい谷間のふとんの中だから、二人並ぶ位置にもどると窮屈だった。

城吉の腕の根に小さな顔を預けて、浪子は眠りつづけている。目を覚まさないのに、刺戟を与える度、軀は正確な反応をかえしてよこすのだった。

城吉はまだ、深い官能の酩酊《めいてい》の底から、全神経が立ちかえっていなかった。指で数えきれないほど女にも接してきたけれど、浪子のような女は初めてだった。廓で囁やかれている噂が、伝説ではなかったことを、城吉は味わいしらされた。十年に一人か、二十年に一人の割で廓に出るという軀の持主が浪子だった。

その上、浪子の情のみせ方は、城吉の想像を絶していた。どんなに客が強いてもそれだけはいやだと許さなかったということも、自分からすすんでしたがった。

「お兄さんはお客じゃないもの、好きな人なら何だってしてあげたいわ」

浪子が自分の与える官能のめでたさをどこまで自覚しているのか訊きだすのもおろかだった。浪子自身は、客のいうことばは、サービスを強いるための嬉しがらせのお世辞としかとっていないし、誰でも女はそういうものだと思いこんでいるらしかった。

城吉は、この女がもう芙蓉楼に来て一年半になるというのに、落籍《ひか》されないのが不思議にも思われたが、女将がこんな首尾まで自分から作ってやるほど優遇しているのも、浪子の稀有な宝物の価値を計算ずくでの上なのかと、はじめてうなずけてきた。

浪子は自分の軀より、きりょうの悪さだけを気に病み、卑下していた。死んだ母親は美人だったのにと、繰りかえしそれをいう。

ふっと枕元に目をやると、濡れて重く見える刺し子のガーゼがむしられた鶏の羽のかたまりのようにいくつか丸まっていた。桜紙よりも、もっと柔かくなった使い馴らしたそのガーゼの感触を思いだしていると、城吉は腕に伝わる女の頭の軽さに、ふっと、目の奥が熱くなってきた。

女をいじらしいと思う気持とは、こういう切ないものだったのかと、城吉はひとりで目覚めている淋しさをふりおとすように、

「おいっ」

と、掌に力をこめ、熱く熟れきった乳房をきつく握りしめ、ゆさぶった。

九

「浪さんとはどうして別れたの」

弥生が訊いた声は、咽喉でかすれていた。もう何日か、弥生の部屋に通いつづけたある夜だった。ふたりの間ではアラビアンナイトということばで、この時間が呼ばれていた。

城吉と馴染んで半年ほどたって、浪子は釘を踏んだ傷から破傷風をおこし、あっけない急死をとげた。

城吉が客になるのは極度に嫌ったので、城吉とははじめての時のように、女将が機嫌とりに与える公休日に、廓の外で逢うだけであった。

城吉は浪子の軀に飢えていて、逢うとすぐ抱きたい欲望を持てあましたけれど、浪子の方では、城吉との逢瀬は、素人の恋人同志の夢の見られる唯一のプラトニックな恋の場であるらしかった。思いきって、麻薬でも扱い、金をつくって、浪子を落籍せようかと、城吉の気持が昂ぶりきった時、浪子は急逝したのだった。意識の消える前まで、城吉の名を呼んだという話を、女将から聞かされ、城吉は男泣きに泣いた。昔の仕事仲間とよりをもどすため、城吉が一週間泊りで関西へ出かけていた留守の出来事だった。

「女郎の情人《いろ》の悲哀だったよ」

そんな恥まで語りつくした後で、弥生と出来てしまったいきさつは、さほど情緒的なものではなかった。弥生が城吉の色ざんげに眩惑され、その情緒に刺戟されてつい身を誤ったというのが正直な話かもしれなかった。

同人雑誌の仲間からは当然脱けなければならなかった。勝気で意地の強い弥生は、城吉との結婚で、自分の貞操の過失を正当化しようとした。城吉の両親が経営していた旅館は、温泉マークのブームに乗って、たちまち本建築のどっしりしたものに拡張していたし、浪子の死を契機に、城吉は写真屋から足を洗い、新しく出来たテレビ局の学芸部に籍を移していたので、弥生の結婚は外見的に惨めな筈はなかった。当時の仲間は、弥生が冷静な打算から、まだ先の長い恋人の成功までの苦労を、安定感のある城吉との結婚に乗り換えたととったくらいだった。

弥生との結婚の一年後、城吉は新しく出来た夕刊S新聞へ移っていった。

続々新設された民間放送のテレビ局の競争の凄じさの中には城吉のような気儘な生活に馴れて来た者には従いていけないドライな面があったし、何より、まだ大学を出るか出ないかといったような若者ばかりが集ってくるテレビの世界では、城吉の神経など戦前派に組みいれられて、ともすればはみ出したがる。

弥生は城吉の転職を真向から反対したが、城吉は結局自分の好きなようにしてしまった。

弥生の自尊心は城吉を自分の夫として、昔の仲間に誇れる立場の人間に仕立てたがっていた。

「そんな三流新聞の芸能記者なんて、どこがよくってなるんです。Pテレにさえ腰を落ちつけていれば、いくら無能だって、年齢からいったたって、まもなく役づきになった順序じゃありませんか」

弥生が寝床の中でしつこく繰りかえすぐちを聞き流しながら、城吉は死んだ浪子と結婚していたら、こういう会話は絶対夫婦の寝床には入って来なかっただろうなどと考えているのだった。

弥生が次第に旅館経営の仕事に興味を覚え、設備投資の資金の銀行借入れまでやってのけるようになる頃には、城吉は全く家庭から浮き上った存在になっていた。

城吉の両親は、城吉よりも嫁の弥生の事業家的才能を頼りにするようになっていたし、美貌で才気のある弥生の女経営者ぶりは、金目のかかった衣裳に飾られて、年と共に堂々とおさまってきた。

子供を生むことまで、弥生は事業の進展と睨みあわせて計画し、予定通り、結婚五年めにようやく妊娠することを自分に許した。

城吉にとってはそんな弥生の合理性がことごとく鼻についたし、性に合わなかった。かといって、きっぱり弥生と別れてしまうほどの決断力もない。まるで根なし草のようだとか、風か、雲みたいに頼りないとか、事毎に弥生に罵しられているうち、城吉は浅草にどっぷりと軀ごと漬けていた。

芸能記者として浅草の劇場に出入りするうち、六区の劇場の暗い舞台裏の廊下にすべりこむと、城吉はほっと軀じゅうの細胞が息をふきかえすような気がしてくる。こわれた小道具や、汚れたバケツや、ハンドルの折れた自転車などが同居している暗い湿《し》けった廊下を、軀を斜めにし、オーバーの裾を脚に巻きつけるようにして歩いていくと、ここの澱《よど》んだ空気の肌ざわりの中に、ふっと、吉原や鳩の町の中で感じたあの不思議な心の安息を覚えるのだった。

もう、城吉はフランス座でもロック座でもカジノでも浅草座でもフリーパスで、入っていきさえしたら、裏方も支配人も踊り子の区別もなく、仲間うちの顔で迎えいれてくれる。

ストリップの楽屋に城吉がぬっと顔を出しても、踊り子たちは眉もあげない。

「すいません。城ちゃん、その棚のレイ、とって」

そんなことを頼むのはまだなまやさしい方で、

「城ちゃん、このホックとめて、早く、早く、つぶれてだめなのよう」

と、廊下で、いきなり背中のブラジャーのかぎホックをとめさせられることさえある。

バタフライや、ツンパや、時には生理帯の洗濯物がぶらさがっている入口を頭でわけて入っていくと、汗と体臭と化粧品のまざりあった一種異様な臭気が鼻を打ってくる。壁ぎわに向いあって鏡をはめこんだ化粧前には、冬ならこたつが置いてあって、城吉は誰にすすめられなくともその中へ膝をいれればよかった。

坐っている城吉の目の前に、おできのあとのケロイドの光った尻をむけて、バタフライのGストリングを割目にくっきりとおしこんでいる踊り子もあれば、うまく焼きれず、のこってしまった恥毛を、小さな下ツンパのかげから煙草の火で焼いている娘もいる。

「手伝ってやろうか」

「ううん、ここんとこ、よく残るんだ。難しいのよ」

誰も城吉が、色気でここへ通ってくるとは思っていないし、踊り子の方でも一向に城吉を色気の対象としては考えていない。ここでも、どうしてか、城吉はまた、吉原の時のように、彼女たちの、打ちあけ話や、ぐちの聞き役にまわり、男との別れ話の相談相手にされていたりするのだった。

人を一目見て、自分たちの敵か味方かを決めることに於て、踊り子たちは、まるで動物並の不思議な嗅覚を発達させていた。

城吉は彼女たちにとって危険性のない人物というより、も少し自分たちの仲間に近い同類の人種だと思いこまれている。城吉は吉原の女郎に惚れて死なれて、それ以来独身だと話してあり、人の言葉の裏を汲むというような気の廻し方を知らない踊り子たちは、城吉の身の上話に、すっかり同情を寄せていた。もう少したって、最初の妻が男をつくって逃げたと話した時には、目の前で鼻をすすりあげ、同情の涙を流してくれた娘さえあった。

舞台でみれば、ライトの魔法で、どうにか見られる踊り子の肌も、目の前に見ると、思いがけないさめ肌や色黒も多く、のみや蚊に刺された跡や盲腸の手術の跡もれきれきと残っていて、見られたものではない。ストリップ全盛の時機も過ぎてからは、吉原や鳩の町が消えたと同様に、浅草の劇場からも、昔の浅草の味が次第に消えていった。ストリッパーの質も日と共に落ちていく。昔は、バレーや日舞の素地のあった踊り子はざらにいたけれど、この頃では、美しい裸の持主という条件さえ寥々《りようりよう》たるものになっている。

踊り子たちが揃ってわっと舞台へ駈け出していった後は、城吉ひとりが楽屋に残されることもある。白粉で汚れた衣裳がぶら下ったひっそりした楽屋に、ひとり寝ころんだり、壁にもたれてひっそり膝を抱いていたりすると、城吉にはいよいよ浅草こそ自分の心の安らげる唯一の憩い場所のような気がしてくるのだった。

昼夜二回の興行で朝の十時から夜の九時まで楽屋にいる踊り子たちには、恋をする閑もなさそうに見えるけれど、たいていの踊り子が、それぞれに情人や夫を持っていた。劇場関係の振付師やライトマンや、バンドマンといった男たちが、他の世界へゆかれない彼女たちの相手になる。男が浮気で働きのないのは、当然のように思われていて、踊り子たちは、男に純情のありったけと、働いた金のありったけを注ぎこんで悔いない。貢ぐこと、尽くすことが、恋だし、恋の歓びだと彼女たちは信じこんでいるようだった。

だまされて、裏切られて泣くことはあっても、無理な笑顔をつくって、舞台からお客に笑いかけていると、踊り子たちの心の傷はみるみる乾いて、かさぶたになって、落ちていくように見えた。

城吉は理窟をいわない、自分の利益を主張することを知らない、踊り子たちの単純さ、無知さ、底ぬけの純情さの中に浸っていると、彼女たちのいる世界だけが人間の世界のような気さえしてくるのだった。

十

幸子はS座の看板踊り子の一人だった。さして美人ではないけれど、十六の年から、もう十年近く浅草だけで踊りつづけているだけに、芸は確かだった。

化粧映えのする顔と、引きしまった軀つきの、殊に乳房と脚の見事さは、ストリッパーとしては最上の条件を具えていた。

やや、重そうに、今にも垂れ乳になる寸前の実りきった乳房には、危く頽廃の一歩手前でふみとどまったというエロティシズムがこもっていて、女を識りつくした男の欲情をそそりたてるものがあった。その乳房におよそ不似合なほど乳首の表情が初々しく、秋海棠の花びらをおしあてたような薄紅い、すき透る淡々しさで、十六歳の乳首のまま、奇蹟的にそこにとどまっているかに見えた。

顔の化粧には念を入れる踊り子も、軀にまでは金をかけようとしないこの頃でも、幸子は亀の子たわしで全身をこすりあげた上をレモンで更に磨きこむ。真似をした誰もその最初の痛さに耐えかねてやめてしまうそんな美容法を十年近く欠かしたこともない。幸子の肌が素裸でも艶々照りを帯び、下腹や尻の二つの丘など、はじきかえすようななめらかさで陶器めいて光っているのも、そんな心がけのせいなのかもしれなかった。

　幸子にはどんな好きな男にも、軀はまかせても乳房には指一本触れさせないという伝説があって、それだけにかえって幸子の見事な乳房が男心をそそった。その割に不思議に幸子の男は長つづきしなかった。浅草と劇場しか知らない役者子供めいた純真さが可愛いくない筈はないし、人の面倒を見たがる俠気や、物惜しみしない鷹揚さが、男にも寛大でない筈はないのだけれど、幸子の男たちは、長くて一年、たいていは半年か、短いのは一、二ヵ月で去っていく。

　不感症だという噂も囁かれていたけれど、男の口から出るそんな噂は、信用出来るものでもなかった。

　城吉は幸子の俤の中に、死んだ浪子をほのかに感じることがあって、何となく惹かれていた。幸子の乳房の美しさを写真入りで紹介したり、芸熱心を書きたててやったりしたのもそんな気持からだった。美事すぎる大柄な幸子の軀は城吉の好みではなく、手の触れる真近で幸子を見つけながら肉欲的な誘惑を感じたことはなかった。

　幸子が突然、筋炎にかかり、大切な脚を手術するという事件がおこらなければ、城吉は幸子と結びつくことはなかった筈だった。

いつものように、城吉が楽屋に入っていくと、みんな舞台に出ている筈の楽屋の隅で、幸子がバタフライひとつの姿で軀をえびのように曲げてうなっていた。愕いて抱きおこすと、幸子は蒼白な顔から脂汗をたらし、脚が切りとりたいほど痛いと訴える。もう半月も前から、時々痛むのを神経痛か何かだと思いマッサージにかかるだけでがまんしていたのだというのだった。あわてて病院へかつぎこんでいくと、筋炎の手遅れだということだった。

幸子の病気はたちが悪く、手術しても炎症は次々移動し、左脚首から腰まで七ヵ所も切りさかなければならなかった。

病気になった幸子には、およそ肉親というものがいないのがわかった。城吉は最初、病院へかつぎこんだ関係からつい見捨てられなくなり、手術の時も保証人になってやったり、入院後の面倒も見るはめにおちいってしまった。幸子の貯金通帳は城吉が預ったけれど、いつでも男に貢ぎこむ踊り子の貯えはたかが知れていた。およそ四ヵ月も入院して、ようやく不自由ながら歩けるようになって退院した時には、もう貯金はまったく底をはたいていた。

ふたたびストリッパーとしては舞台に立てなくなった幸子は、歩けるようになるのを待ちかねて、バーづとめをはじめた。新宿の安バーへ世話したのも城吉だった。

傷のついた幸子の軀を城吉はかえって抱き易くなった。幸子は城吉の胸に美事な乳房をおしあてた時、

「城ちゃんに嫌われてるのかと思ってた」

といってあえいだ。幸子は城吉の手を性急に自分から乳房に導いた。

「いいのかい」

「ばかねえ、ストリッパーをやめたら、もう商品じゃないわ。どうしてもいいわ。どうでもして。噛んでも、ひっかいてもどうでもして」

幸子の情熱は激しく、傷あとのない腰から上のなめらかさは、ビロードのような手ざわりと、ゴム質の弾力にみちていた。手術のあとがあっても踊りぬいて来た腰と脚にきたえられ、幸子の内部は強靱な筋肉とリズミカルに律動する運動神経は衰えていない。

浪子の天性の稀有な体質とはどこかちがいながら、城吉はほとんど浪子につれられていった覚えのある桃源郷への道を幸子に導かれていた。

踊れなくなった踊り子、裸になれなくなったストリッパーの惨めさとひきかえに、幸子は全身を男にゆだねてはじめて得る快楽を手に入れたらしい。これまでの幸子の男が長つづきしなかった理由が、城吉にははじめて解けた気がした。

まるで子供のまま、止ってしまったような無邪気さと我ままと、底ぬけの献身は、城吉の情緒も理性も自分に縛りつけて放そうとしなくなった。

城吉はもう、新聞社へ出ることさえほとんどなくなった。

幸子が、持って来る金が、バーで得られる筈のものでないと気づいた時も、城吉はもう幸子に問いただすこともなかった。

そのことに幸子が不道徳を感じない限り、幸子のしていることは、城吉への献身と愛の証しでしかないようであった。

城吉は、幸子に内緒でカメラを使う秘密の仕事のルートをみつけていた。

もう弥生のいる実家へ帰っても、まともな生活にはもどれまいという予感があった。

城吉は灯の濃くなってきた神保町を歩きはじめた。

いつもの本屋の中は、せまい間口の外まであふれた古いエロ雑誌や、猟奇雑誌の山の上に、あくどいヌードの写真が何枚もぶらさげてある。昼間は若い学生や、勤め人風の立ち読みでせまい店があふれかえっているのに、今頃になると、集ってくる客種がまったく変っていた。

手ざわりのいいラクダのコートを着こんだ重役風の男や、貂《てん》の衿巻に帽子をかぶった結城ずくめの隠居風の老人などが、まことしやかな顔つきで棚を仰いでいる。夜が更けるほど、ひそやかにそうした客は集って来て、ひそやかに散っていく。

入口に近い場所で棚を仰いでいた城吉の肩が叩かれた。

城吉は、だまって、自分の場所をゆずるふりをして店を出る。ゆっくり歩くと、男が後を追って来た。暗い横丁に人通りのないことはもうふたりはよく識っていた。べっ甲の眼鏡をかけた堂々とした初老の男は、ローレックスの見える手首をのばし、城吉からハトロン紙の袋をす速くうけとった。

「お歳暮代りに暮のあれは喜ばれたよ。今度は何組？」

女のような細い声だった。城吉は写真の数をいい、代金を受けとった。

男と別れ、ゆっくり水道橋の方へもどりながら、城吉は不思議な情熱に軀が熱くなっているのがわかった。金が目あてではない、こうした堕落の本質を、自分の中に見つめなければと思いながら、ふと、どこかで今頃城吉の俤を描きながら、見知らぬ男の軀の下に目を閉じている幸子の軀をありありと想い描いていた。

惑いの年

玉葱の皮をむくように、薄いストッキングがはぎとられると、鳶色のつやつやした華江《はなえ》の素脚がむきだしになった。娘の頃から脚線美は華江の自慢だっただけに、三十をいくつかこした今になっても、顔同様の手入れがほどこされてある。日頃たっぷりオリーブ油を吸いこんでいる皮膚は、しっとりとした湿り気を持ち、ふくらはぎにたるみのかげさえなかった。

二ヵ月めに訪れても、別に挨拶らしい口も利かない。すっと、我家へ帰ったような何気ない身のこなしで、茶の間へまっすぐ入り、横坐りになったかと思うと、もう、この動作であった。

「何だ、来たかと思ったら、もう出かけんの？」

元子《もとこ》が火鉢の薬缶をとりあげながら、なじるような声をだした。

青い鞄の中から、セロファンづつみの新しいストッキングをとりだした華江が、細心な扱いで、それを裸の脚にはきはじめたからである。

「うん……帰りにまた寄らせていただくわ」

「帰りにって何時？」

「二日ばかり温泉にいってくる。うちへは、ここに泊っていることにしといたから」

また、という目顔で、元子は急須に湯をそそいだ。

もちろん、男といっしょに決まっている。行先を聞いても、いつものように、華江は知らないのだろう。万事、あなたまかせの華江は、こんな場合、駅へ行って、男の連れて行く所へ従いていくだけなのだ。自分で、行先の計画をたてたり、乗り物の時間を決めたり、宿の交渉をしたりするのは大嫌いであった。娘時代は、そんな役はすべて、元子にまかせっきりだった。

靴下をコルセットに連結させ終ると、華江は当然のように、元子の鼻先で、するりとはいていたパンティをスカートの中からひきだした。鞄から、これも真新しいサモンピンクのナイロンのパンティをとりだす。

「まあ、きれい。ちょっとみせてよ」

つい口に出してしまい、元子はいまいましいと思う。あわてて、

「いいわ、早くはいてしまいなさい」

ときつい声になった。

裾広がりの、半分レースで出来た女の下着は、その使用目的を忘れさせるほど、繊細で美しい。

華江が位置も、体の向きも変えないので、元子の方が、目をそらし、台所へたっていった。

果物を持って茶の間に戻ると、華江は地味なグレーのカーディガンをぬいで、黒のワンピースだけになり、衿元に、絹のスカーフを飾っていた。

後頭部に、巻きあげていた長髪を、肩いっぱい波うたせ、額に軽く前髪《バング》を下げている。

教師然とした中年の女が、たちまち二十代の粋であだっぽい職業不明の女に早変りしていた。

華江は足先で、ぬぎすてた靴下や下着を、畳の片すみにおしやった。

「あたくし、急ぐの、これ、おいといてね」

鞄からまた、バックスキンのハンドバッグをとりだすと、鞄も下着の上になげだし、華江はもう玄関へ行く。

玄関の戸を半分引あけてから、ああ思いだしたという顔で元子をふりかえった。

だ。
「この前、青地《あおじ》氏に逢ったわよ。元子さんどうしてますって、いろいろ聞いてた」
元子はじぶんの顔色の変るのがわかり、ぎゅっと股をひきつけ、ふるえをふせい
「ぐっと白髪がふえて、いくらか見られる風情だったことよ」
怒りで、元子は、華江のぬけぬけした顔をひっかいてやりたい衝動を、辛うじてお
さえる。
「どこで逢ったの」
「あたくしが、わざわざ逢いにいったのよ、文部省へ。弟の就職を頼みに」
青地にだけは手を出さないでよ！　と叫びだしたい気持を、ねじふせたとたん、元
子はあっと、気がついた。
「ちょっと！　華江さん！　あなた、まさか」
華江はもう、ゆらゆら腰をふる独特の歩き方で、家の前を遠ざかっていく。
まさか、今日これからの旅の相手が青地だとは思いたくなかった。しかしその後か
ら、いや必ず青地にまちがいないという直感が、胸元につきあげてくる。
「いやあね。あんな人、御安心あそばせ。あたくしはこれで、男には趣味があるの
よ。面喰いだってこと、あなたも知ってるじゃないの。青地さんなんて、あんなノー

トルダムみたいなの、肌にあわないわ」

いつか、冗談めかして、まさか青地には手を出さないだろうと、かまをかけた元子に、華江がぬけぬけといったことばが、よみがえってくる。

その時元子は、昔の恋人をノートルダムといわれた怒りで、年がいもなく即座に口が利けないほどであった。

たしかに青地重雄《しげお》は、スマートでもなければ、美男子でもなかった。しかしノートルダムといわれるほどの醜男《ぶおとこ》ではない。がっちりした肩に、分厚い肉がもりあがっている所も、太い頸筋も、元子には男らしい魅力であった。

広い額と、短くて鼻翼の張った肉の厚い鼻と、薄く大きくさけた唇と、真中にくっきりと割目の入る髭の濃い顎。顔の造作が、てんでんばらばらに、己れを主張しているようで、統一のとれない奇妙な容貌だが、初恋という色眼鏡をかけてしまった十八歳の頃の元子には、個性的な頼もしい男の貌《かお》に見えていた。近視と乱視の度の強い眼鏡を外して、太い頸筋をこぶしで叩きながら、頭を休めるように、窓から空をみる青地の瞳を、綺麗だとさえ感じていた。

――いやよ、華江なんかに触れさせるものか。

元子は、つまみかけた華江の下着からさっと手をひくと、さっき華江がしたように、足先で、開けはなしの青い鞄の中へ入れようとした。なかなかうまくいかないその作業に、元子はムキになり、しだいに目が据ってきた。

その晩、元子は康夫《やすお》にしつこく求めた。

「華江ホルモンの効能は大したもんだな」

康夫は寝床に腹ばいになると、枕を胸の下にかかえこみ、煙草に火をつけながら、にやにや声でいった。その動作は、夫婦の間では、康夫の終りを意味していた。

まだ熱い脚を、康夫の体からひきもせず、元子は身動きしない。目を薄く開け、壁の一点を凝視していた。

華江が訪れた日は、夕飯の時から、華江の話が弾み、寝床では、子供に聞かせられなかった話の部分が語りつがれる。

「ね、華江さんたら、男は、一人一人味がちがうなんていうのよ、ホントかしら？」

とか、

「年寄は、あつかいが優しくて、気が長くて一番よくさせてくれるけれど、若い男に荒々しく砂利の上につき倒されて、背中に石がくいこむ痛さをがまんしながらの時なんて、すごいっていうのよ。そんな戸外で、ほんとに女は安心できると思って？」

など、淫蕩な華江の打あけ話や、行状を、夫に告げているうち、元子じしんがしだいに熱っぽく体が濡れてくる。華江の噂話が前戯の役目を果すぐあいを、康夫はふざけて、華江ホルモンと笑うのだ。

元子の見つめている壁に、華江と青地のからみあう姿態が、まざまざと描かれる。元子は荒々しい息をはき、康夫の背にしがみついていった。康夫は息をとめたように、からだを硬くしていたが、短くなった煙草を灰皿におしつけると、その手でさっとスタンドのスイッチを押した。

急に襲った闇の中で、元子の見つめていた壁の幻影が、夜光時計の文字のように、ふわっと空中におしだされてきた。目をとざすと、瞼の裏にすべりこんでくる。苛立った元子は、瞼の中の男女を、押しつぶす勢いで、康夫の骨っぽい背に、ぎしぎし顔をこすりつけた。

「おい、いいかげんにしないか」

康夫の乾いた声がとがめた。

「あしたは、早いんだぜ。寝かせてくれよ」

からみつく妻の体をほうりだすように身をひねり、康夫は、元子に背をむけ、たちまちわざとらしい寝息をたてはじめた。

元子はいつものことながら、改めて夫から不当な屈辱を与えられた想いで、歯を噛みしめる。納得のいかない感情と、飽和状態に達しない感覚のもどかしさが、体じゅうにごろごろした不協和音を立てているような気がするのだ。

世間でいう三十女の脂っこい生理が、じぶんの体内にも牙をむいてきたのかと、元子は、顔をさか撫でされるような、厭な気持になる。満足しきれなかった体の不満が、神経をさいなみ、眠れそうもない。

——やっぱり青地にちがいない！

又しても二人の姿態が、闇の中に薄光りを発して、様々な線を描いてみせる。

青地の昔の愛撫の手順が、十三年の歳月をとびこえ、まるで昨日のことのような、なまなましい感覚で、元子の皮膚によみがえってくる。

上から見ると、青地の掌は筋高で骨張り、無骨な感じのくせに、指の腹は、医者のそれのように柔らかく、滑らかで、微妙な動きをしたものであった。なだめすかすようにその指が十八歳の元子の皮膚に囁きかける。元子は全身の関節がばらばらに解き外され、体が飴状《あめじよう》になって、幾重にでも折り畳まれそうな錯覚におちいった。

青地の指に導かれ、処女の元子は、限度もしらず、全細胞を開いていった。そんな中で、型ばかりの処女が、辛うじて保たれたまま別れたのは、野心家の青地の三十五歳の狡猾《こうかつ》さか、元子の処女の打算だったか、元子にも今もってわからない。

元子と華江は、女学校を卒業するとすぐ、華江の父の世話で、お茶《ちゃ》の水《みず》にある青地の研究所に就職した。すでに大東亜戦争に突入していた時代なので、二人の就職は徴用のがれであった。

中国や南方の占領地区へ向ける日本語の教科書を作るその研究所は、文部省の高官を所長の肩書にいただいていた。が実際は副所長の青地重雄が、ひとりでやっているようなものであった。

学校で首席を通した元子は、すぐ仕事の内容をのみこんで、青地の秘書に抜てきされた。音楽と体操だけが点のよかった華江は、一向に仕事には身をいれず、若い所員とコーラスやピンポンばかりして、結構楽しそうにやっていた。

「あんな気難しやの御機嫌が、よくとれるわね、元ちゃんは。あたしなら、あんな人と二時間も一つ部屋にいたら、気分が悪くて脳貧血おこすわ」

華江に、そんなふうにいわれても、元子はだまって笑っているばかりだった。

元子が五つの時死んだ父は、若い時からの放蕩三昧で、日本橋でも名の通った袋物商の生家を勘当された。元子の母と結婚後も道楽が絶えず、ある朝、恥しい街の娼婦の部屋で息を引きとった。女手ひとつで元子を育てあげた母は、父をうらみぬき、ま

だ男女の間のことなど、想像もつかない幼い元子に、

「お前の中には、お父さんの悪い血が流れているんだからね。人一倍、身持ちをよくしないと、とんだことになるんだよ」

といい暮した。

そんな元子は、父の愛もしらなければ、父の尊厳もしらなかった。年より落ついた青地の身近に暮すようになって、はじめて、男の魅力に目を叩かれたような気持であった。

妻子を信州の郷里に疎開させ、不自由な一人暮しをつづけている青地は、元子がじぶんで焼いたとうもろこしパンなどを、ひどく美味しがり、ほしがったりする。

いつのまにか元子は、青地のハンカチや、靴下を、洗面所で洗い、机の下にこっそり乾しておいたりするようになった。

そんな頃、青地が突然ビルマへ視察旅行に出るということがもち上った。もうすでに、魚雷で沈められた船の話が、続々と伝えられている時だったので、元子は不安で、夜も眠れなかった。

——あたしは、あの人の死ぬのが、そんなに心配なのかしら。

思いあぐね、元子はかあっと全身に火花がはしる気がした。恋をしている！　青地

に恋をしている！

その発見は、元子を急に強くした。戦争で、重苦しい灰色の壁にとりかこまれている元子の青春に、ぽかっと、青い窓がきりひらかれた想いだ。

青地が出発の朝も、元子はじぶんの中の恋の照りかえしで、目をいきいきと輝かせ、いつもよりずっと、晴れやかな顔付をしていた。

青地は、発った翌々日の夕方、突然元子の前に、旅疲れで黒ずんだ顔をあらわした。元子は、息もとまるばかりの狂喜で、前後の覚えもなく、青地の胸にとびついてしまった。

「神戸まで行ったら、船がやられていたことがわかったんだよ。命拾いしたようなものさ」

元子の興奮に打たれ、青地自身も、二人の行動の異様さを忘れたように、元子の背を抱きしめていた。

元子が背を波うたせ、せきをきったように、はげしく泣きだした。青地は、驚いて、手を放した。

「久米《くめ》君、きみは……」

青地が低い声でうめくようにつぶやくと、いきなり、元子の涙だらけの顔を両手ではさみ、唇を近づけてきた。

青地の唇が、顔中を這い、涙を吸いとり、元子のひくひく震えつづけている唇に、しっかりと重ねられた。

元子は身動きもせず、青地の腕の中で、ぐったりとなっていた。

頭の中が焼けつくようで、目の中は白金色の光りにまばゆく輝き、からだは大きな波のうねりに乗りあげ、ひきおろされて漂いつづける。

青地の息づかいが、耳もとでふいごのような音をたてた。青地の掌が、ぐっと乳房を押した時だけ、元子はえびのように全身をちぢめた。

「いい子だ……いい子だ……かわいい……」

青地のうわ言のようなきれぎれの囁きが、元子の細胞を羽毛のようにやわらかくなでさする。

元子はしだいに後頭部がしびれ、全身がなま温い湯にひたされる快さにつつまれていった。

青地の手が、もどかしげに元子のブラウスのぼたんを外し、熱い指先がはだかの乳房を力強くにぎりしめてきた。元子は身もひかず、大きく身震いした。

かえって青地の厚い胸に、上体をおしつけていた。

それからの毎日は、目の前から灰色の幕がきっておとされ、光にみちた日々の連続であった。

長い禁欲にたえていた中年男の欲情は、若い元子の全身を、毎日息づまる嵐の中にまきこみ、もみくだいた。

思慮分別の人一倍深くみえる青地が、毎日元子を送っては、別れともながり、何時間も街をひきまわすのだった。

東京の空にも、空襲がはげしくなり、街は日一日と荒れはてていった。

今別れては、明日再び逢えるかどうかわからない不安な運命が、いっそう二人をよりそわせ、一刻でも長く、二人の時間をひきのばすのだ。

恋人たちが身をかくせるような建物や、商売の家は、すでに姿を消していた。焼けただれ、瓦れきにおおわれた道ばたで、二人は抱きあい、廃墟のビルのかげで、激しい抱擁をくりかえす。

美しい色彩といっては、夕映えの燃えるような、雲の色の移ろいくらいのものだ。

元子は、宇宙が呼吸を静止したような静寂の焼け跡で、青地と抱擁したまま仰いだ夕映えの美しさや、月や星の凄いほどの光りを、決して忘れることはできなかった。

その日、はじめて元子は下北沢《しもきたざわ》の青地の家を訪ねていった。丈夫な青地が、珍しく風邪をこじらせて二日休んだ、二日目の夕暮れであった。

駅から数分の道を迷った末、見つけた青地の家は、塀も門も荒れ放だいで、まるで、空家のようにみえた。門から玄関までも、雑草がおいしげり、そのまま、霜枯れているのが、わびしかった。

半分雨戸をたてまわした縁のある八畳で、青地は熱くさい空気をこもらせ、床についていた。

まるで数年もあわなかった男女のように、二人はむさぼりついた。

青地の脂と汗のしみついた夜具の匂いが、元子の官能を強烈に刺戟した。

「最後のものだけは、元子のハズに、とっておかなければと思っていたんだけれど」

荒い呼吸の中から、青地がうめき囁いた。

家つきの妻との結婚によって、大学も終え、今の地位にも立った青地は、はじめから妻と別れる気持などはなかった。それだけに、元子の若い肉体の上に、可能なかぎりの手のあとをのこしても、元子の処女だけは、手をふれてはならぬと自戒していたようであった。

処女の元子は、青地が与える快楽以上のものが、男女の間に、まだ残されているとは想像も出来なかった。

病後の青地の肉体に、どんな激しい渦がとどろいているかは、想像できない。元子は、いつもの抱擁のつもりで、波のうねりに身をゆだねているうち、青地のいつもとちがう激しさに、おぼろげながら気がついてきた。

官能だけがせめさいなまれ、ものを考える能力もなくなっていた。元子は、愛撫のとちゅうで、青地が立ち上り、隣りの部屋へいって帰って来たのを、ぼんやり、夢うつつのように覚えていた。

「もう、だめだ。元子、ゆるしてくれ」

青地が、元子におおいかぶさった、瞬間であった。

「ほんとにすみませんでした。ハガキ一本よこさないものですから」

「いいえ……これくらいのこと、あんまりおいたわしいので、おしらせしたまででございますよ」

女の声が、あたりはばからず、門の方から聞えてきた。

「か、家内だ！」

青地が、電気にふれたように元子の上からとびおきた。

元子はそれからの数秒が、空白になって記憶からかき消えている。何時、そうなったのか、覚えのないまま、薄暗くかびくさい書庫の中に、がくがくふるえてしゃがみこんでいた。

ひくく聞きとりにくい青地の声にかぶせ、きんきんした中年の女のヒステリックな声がひびきわたった。

「まさか！　まさかこんなこととは思わなかったのに！　いいえ、たばこやのおかみさんは、あなたが病気らしいっていうんで、電報くれただけですよ。まさか、そんないやらしい想像で、つげ口したんではありません。ほんとに、いい年をして、何という……」

「いいえ！　言いわけなんか聞くもんですか！　何です、こんなものを、袖の中から落して！　こ、こんなけがらわしいものまで用意して。あなたは、女をひきずりこんで、何もしないなんて、言いわけがたつと思うんですか。避妊の用意があって、事実がないというんですか！」

元子はいつ、どうやって、青地の家をぬけだしたのか覚えていない。気がつくと、いつのまにか、自分の家のある駒込をのりすごし、赤羽《あかばね》の駅のフォームの椅子に坐りこんでいたのだ。

逃げ出す時、一瞬みてしまった青地の妻の、頬骨の出た目の細い顔に、夜も昼もうなされ通した。

それっきり勤めをやめ、京都の遠縁をたよって東京を離れてしまった。

終戦は京都で迎え、そこで平凡な見合をして、シベリヤ帰りの康夫と結婚した。

華江の手紙で、青地が狂気のように元子を探していることを知ったが、暗い戦争の悪夢のようなはかなさでしか、青地のことを考えられなかった。

康夫との初夜の時、後めたさに、背筋が冷たかった。それでも処女の花嫁にはちがいないという言いわけを、胸の中にくりかえし、平凡な夜をおくった。

康夫の抱擁は、淡泊で、単純であった。青地の不自然な、ぎりぎりまでせめぎあう愛撫に馴れてしまった元子の皮膚には、あっけなく、ものたりなかった。

抑留生活で視力の衰えていた康夫は、その時、必ず電灯をまぶしがった。闇にすると、康夫がかき消え、青地の幻影が濃く自分にのしかかるのをおそれ、元子は泣くように、灯をつけることを主張した。

何の感動も覚えないままに、二人の子供を産み、元子は家事に追いまくられていった。

十年ぶりで、康夫の転任について、東京へ帰った。元子は、青地との思い出の町筋が、すっかり変りはて、思いだすよすがにもならないのに、おどろかされた。

もっと驚かされたのは、娘時代からの友人の華江が、見ちがえるような女になっていたことであった。

平凡な、動作のにぶい甘ったれの娘だった俤は、三十の華江のどこにもなく、いつのまにか修得した英会話の力で、外人相手の日本語学校に勤めている。

その表向きの生活の外に、未亡人の華江には、元子を啞然とさせるもう一つの生活があった。

華江の口から、元子はふたたび、青地の噂を聞くようになった。十年余りの歳月は、青地を、いつのまにか文部省の高官に仕立てていた。

言われてみて、気をつけると、青地の名前や文章を新聞や雑誌に見ることも多い。

華江の訪れる回数につれ、元子はしだいに青地との思い出が胸の奥にむしかえしてくるのを、ひそかに怖れはじめた。

月曜日の朝、華江はいつもの例を破らず、ふらりと帰って来た。

華江の旅は、必ず金曜日の午後から、月曜の朝までの間に終る。華江の勤めている学校が、土曜も休みで、華江の授業は、月曜の二時からのためであった。

高等娼婦のような真似をして、男から男へ渡り歩いていながら、大した金にもならない日本語の教師の勤めを、殆んど皆勤で勤めあげている華江の行動が、元子には笑止であった。

「あたくしはね、お金がほしくて男とつきあうんじゃないんですもの。純粋に恋を楽しみたいだけなのよ。あのこと？　あれだって、恋という芸術をつくりあげるに必要な、パレットや絵具みたいなものよ。ほんとに恋を楽しむダンデイな男はね、女と寝た後でも、金のとりひきなどいやがるわよ。パリの香水の一びん何万円もするのを、いくつも買ってくれる金と心意気はあっても、それを、生活費にするからくれといえば、とたんに興ざめなのよ。あたしは、学校のわずかな給料で、暮してるわ。でも、恋の場でだけは、うんとゴージャスにしているの」

元子にはおよそ屁理窟としか思えない恋愛哲学をのべたて、煙にまく。もともと動作の鈍い方だが、この頃の華江は、手のあげおろし、首のふり方までも、ものうそうに、ゆるやかになった。いつでも眠そうな半眼にした瞳と共に、不思議な色っぽさが、煙のように、その体のまわりに立ちまよっていた。

「何て汚らわしい人になったんでしょ」

最初は、呆れて、康夫につげていた元子が、いつのまにか、華江の行状や話に、しらずしらず、眠っていた何かの衝動が呼びさまされていくのであった。

「恥しい？　誰に恥しがるのよ。第一、人間のとり決めた道徳なんて、どんなに頼りにならないものか、戦争でつくづく身につまされたじゃありませんか。あたしの亭主なんて、そう好きでもなかったけれど、まるでお芋か大根みたいに列車につめこまれ、別れもろくろく惜しませてくれず、戦争にひっぱってかれたかと思ったら、殺されたのよ。そんなむごい話ってあるかしら。だからって、若い生身のあたしが、貞操を守りとおす必要がどこにあって？　あたしたちが、修身でつめこまれたことなんて、みんな百八十度の転回じゃないの、あたしはあたしの道徳をつくるのよ。もうもう誰にも干渉されないわ。男をいくらかえたって、あたしはいつでも、男にたっぷり感謝されてるわ。勿論天国に行く筈よ」

しゃあしゃあという華江でもあった。

その華江が、東京駅からまっすぐやって来たといって、今朝は、目の下に薄墨色の翳を濃く滲ませていた。

皮膚も乾いて、陽光に真向うと、額と目の下に出来たかすかな小皺に、ファンデーションが埋っているのが目についた。

いつものように、勝手しった押入れから、ふとんをひっぱりだすと、ワンピースのまま、ごろっと床にもぐりこんだ。

学校へ出るまでに、一眠りしようという算段であった。

「ね、出がけに噂したせいかしら。旅先で、青地氏にぐうぜん逢ったわよ」

元子は、だまされるものかと、きつい目で華江を見据えた。

「ぐうぜん、なの？」

「あら、あなた、疑ってるの？　へえ、これはおどろきね。まだ元ちゃんには、彼に対して、そんな情熱がのこってたの、ふうん」

華江はくるっと寝がえって、腹ばいになると、器用に煙草を吸いつけ、まじまじ元子を見上げた。

「箱根《はこね》のホテルのバーでね。ふっと横をむいたら、となりに腰かけてたのが、彼だったの。ほんとよ。あたくし、まだあなたのおふるに手を出すほど、男に不自由していないのよ」

「あ、あたしのお古なんて！　とんでもない。あたしとあの方とは、そんなけがらわしい関係じゃなかったわ！」

「へえ、でも、まさか、プラトニックとはいわないでしょ？　ね、今だからいうけど、あたくし、あんたたちの物すごいペッティング、目撃したことがあるのよ」

「えっ」

「ほら、身に覚えのない顔色ともいえないでしょ。悪気があったわけじゃないのよ。いつだったか、一度帰りかけたら、雨が降って来たので、あたくし、ロッカーにおきっぱなしの傘を思いだしてとりにかえったのよ。ロッカー室で、まごまごしていたら、急に、となりの青地氏の部屋へ、あなたたちが入って来て、どうするまもないじゃありませんか。猛烈な抱擁をはじめたんですもの。あたくし、身動きも出来ず、せきも出来ず、あんな苦しいことって、後にも先にもなかったわ。まさか覚えがないとはいわないでしょう」

元子は、赤くなり、青くなり、次第に血の気が自分の顔からひいていくのがわかった。

「恥しいわ……昔のことよ……」

「あら、いやだ。あたくし何も今になって、元ちゃんをいじめるつもりじゃないのよ。ただ、仁義は心得てるから、あなたの昔の人には、手出しはしないといいたかったの。でもねえ……」

華江は急に、がくっと老けた顔になって、弱々しい目つきをした。

「今、ふっと思いついたんだけど……元ちゃん、一生に一度のお願い頼まれてくれない！」

「何よ……あらたまって」

華江は、くくっと咽喉をならし、いきなり、枕に顔をふせ、はげしく肩をふるわせて泣きはじめた。


それから三日後、元子は、さすがに、はげしくなってくる胸のときめきを、ハンドバッグで押さえつけながら、文部省の門をくぐっていた。

華江に頼まれたことにかこつけて、十何年ぶりかで、青地にあいに来た自分の心の中のやましさを、元子は充分承知していた。

弟の就職とは嘘で、華江が最近になって、はじめて遊びの域をふみはずして夢中になった、七つも年下の男の就職を、青地に頼んでくれというのだ。

華江自身がいった時には、はっきり断わられた。二度めにホテルであった時、くりかえし、元子の消息をききだした青地の様子から、元子の口からなら、脈があるという華江の言い分であった。

「まさか、十何年もたっていて、あたしはこんなに所帯やつれしているし……今更、のこのこ出て行くなんて……」

「そんなことなくってよ。もともとあなたたちは、はじめっからうんと年がちがうじゃありませんか。あなたが老《ふ》けただけ、彼の方だって、老けてるんですもの。照れることない筈よ。彼だって、もう五十じゃありませんか」

華江に泣かれたり、すかされたりしているうちに、元子の心はもうはっきりと、青地に再会することに決っていた。

康夫の関西出張の留守の間に、その日を選んだのは、元子の中に、秘かに不貞の企てがなされていたのかもしれない。

二人の子供の世話もかからなくなり、康夫の収入にもいくらか余裕が出来てきた。元子の三十すぎの肉体の中には、激しく立ちさわぐ血のうなりが、聞えてくるようであった。

青地との間で見のこした夢が、急に、歳月の間にさらされもせず、生々しい色でよみがえって、元子をそそのかす。

元子は久しぶりで美容院へ行き、今はやりの、頭をふくらましたようなセットまでしてきていた。受付で青地の名を告げると、二十分も待たされた。先客があるからだという、受付の説明を聞いても、元子には思いがけない不当な待遇のような気がした。

もう帰ってしまおうかと、腰を浮かせた時、漸く名を呼ばれた。

若い秘書の青年に案内され、いくつかの廊下を曲るうち、元子に冷静さが帰ってきた。今の青地の地位と、自分との距離が、はかられた。

「お入り下さい」

ノックに答えた青地の声が、昔のままの若々しさなので、元子は、落ついた血がまた激しく波だった。

ドアの中に入っても、目の中に火花が散るようで、すぐには青地の姿が映らない。

窓の陽を背にうけ、逆光線の中にいる青地が、

「久しぶりだな。何年になるだろう」

と言った。

元子はようやく青地の表情がはっきりと目に映って来た。

そのとたん、元子は、冷水をあびたような寒気におそわれ、膝頭がふるえた。

大きな安楽椅子に身をうずめた青地は、これがあの精力的な、いきいきした青地かと見ちがえるほどしなび、老けた男になっていた。髪は真白になり、がっちりと据っていた顎には、たるみが生れ、頰の肉がそいだようにこけている。

何よりも、顔色の悪さが、ぞっとするほど陰惨な翳をにじませていた。

声もでないで元子は立ちつくした。

「ははは、ふけたのでおどろいたようですな。一昨年、大病して、胃を切ってしまってね。それいらい体中ががたがたして、どうもよくない。久しぶりで御馳走してあげたいが、ろくなものがたべられなくてね」

「いいんです。あの……わたくし……」

「ああ、何か用があったの！　私は三時から会議があるので、十五分位ならばお相手出来るが」

「い、いいえ、ただ、ちょっと、そこまで来たものですから、ふっと、御目にかかりたくて……別に用ってございませんの」

「そう」

青地は見なれない老眼鏡の中から、ふっと、元子の方に目を細めた。

「あんたは、相変らず瑞々《みずみず》しいな。わしは、ひどい腎臓をやって、すっかり老いこんでしまった。ははは、とても、昔のもてあますような精力は、なくなったよ」

元子は、かっと全身がほてった。恥と、くやしさで、逆上しそうであった。不能者の目に、じぶんの中に燃えて来た情欲の炎が、どのように映ったか——と思うと、華江が今度の旅に出た日以来、狐火のように、体内で燃えくすぶって来たあやしい火むらが、一時に消えていくのを感じた。

別れぎわに、握りしめに来た青地の掌にも、昔の厚い肉はなく、元子はしなびたぶよぶよの男の手を、握りかえす気にもなれなかった。

一気に廊下をかけ、門の外へでた時、急につきあげてくる嘔吐感を覚え、元子は、道端にしゃがみこんでいた。

胃の腑の中から、いやもっと奥の奥のからだの芯の方から、どす黒いガスのようなものが、つきあげる気持がした。元子は袖の中でぜいぜい喉をあえがせた。これをはきだしてしまえば、目のまえに立ちまよっている感じの霧が、すっきりと晴れるような気がして、なおも元子は、その姿勢をつづけていた。

ひめごと

とんとんと、なますを刻む包丁の音のなかから、きよ子かいお帰りとむかえてくれた伯母の声が、いつもよりずっと、いきいき、弾んでおりました。

玄関からすぐ左へつづいた台所から、伯母の声は、クツをぬいでいる私のところへ、待ちきれないように、せっかちに飛んできます。こんな声の調子は、いつも、伯母に、何か嬉しいことのある時に決まっていますので、私も誘いこまれるように晴々してきました。

「ねえ、ついさっきまで、荒木《あらき》さんの奥さんがみえていてねえ」

勤めから帰るとすぐ、頭を白キャラコの三角巾でつつみ、エプロンのひもをむすびながら、私は台所へかけつけ、夕飯の支度を手伝うのが日課でした。

「もう、いいのよ、みんなできたの、それより、そこの卓袱台《ちゃぶだい》の上の写真みてごらんな」

機嫌のいい目で、伯母は茶の間の方をさししめすのです。

私はもう、見ないでもそれが何であるかわかってしまいましたので、じぶんでもみるみる顔が赤くなるのがわかりました。私は生まれつき、赤面症《せきめんしょう》というのでしょうか、何でもないことにすぐ、まっかになるいやなくせがございます。女が赤くなるのは、いかにも初心《うぶ》らしくて男の方の目にはかわいらしく映るものだとか聞きましたけれど、私のように度のすぎた赤面は、いっそいやらしく、キザにみえるのではないでしょうか。そう思って、どぎまぎすればするほど、ますますカッカと血がほおへかけ上がってくるのがわかるので、私は、ホラ、赤くなったと思うと同時に、恥しさと、情けなさで、顔が醜《みにく》くゆがみ、人さまの前だと、あげくの果てには目に涙までうかんでくる始末なのです。どうして、こんな因果なくせに、生まれついたのでしょうか。それも、せめて私が、も少し愛らしい、きりょうのいい娘なら、赤面だって貧血だって、私をいじらしくみせてくれるのでしょうけれど。私は、まあしいてさがせば、肌のきめがこまかく、左のほっぺたに片エクボがへこむというくらいがとりえの、いっこうにぱっとしないむすめなのですもの。片エクボだって人さまからみればおできのあとどでも思われるのかもしれません。

卓袱台の写真というのは、わたしのおムコさんの候補者に決まっております。

荒木さんという方は、伯父の碁友達でして、その奥さんは、熱帯魚を飼うこととお仲人が趣味という、のんきなご身分の方なのです。この荒木さんの奥さんが、もうごじぶんの周囲の娘という娘を一とおり片づけつくしたのか、あるいは今時の若い人たちは、お見合結婚など好まないせいか、まるで近ごろシケてるんですよなど、大きな声で話していられた所へ、ちょうど日曜日で、私がお紅茶を持って出たのでした。

「まあ、戸倉《とくら》さんもお人のわるい、こんないいお嬢さまをかくしておかれるなんて！」

と、それはもう、私が赤面のあまり、からだも震えだしそうなほど、さわぎたてられたのでございます。何も、伯母がかくしたわけでもありませんけれど、私は高校を出ていらい、ずっと、お勤めしていますので、ウイークデイにいらっしゃっても、ゆっくりお目にかかれなかったのでした。それに、私は内気というより、人ぎらいなくらい人みしりする性《たち》なものですから、なるべくお客さまの前には出ないようにしていたのでございます。

それで、たまたま、その日曜、はじめて荒木夫人のお目にとまってしまったのです。荒木夫人はすぐさまその場で、とかげのハンドバッグをひきよせ、その中からアンサンブルになっているやはりとかげの表紙のしゃれた手帳をとりだしますと、さあ、というようにみがまえました。

「お年は？　お趣味は？　相手の方に対してのご理想は？」

まるで試験官のように矢つぎ早におききになりますので、私は例の赤面症で、身も世もあらず、あわてて自分の部屋へにげ帰ってしまいました。

あとで伯母がとりなし顔に、私の両親が浅草で戦災の時焼け死んだ話だとか、私の勤先の話などをしている様子でした。

袋物商をしていた私の浅草の家が焼かれ、父母と、妹が隅田《すみだ》公園で死んでしまった時、私は学校から山形の方へ疎開していて、ひとりだけ命が助ってしまいました。その後は西荻窪の焼けのこった伯父の家に引きとられ、高校まで出してもらい、別に苦労らしい苦労もしらずこうして今まですごしてきました。

やはり伯父の碁友達が専務さんをしているS電気商事に入れていただき、幸い、そろばんと算数が得意なので、会計課においてもらって、もう六年もたっております。私は二十五歳になりました。まだ一度もじぶんのことをオールドミスなど思ったことはありませんけれど、伯母は去年あたりから、私の年をしきりに気にしだしました。

「私が喬《たかし》をうんだのはかぞえ年十八の時でしたよ。あんたのおかあさんだって二十一の時はもうあんたをうんでいた。今の年は何だかごまかしてるみたいでわからないけど、昔流にいえば二十七だもの、れっきとしたオールドミスですよ」

今は婚期がおくれているから、大丈夫だといっても、伯母はやはり不安な顔付でした。きりょうをみこまれ、女子大の時に、もらわれていった伯母の一人娘の和子《かずこ》さんのことなど思いあわせ、十人並ともよべない私のぶきりょうが、心がかりなのだろうと察せられました。私としても、もともとこの家では、居候の身の上ですし、よくしてくれればくれるほど、恩が深くなりますし、早くじぶんの家というものを、どんなにささやかな形でもいいから持ちたいと希う気持は、人よりつよいのはあたりまえだと思います。

でも、こんなに内気で赤面症で、いったいだれが恋の相手にしてくれるでしょうか。お見合結婚といっても、お化粧の上手な、はでな服装の娘たちが花のように咲きほこっている中にまじっては、まるで土塀にはえたぺんぺん草くらいにしか引立たない私を、どなたが思いだして下さるでしょうか。

けれども、その日の晩餐だけは、荒木夫人の持込んで下さった私の縁談のことで、さすがに陽気で華々しいものになってしまいました。

老眼鏡の奥から、伯父はいくども、その写真を眺めました。いわゆるお見合用の写真といった感じではなく、素人写真を引きのばしたもので、お庭の中で立っている胸から上だけのものでした。

「悪くないよ、頼もしい感じがするじゃないか、それにいかにも実直そうだ、うわついていないよ」

「先方じゃ、きよ子の写真をすなおらしくていいと気にいって、すぐお見合いにしてくれってせいているんですけどねえ」

伯母のことばに私はお箸をとり落しそうになりました。

「この前、淳一《じゅんいち》がとったのがあったでしょ？　窓から笑ってるあれを、この間お渡ししといたんですよ」

私は伯母の説明が終らないうちに、また顔に火がついたようになってしまいました。片エクボの出る私の笑顔を、伯母も、私の表情の中では、まだしもましなものとみていたのでしょうか。それなら私は、私の笑顔の写真で私を気にいったという人にあうと、顔がこわばって仮面のようになるまでニヤニヤしていなければならないのかもしれません。さっきこっそりみておいた写真が、伯父の方から大っぴらに私にまわってきたので、私はさも初めてみるように、つくづくその方を眺めてみました。太い眉に目は小さく、口が大きくて、顎ががっちり張っているのが、男らしいといえばいうのでしょう。私の好きなタイプの方ではありませんけれど、どこといってとりたてて非難する所もない堂々とした人にみえます。

「お背がちょっと小さいのですって、でもきよ子だって、小柄の方だし、ちょうどいいと荒木さんはおっしゃるのよ」

「小さいってどれくらいなんだい」

「さあ、うちみたいなことはありませんでしょ」

伯母のことばに、みんなでわっと、朗らかに笑ってしまいました。伯父と伯母は、ノミの夫婦だったからです。

「きよちゃん、このお話すすめても、べつに困ることはないのね？　ほかに好きな人でもいるなら今のうちに申し出なさいよ」

そんな人は、ありっこないと、たかをくくった冗談半分の伯母のいい方でしたのに、私はその一言をきくと、たちまち、砂に上ったくらげのように心がぺしゃんこになってしまいました。赤くなるより、ふしぎにその時、私はさっと血の気が顔からひいたように感じました。あわてて、

「そんな人いたら、ぐずぐずするもんですか」

じぶんでもびっくりするほど蓮《はす》っぱにいってのけ、今度はみるみる例の赤面症状。でじつは、私にもたったひとつ、ひめごとがございます。好きな人がいるのです。

も、この恋はどうせかなえられっこないものですし、その人に、私の気持が通じているものやら、いないものやらわからない程度の、はかない、いわば片恋にすぎません。

はじめてその人に逢ったのは、二年前の電車の中でした。何の日だったか、とにかく祭日で、私は前からみたかった新劇を観にいくため、中央線の電車の中にいました。休日のせいか、時間のせいか、電車の中は珍しいほど空いていました。満員電車にばかり乗りなれている私は、向いあったシートの人達と、まっ正面に顔をむけあっているという現象が、ひどく照れくさく、もうはや、重荷な感じになってきました。それに、さっきから、私のななめ前に坐っている和服の男の人が、私の方をじっと、見ているような気がして、気が気ではないのです。見しらぬ男の人に、こんなに見つめられたことのない私は、きっと、私の顔に、何かくっついているのだろうと、ますます気になってきました。思わず、その人の方をちらっとみつめかえしましたら、思いがけないことに、その人が、にっこり笑って、立ち上がり、一直線に私の真前《まんまえ》まで歩いて来て、吊り皮に下がりました。人ちがいだ！　さあこまった！　この人は私をだれかとまちがえている。私は声をかけられない前に叫びだしたくなりました。ところが、その人は、相かわらず人なつっこい微笑をうかべて一気にいったのです。

「きみ、S商事の人でしょう？　会計にいましたね」

私はとび上がりそうになりました。和服の着ながしの、髪ののびたその男は、もう、若々しいという年齢でないことだけはたしかでした。三十代も、四十の方に近いのではないでしょうか。刑事かもしれないと、私は恥しさが怖しさに負けて、石のようにしゃちほこばってしまいました。

「ぼくも、あの社の者ですよ。現場の方だけれど――今病気で休んでるんです」

現場とは、電気器具を造る工場のことをさしています。

私がほっとしたとき、阿佐ケ谷《あさや》につき、その人は名前もつげないで、さっさと、おりていきました。私のことを私の知らない人が覚えていて、わざわざ声をかけてくれた――これは私の灰色の砂漠のように、何の思い出の花も咲いていない心の中に、とつぜん、光りをあつめてふき上がった泉のように清冽な印象をやきつけてしまいました。

それから二年近くの間、私はその人のことを忘れませんでした。

ですから今年の春、はじめてその人が灰色の背広を着て、髪を短く刈って社に現われた時も、一目で、あの方だと、決してみまちがえることはありませんでした。

あれから清瀬《きよせ》の療養所で肋骨を四本も剪《き》ったという野村《のむら》さん（あの人の名前でし

た）は、もう、現場の仕事には体力が不適格になったので、人事課にまわってきたのでした。二年も会社を休んだので、新入社員のように、テーブルを回わって挨拶をしています。

人事課は会計課の隣りですから、野村さんの席は、私の席から、ちょっと首をのばせばみえる所です。やがて、私たちのところへもきました。私はもうどうがまんのしようもなく、目の中まで赤くなったのではないかと思うほど、のぼせてしまいました。みんな野村さんに気をとられ、そんな私に気がつかなかったのは、幸いでした。

野村さんは、私の方にもちらと、目をあげ軽く頭を下げただけでした。この人は、完全に、忘れている——私は一時にのぼせた血がひいていく想いでした。

二年前のあんなささやかな時間を、野村さんが忘れていたって何の不思議がありましょう。覚えている私の方が、醜女《しこめ》の深情け、執念のお化け、いやらしいかぎりではありませんか。おそらく、あの日、野村さんは、二ヵ月か三ヵ月ぶりに、療養所から外出を許され、あるいはこっそり脱出してきて、目に映るすべて、五官にふれるすべてが、新鮮でなつかしく、生まれてはじめてみるように、心にしみていたのかもしれません。

それでたまたま、じぶんの前に坐った雑草みたいに色もにおいもない女の顔にも、見覚えがあったので、われしらず、笑いかけ、われしらず、話しかけてしまったのでしょう。あれが、私でなく、社の門衛さんでもよかったし、掃除婦のおばさんでも、よかったのでしょう。要するに、野村さんが健康でくらしていた時にふれた「もの」でさえあればよかったのでしょう。いいえ、よかったのです。それにちがいありません。それなのに、私というおばかさんは、まるで野村さんが笑いかけ、話しかけたのは、私でなければならなかったように、思いこみ、感動し、夢をみていたのです。やっぱり私は人の目や心をひきつける何もない貧しい女にすぎなかったのです。

それでも、なお、一度抱いてしまった野村さんへの関心は、私の心からふりおとすことができませんでした。私はいつのまにか心をかたむけつくして、野村さんの表情を、こっそり見守りつづけているのでした。

野村さんはひじょうに控えめな、どちらかというと陰気な人にみえました。二年も会社を休んでいる間に同期の人たちはすっかり、地位が上がっていて、野村さんは会社の中で、もう殆んど忘れかけられていた存在なのでした。久しぶりに出てみて、神経の細かそうな野村さんには、それがよく身に沁みたのではないでしょうか。それに、いかにもエンジニアらしい野村さんに、人事課の仕事は情熱がわかないのではないでしょうか。

まだ野村さんのからだをいたわって、会社の方では、あまり仕事の分量を与えないらしく、野村さんはよく、手持ぶさたのように、ぼんやり、うつろな目をして放心している時がありました。左の肋骨が四本なくなったという野村さんは、左の肩をちょっと下げたような姿勢になっていました。その姿勢から妙に淋しいうらぶれた感じが滲《にじ》み出ていました。遠くからみると、野村さんの歩き姿は、いかにも屈託ありげな、そのくせ、どこか投げたようなくずれた感じも伴って、いつかそんな野村さんの姿が、私には心にしみて片時もはなれぬものになっていたのでした。

私は、野村さんが、お昼休みに、時々、社の近くの三笠《みかさ》という喫茶店へ行くのに気がつきました。三笠という店は、階下がたばことお茶やさんの店になっていて、せまい急な階段の二階に、赤い毛せんをしいた床几《しょうぎ》が並べてあり、和菓子と、お煎茶を出す店でした。

私にどうして、あんな大胆なまねができたのでしょう。あのころ、私の心の中には不思議な小人が住んでいて、私に魔法をかけ、私でない私にしたてていたのかもしれません。私は、野村さんの後をつけ、三度も何気なく、野村さんの後から三笠の二階へ上がっていったのです。でも、さすがに、まっすぐ野村さんの床几の前へはすすめず、一つしかない、つい立のかげの席へ、ひっそり坐るだけでした。ここの二階では、野村さんはいっそう孤独な表情になり、何を考えているのか、何を思いだしているのか、肘《ひじ》をついた左手で顔をささえ、ぼんやり放心しているのです。時々思いだしたように、お茶をついでは、おちょこのような小さな煎茶茶碗を口にはこんでいます。幾組かの人たちが上がって、しゃべって、お茶をのんで出ていくのに、野村さんと私は、お互いひとりぼっちで、一言もしゃべらず、やがてひっそりと出てゆくだけでした。もちろん、野村さんが立ちあがり、社の方へ電車道をつっきるのを窓からたしかめてから、ようやく私は腰をあげるのでした。

四度めの時、はじめて野村さんが私に気付きました。私は胸の中の小人にそそのかされ、私でない私になり、思いきって野村さんの前へ坐りました。この瞬間のことをあまり度々心の中で描きつづけていたせいか、私は不思議に落ちつき、赤くもならずにすみました。

「ここへよくくるんですか？」

「ええ、レコードがなくて静かだから……いつもおみかけしていますわ」

「そう、しらなかった……」

そういう野村さんの目には相かわらず、何の表情も動かず、私のことなど、ただ社でみかける女の子だなくらいにしか感じてくれていないようです。この時また、私は、二年前電車の中で野村さんの目に映った私は、人間ではなく、野村さんの目が久しぶりでみる、しゃばの風景にすぎなかったのだということを悟りました。

急須に手をかけた野村さんの薬指に、ほうたいがまかれています。

「お手、どうなすったの？」

「子供のおもちゃ、なおしてやってて、傷つくっちゃって」

ほうたいが、こんなに白いものだと、はじめて気がついたように、私はまじまじみつめました。野村さんの手許をじっとみつめる坊や、野村さんの指の赤い血、その指をなめ血をとめる柔かな女の人のくちびる、ほうたいをまく白い掌――私の頭の中には、スライドのようにそんな影像がおり重ってうつりました。思いがけない痛さで、心がしくしくうずきます。嫉妬、これがジェラシーというものなのでしょうか。私は、まだあったこともない野村さんの奥さんに、坊やに、野村さんの薬指をまいた白いほうたいに、せつない妬情をかりたてられているのでした。はじめて知った嫉妬とは心がタオルのように、ぎゅっとしぼりあげられる感情でした。

私はもう、疑う余地もなく、すでに野村さんを愛しはじめていたのでした。

その日から、私は何気なく、度々、三笠で野村さんといっしょにすごしました。話らしい話もせず、ぼんやり野村さんとむきあって、お茶をのむだけの、そんなささやかな時間を持っただけで、私は、心に宝石をちりばめたような華やかな想いでした。たった一度、三笠でいる時、さそわれて、二人でサーカスをみにいったことがございます。

「ぼくは四国の田舎に育ったけど、小さい時から、お祭りとサーカスが大好きでね、どうしてもサーカスのブランコのりになりたくって、次の町へいくサーカスのトラックにしのびこんで、家出したことがあるんだよ」

道々そんな話をする野村さんの瞳は、いつか電車の中でみた時のように、人なつかしいあたたかな光りをとりもどしていました。

私はサーカスなんてちっとも好きじゃあありませんでしたけれど、その日、野村さんと並んで、ぽかんと口をあけ、空中の曲芸などみていましたら、いつか、やはり、このように、私ひとりでサーカスをみにきて、ぼんやりすごす時があるような、不思議な思いにとらわれました。その日、私は一度だけ、野村さんに手を握られました。といっても、呼物のくらやみ飛行という、小屋の中をすっかり真暗にして、曲芸師の頭にだけ、星のような豆デンキをつけて行う空中サーカスの時でした。楽隊の音が急ピッチになり、飛び手の頭の豆デンキが、暗闇の空中を、流星のように飛んでいった瞬間、受けと、飛び手の手が、はっしと、空中で合い、音をたてたのが聞えました。

わたしは、夢中で、野村さんのひざに手をおいていたようなのです。その手を野村さんが、柔くおさえました。

たった今、くらやみ飛行で感じたよりも、もっと激しいショックに私の全身がうたれました。とたんに小屋は光りをとりもどしました。野村さんはそのまま、そっと私の手を握りしめ、ひどく優しいしぐさで、私のむっちりした手の甲を叩き、私の膝へ私の手をもどしてくれました。その瞬間、私は野村さんに愛されているのではないかしらと、心を羽毛で撫でられたような和みきった気持になりました。

その日からしばらくたって、野村さんが会社へ見えない日が三日つづきました。三日もつづけて休むなんて、病気に決まっています。人事課にわけをきくこともならず、私はお昼休み、ひとりで三笠でお煎茶をのんでいても、胸に涙がふくれ上がるようでせつのうございました。

社がひけて、国電の駅につくと、私は押えきれない何かにつきとばされるように、うちとは反対の電車にとびのってしまいました。

野村さんの家は、東京駅から一時間近くの海辺の町にありました。

番地だけしかしらない私が、うろうろたずねあぐねているうちに、暮れやすい秋の陽ざしは、すっかり落ちて、私は夜に包みこまれていたのでした。

野村さんを訪ねて、どうするつもりなのか――そんなこと考えるゆとりもありません。ただ、野村さんを訪ねなければならない、生きているあの人の姿をみ、あの人の声を聞き、あの人の気配にふれたい……そんな気狂いじみた荒々しい情熱だけが、ごうごう音をたてて、私の心に渦まいていました。

「きみ、どこを探しているの？　さっきから度々みかけるね」

眼鏡をかけた中年のおまわりさんが、とがめるように私をみつめていました。私は夕飯もとらず、もう二時間近くも歩きまわっていたのです。髪がみだれ、唇はかわき、目はつり上がっていたのでしょう。

おまわりさんは、私の告げる所番地に、

「ああ、その辺は、とても番地がとびとびでわかりにくい所なんだよ。しらべてあげよう」

と一町ほど離れた小さな交番に案内してくれました。

「のむら、のむら、のむらこうや、これかい？」

おまわりさんは、町内会の名簿みたいな細長い紙のつづりをくっているうちに、声をあげました。

「そうです。野村康也《やすなり》さんです」

私は、疲れも忘れ、おまわりさんの手許にとびつくように、頭をよせていきました。

ああ、そして、私は見てしまったのです。一枚の紙に、夫と妻と、子供の名が仲よく並んでよりそっているのを――

私の目はかすみ、喉には熱いものがつきあげてきました。どこをどう走ったのか、覚えがありません。まっくらな、見しらぬ町の辻々を、夢中でかけつづけ、私はようやく、わびしい海辺の駅へたどりついておりました。

野村さんはその翌日、いくらかやせて、出社しました。

私はもうそれっきり、三笠へはいきません。いつだったか、私の席を通りすがりに、

「ちっとも、お茶のみに来ないね」

と、野村さんのあたたかな声が訊きました。

「ええ、このごろ、シャンソンとコーヒー党に転向したの」

私は、わざと、ほがらかそうに答えました。

「その方がいいよ、きみは若いんだ」

野村さんは、わけもなく私の肩を二つ三つ叩いて行きすぎました。

あの優しさを勘ちがいしてはいけない。あれは、美しいヒューマニティというものなのだ。私は、野村さんのさわった肩先からじんじん乳房の奥へひびいてくる熱いものに、じっと堪え、机にうっぷしていきました。

康也、美和子《みわこ》、俊《しゅん》、仲よく三つ並んだあの名前のカードが、きりきり回わりながら、私の目の奥で無数に分裂していきました。

それっきり。

ただそれだけの話でございます。

こんなたあいもないことを、ひめごとなどと、大げさにいってみる私を、アナクロだとお笑いになりますでしょう。

でも、昔のような、封建の世の中にも八百屋お七《しち》のような少女もいたことを思えば、女の心なんて、時代や場所にかかわらず、その花なりの色をもつのではないでしょうか。

どうせ、私は雑草の花。

二週間したら、あの顎のはった男の方とお見合をし、あのしまりやさんのような方は、私を所帯持のよさそうな女だとでも思い、秋の終りには、私もささやかな、自分の家庭をもつことになるのでしょう。

おお、いやだ、あんまりひどすぎる。私にだって、恋をする資格はある筈です。私はぶきりょうです。チビです。目立たない女です。それにちがいありません。でも、私の今までいったことは、みんなウソです。デタラメです。

ひめごととは、無口な、赤面症の二十五の女の心の奥の奥のひめごととは、もっとなまぐさいものなのです。こう叫び声をあげたいことなのです。

私をすっぱだかにして下さい。私は美しいのです。私のはだかは、太陽の光りだって、はじきかえす美しさです。私の情熱は八百屋お七にだって負けはしない。どこかにいる本当の私の恋人よ、早く来て。早く来て。私をかっぱらって。

夜の椅子

車は十三間道路の闇をさきながら大泉《おおいずみ》の方へむけて走りつづけていた。新宿を出てもう二十分もたつだろうか。

その間じゅう田岡三平《たおかさんぺい》は、運転席からひっきりなしに後席《うしろ》に坐った二人の女を笑わしていた。

田岡の横に席を占めている鈴木大介《すずきだいすけ》にも、後の女の中で、和服の似合う年かさの方が田岡の情人らしいという察しはついてきた。見かけは細面のしっとりとした美人なのに、女は田岡の下卑《げび》た話に、げらげら声をあげて笑うのが興ざめさせられる品のなさだった。もう一人の女は、深くくった衿ぐりから乳房の谷がのぞいている。髪を赤く染めていた。首筋やスリーブレスの腕のまるみに、若さがはちきれそうな瑞々しい女だ。

声だけは隣の女にあわせて笑っているのに、バックミラーで大介のうかがう女の顔はいかにもつまらなそうで、叱言をくっている小学生のように無邪気に唇をとがらせているのが大介には可愛く映った。

二人とも田岡の行きつけのバーの女で、大介にはそのバーと共に、今夜がはじめての顔だった。田岡でさえ、大介は数年ぶりのめぐりあいだ。

ここらで降りて、田岡と別れてしまった方がいいのだと思いながら、田岡にふるまわれた久しぶりの外国ウイスキーの酔いが漸く全身にけだるくしみわたり、大介はこの冷房のきいた快適な車の中から、湿気《しけ》たむし暑い夜の中へ出ていくのが億劫になっていた。

調子に乗っている田岡の喋りぶりから、十年前の学生時代にも、過剰なサービス精神があり、かえってそのため、仲間から軽視されていた田岡の気の弱さからくる幇間《ほうかん》的な性癖が相変らずなのに感慨があった。

大学時代、ほんの一時同人雑誌をやったことのある仲間とのめぐりあいなどというものは、別れた女の不用意な後姿を、人ごみに見かけた時のような、後めたさと気恥しさを互いに覚えるもののようだった。

顔だけ出しておけばいい知人の出版記念会から早目にぬけだした大介がホテルの手荷物預け場でレインコートをうけとっている時、

「やあ、いいとこで会った」

と声をかけたのも田岡なら、自分の車に、強引にひっぱりこんで、新宿へ出、キャバレーからバーと二、三軒、はしごを誘ったのも田岡だった。

田岡は学校を出て以来、父親の経営する大きな繊維会社に籍を置き、今では宣伝部の部長とか専務とかで豪勢に遊んでいる様子だ。

大介は勤めた小さな出版社が次々つぶれ、今は化粧品会社の雑誌の編集をやって漸くこのところ生活に小康を得た感じだった。

田岡は行く先々のバーからしきりにどこかへ電話をかけていたが、女たちのいた最後のバーで、ようやく相手がつかまったらしく、

「それじゃ、今から伺いますからよろしく」

と電話をきった。

「おい、出よう。面白いところへつれてってやる」

そして大介は無理やり止り木から下されたのだ。

田岡の酒の強くなっているのにも大介は内心愕かされていた。酒も女も昔は大介が先輩で、金のある小心な田岡をおだてたりおどしたりして、結構大介たちの仲間は、田岡を安酒場や青線にひっぱりまわしたものだった。はじめから田岡の書く詩や戯曲

を、てんで問題にしていないくせに、一応、おだてあげ、同人に入れておいたのも、田岡にいつでも雑誌の赤字のほとんどを、尻ぬぐいさせるのが目的のようなものであった。

金があり、容姿もそれほど悪くないくせに、不思議に田岡は女にもてなかった。と、いうより田岡の惚れる女が、いつでも田岡の小心からくる幇間的ジェスチュアを軽蔑し、田岡の求愛をうけるのを潔《いさぎよ》しとしないようにみえた。こりもせず、田岡は女にふられる度、派手に失恋をふりまわし、すぐまた次の女に熱をあげていた。

大介と田岡が、他の仲間より、いく分交際が深いものがあったとすれば、例によって田岡の熱をあげた女のひとりを、大介がかすめてしまったといういきさつのせいかもしれない。

田岡はその後、ノイローゼにかかり、半年ほど、信州の別荘へ引きこもったという噂がたち、そのまま、大介たちの仲間の会からは姿を消してしまった。金主を失った同人雑誌は間もなくつぶれ、彼等はそれぞれちりぢりになっていった。

田岡がその女尚子《なおこ》にそれほど本気で打ちこんでいたとはしらなかった大介も、尚子には深い傷を負うはめになった。

車はいつのまにか練馬の陸橋をわたり右へ曲っていた。やがて行手の漆黒の夜空にぼうっと青い燐のように冷い光りを発した巨大な三つの球形が不気味に浮び上ってきた。

「きゃっ」

といって、後席の若い女が、はじめて本気らしい恐怖の声をあげ、隣の女にしがみついた。

「ばかねえ、ガスタンクよ」

和服の女は見馴れているらしく、驚いている女を笑った。

「ああ、いやだ、酔がさめちゃった」

大介も事実、酔のひいたような気味の悪さにうたれていた。恐怖とまではいかなくても神経をひっかくような不気味さ、この世以外の場所にいきなりひきずりこまれるような物凄さをその巨大な、薄緑色の燐光を放つ物体は持っていた。

「ははは、さあ、いよいよ化物屋敷に近づいてきた」

田岡がいっそうはしゃいだ声をあげ、ガスタンクの真下から勢よく右にカーブして、真暗な畠中の道に入っていった。深い竹藪など、雑木林や、思いがけない池のほとりを、車は目まぐるしく、右に左に闇の中を走りつづけた。方角もわからなくなった感じの時、細い砂利道にようやくスピードをおとしてすべりこんだ。両側はおおいかぶさるような竹藪だった。街灯一つないが、そこはもうどこかの邸の門の中へ通じる私道に思われた。

古風な藁《わら》ぶきの門が、開いていた。車はその中へ入り、旧式な百姓家のような前庭の中に止った。

もっこりした藁ぶきの屋根をのせた大きな邸が見える。雨戸がたてめぐらされて、灯りが全く洩れていない。

車の音を聞きつけて、ようやく入口に黄ばんだ灯がともった。

田岡と和服の女が先に立って、勝手しったように案内する。入口の雨戸が一枚あけてあった。四人が土間に入ると、すぐ田岡が戸をしめた。

二百年も経ったかと思われる角材の人体ほどの太さの大黒柱が、鈍い裸電球に照された。

「お待ちしていました」

漆《うるし》でもぬりこめたように磨きこまれた上りがまちの上に、人の影があらわれた。たいそう背の高い白髪の老人が立っていた。コールテンのズボンに、灰色のヴルーズを着ている。絵描きのように見えた。痩《や》せているのと、彫の深い北方系の顔だちで、老鶴の精めいて見える。上品な中にどこか古風なハイカラさのただよう雰囲気が、豪農の邸のような構えと釣りあわない。

大介は女たちの後から家の中に上って、ぎょっとした。見事な大黒柱をのぞいて以外、すべての柱が、男の性をなぞらっていた。しかもそれは彫刻したものではなく、天然の樹の自然なこぶや、曲折がそのまま使用されていた。

「ちょっとしたものだろう」

田岡が、大介の方に囁いた。かび臭い幾間かを通りぬけると、二十畳ほどの大広間へ出た。床の間や違い棚にも、所せましと雑然とおかれているもののすべてが、天然石や木の洞で、ことごとく人の目には、それと映るものばかりだった。精巧な唐代の玉細工の歓喜仏が一、二体まじっているのが、かえって空々しく見える。

壁の写楽の秘戯図は複製ではなかった。

大介の目を見はらせたのはシャガールの絵であった。

「本物だろうか」

大介は、田岡にささやかずにはいられなかった。

「さあね、ここでは、本物と贋物《にせもの》といつでもいっしょに見せられるから、おれにはわからんよ。あの老人の仕事かもしれないし、本物かもしれん。案外、贋物を箱に入れて麗々しくあつかったり、本物をそこらに無造作にほうり出しておいたりする皮肉屋だからなあ」

シャガールの交媾の図は、春信《はるのぶ》の可憐さに通うものがあり、もっと、瓢逸につきぬけていて、天使の交りはこうもあろうかと思われる清潔さであった。大介は見惚れた。

いつのまにか、和服の女が消えていて、やがて、老人の後ろから、ジョニーウォーカーと、オードブルの皿を運んできた。

廊下の雨戸の内側に、黒赤の暗幕がカーテンがわりに下っている。老人が壁のスイッチをおすと、床の間に映写幕が下りて来た。昼間でも暗幕で映写出来る仕組になっている部屋と見えた。

この広い邸内に住んでいる人間は老人ひとりなのだろうか。あたりは森閑として物の音ひとつ聞えない。

「今日ははじめての人がいますから、日本のやつも見せてやって下さい」

田岡がそれぞれの前にグラスをくばりながらいった。老人は、大真面目な口調で答えた。

「ではそういたしましょう」

田岡は壁に背をもたせ、脚を投げだしている。和服の女がその横にぴったりくっついて、膝を崩していた。

大介は若い女と並んであぐらを組み、グラスの酒をあおった。

やがて、スクリーンには、山懐の草むらで交わる男と女の姿態が、様々な角度から大映しになった。大介は一、二度会社の同僚と、見た覚えもあったが、ここのフィルムは大介が見た雨がふりっぱなしのフィルムとは比較にならなかった。鮮度もよく、男はともかく、写されている女の肌が瑞々しかった。こういう映画の皮肉さは、必ず、人間以外の風物が、たとえば、思わぬ微風にふかれて女の腹のスロープを撫でる長い雑草の影とか、樹々の梢に光る風の足跡などが、どきっとするほど美しいことだ。

「そうそう、きみの故郷《くに》は、たしかK市だったね」

突然、闇の中から田岡が大介に話しかけた。

「うん」

「このフィルムの製作所は、K市だそうだよ、きみの町の裏山あたりじゃない？　見覚えある場所なんじゃない」

「山なんて、日本国中どこだって同じだよ」

「うん、でも不思議と、人間は同じ場所に集るっていうじゃないか。嗅覚みたいなものが安全か快適な場所を探し当てるんだよ」

「だってこれは演出じゃないか。写しいい場所と、あれが目的の快適な場所はちがうんだろう」

田岡は何がおかしいのか、急にびっくりするような高い声をあげて笑った。

「先生、まり子ははじめてなの、なるべくきれいなのをお手やわらかにね」

急に酔の出たなまめいた声で、和服の女が老人にいった。

「そういたしましょう」

まり子と呼ばれた若い女が、さっきから身じろぎもしなかったのを大介は今感じた。

サイレントの映画というものは、いくら画面がスムースに流れていても、あやつり人形が動いているようなぎくしゃくした感じがするものだ。草むらから立ち上った男女が、裾のちりを払い、リュックサックを肩にして、手をつないで歩み去る間、あやつり人形の糸が見えるようなポキポキした動作なのに大介は思わず、笑いがこみあげていた。

悪酔いしそうだな——

大介はそっと首の後に手をまわし、凝った筋をごしごしもみほぐした。闇の中に女の手がのび、だまって強く指先を動かした。

意外に強くしなうまり子の指の力だった。

まり子は大介の目の横に首をまっすぐのばし、つづいて映りはじめた屋内の劇の場面に見入っている。スクリーンの光りの反射が、まり子のふっくらとした顔から、なめらかな首筋の線を、ほの明るく照し出していた。

無理にストーリーをつくった屋内劇のフィルムは目をあけていられないほど醜悪だった。

大介は自分の首にまわったまり子の手首をつかむと、背中からぐっとひいた。もろに大介の方へ上体をかたむけたまり子の首をおさえ、大介はまり子の顔を自分の膝の上におしつけた。

まり子は強いてさからいもせず、そのままおとなしく大介の膝に顔をふせ、映写の終るのを待った。

田岡も老人も、そんな闇の中の動きを、みてみぬふりをしているように見えた。田岡と女だって、何をしているのか見きわめがたかった。

部屋が明るくなる直前、大介はまり子の背をおこしてやった。

まぶしい光りの中に目を細め、まり子は桃の花のように顔を上気させていた。外国製のカラーフィルムを三巻ほどたてつづけに映し終ると、老人はようやく映写機の前から離れた。

田岡の女が、かいがいしく老人の手伝いをして、フィルムの巻き直しや、始末をした。

居眠っていたような目をさまして田岡が老人に話しかけた。

「そうそう、あいつを見せてやって下さい。ほら、公園の……」

「夜の椅子ですか」

「ええ、あれです」

相変らず老人は無表情のままうなずくと、隣室へ消えた。まもなく、数冊の本といっしょにハトロン紙に入った写真の束をもちだしてきた。

本はすべて外国製の同じような種類の写真入りや銅版画入りのものだった。メキシコやベルギーのものが珍しく、ぱらぱらみていると横から田岡が妙にしつこいすすめ方で、写真を早く見るようにといった。

キャビネ型の二十枚ほどの写真は、すべて一つの白い椅子の上が写し出されているシリーズものらしかった。

「これはさっきいった話の証明だよ。ある町の公園の椅子だ。椅子は一つだ。申しあわせたようにそこへ男と女がやってくる」

田岡は異常に熱心な口調で喋りだした。

大介は一枚々々めくっていった。

別に変った男女も異様な体位もなかった。醜悪な男と女の赤裸々《せきらら》な欲望が、貧しげに寒々しくさらけだされているにすぎなかった。

この椅子の写る範囲の闇の中で、一晩中カメラを構えている人間の惨めで滑稽な姿の方が、撮られる価値があるようだ。

「絶対、追っかけて来られやしないさ。女はともかく、男はこのざまじゃあね」

田岡がイヒヒと、咽喉の奥で下卑た笑いをこもらせた。

女は浴衣姿やカーディガン姿やワンピースなど、さまざまだったが、似たような職業の者らしい崩れた共通の頬の線と髪型をしていた。

男のズボンの位置が千差万別で、なるほどこれでは、いきなりフラッシュをたかれても追いかけられるものではなかった。

みんな、貧しげな、あさましい感じだった。こういう場所でこういう惨めなからみあいをせずにはおられない人間の哀しさだけがあった。

愛のかけらもレンズはとらえていなかった。

大介が見てしまうのを片はしからまり子が受取りながめていた。

もう大介はまり子の目を掩《おお》ってやろうとする気持もなくなっていた。

大介の手から最後の一枚をまり子がとりあげた時、田岡がかすれた声でいった。

「もう一枚、あるんだよ」

妙にもったいぶったのろのろした動作で、田岡がどこにかくしておいたのか、一葉の同じような写真をさし出した。

何気なくそれに目を落したとたん、大介は思わず写真を持った指先がふるえてきた。

「ね、そっくりだろう」

田岡が大介の耳にことさら口をよせて囁いた。

その声に舌なめずりするようなひびきのあるのを感じた。

――そうだったのか、田岡はこの一枚の写真をみせたいため、ここへつれてきたのか――

大介はまばたきもせず、写真を見つめていた。

いきなり闇がその映像を消した。

スクリーンに明るい天然色で金髪の全裸の美女が野を駈けてくる姿が映りはじめていた。

大介の目は、スクリーンにむけられていたが、金髪裸女の姿を見ているわけではなかった。

目の中いっぱいにまだ、今見た女の表情がありありと焼きついている。

写真の人物は、ただ一人だった。いや、片すみに男のうつむいた頭と背の一部があったが、画面の中心に七分身の正面から撮られているのは女だけであった。

まともにレンズの方に顔をむけた女は、驚愕とけげんさと、不安をないまぜた、一種の頼りなさそうな漠とした表情をしていた。

まる顔の頬が少女のように柔かく、水蜜桃のような生毛がそれを掩っているのが想像される初々しさだった。目と目の間がやや開きすぎ、つくろわない眉が素直で太いのがあどけない表情を強調していた。鼻は小さくほんの少しつんと上をむいているのが可憐な愛嬌になっている。ふくらんだまるい唇をショックのため、かすかにあけ、小粒な歯並びがちらとのぞいている。

まるく見開いた目に、黒い瞳がいっぱいに見開かれていた。女の初々しい感じやすい心がむきだしになっている。

髪はもう何年か前にはやったショートカットだがそれが野暮なセットで女の丸い顔をとりまき似合ってはいなかった。

首から下がなければ、物に驚いたか、軽く怯えた若い平凡な女の表情にすぎない。首から下が、あまりにも無残であった。女は白い木綿のシャツブラウスに、おそらく、紺らしい平凡なテーラードカラーのスーツを着ていた。いかにも田舎の大学の制服か女教員の服装だ。タイトのスカートと、スリップをたくしあげ、女は今、パンティを腰にひきあげようとして両手でその上ゴムの部分をもっていた。むきだしにされた脚は、それでも女の日頃のつつましさをあらわしたのか、とっさにつきつけられたフラッシュの光りにおびえて、反射的にそうなったのか膝頭だけがきつくあわされていた。膝下が八の字に開いて、パンティはまだ膝下の三分の二くらいしか上っていないのだ。

女の足元に身をかがめ、顔もわからない男は、おそらくそういう姿勢で靴の紐をむすんでいて助かったのだろう。

白い椅子が女の背後に空しく横たわっていた。

椅子の上で身を反らせ、裸の脚を上げた女たちの顔には、多かれ少かれ、こんな大胆な行為をするふてぶてしさのようなものがあり、それぞれ、自分の快楽をむさぼり味わう陶酔の表情に顔をひきつらせていた。

それにくらべ、この若い女の無防禦な、痛々しい姿勢とあどけない表情は何ということだろう。

パンティもスリップも、野暮なスタイルなのが、よけいあわれを誘うのであった。

スクリーンでは、ばら色の軀をした金髪女が大胆な姿勢で、ギリシャの彫刻のような裸体の美しい男にいどみかかっている。

大介にはそれらの映像が一向に目に映らず、さっき見た一葉の写真の女だけが瞳にこびりついていた。

尚子——その女は尚子そっくりだった。

大介は混乱した頭で、今受けたショックをどう整理していいかわからない。

夜は小さなバーでアルバイトしながら、昼は新劇の研究室に通っていた当時の尚子は、もっと垢《あか》ぬけていたし、服装もおしゃれで、安ものを上手に着こなしていた。

こんな野暮な下着をつけている尚子には一度だってお目にかかったことがない。舞台で役につく時のため、尚子は眉ももっと細くそりこんでいた。目と目の離れすぎは子供っぽく見えるといって、目頭に墨をいれる化粧法も知っていた。

けれども、白粉やアイシャドウや紅をすっかり洗い落した夜の床の中では、尚子は女として扱うのがいたいたしいほど可憐な、ナイーブな童顔にかえるのだった。

大介ははじめ、田岡が今度もまた、派手な熱をあげている女って、どれだろうくらいの、軽い気分で友人とそのバーを訪ね、はじめて尚子に逢った。真黒のドレスを着て、何一つアクセサリーをつけない尚子の、北方系らしい白いなめらかな肌が大介の目を魅《ひ》いた。

尚子は俳優には致命傷の東北弁を必死に直そうとしていた。当時はまだ高価なテープレコーダーを尚子のため田岡が贈ったというのが、バーの一つ話になっていた。

大介たちが、田岡のことをからかうと、尚子は赤くなり、しまいには蒼白になって、あどけない目にいっぱい涙をため、黙りこんでしまった。

そんな様子から、今度は田岡も、ふられずにすむのではないかと、大介たちも噂しあっていた。

大介はもちろん、田岡の念のかかった女に手を出すほど、悪趣味でもなかったし、尚子を可憐だとは感じていても、それほどにひかれていたわけでもなかった。

大介が尚子と口をきくようになって一ヵ月ほどすぎたある日、尚子が研究生の発表会でヒロインではないけれど、準ヒロインの役に抜てきされたという事件がおこった。田岡は尚子のためにシャンペンをぬいたりして、自分のことのように有頂天になって喜んでいた。おかげで大介たちは、それを肴にして、当分、田岡のおごりでバーの酒をのみ歩いたものだ。田岡は酔うと、かえって生真面目に見える目つきで執拗に大介をくどいた。

今度の尚子の演《や》る劇の舞台が、大介の故郷の南の島の漁村なので、方言のアクセントを尚子のためコーチしてやってくれということであった。標準語のためテープレコーダーまで買ってやる田岡にしてみれば、当然の配慮かもしれない。大介は、ばかばかしさが先に立ち、

「授業料が高いぞ」

など、冗談に聞きながして受けつけなかった。

ある朝、大介が未だ下宿で寝ている時、田岡がいきなり訪ねて来た。

入口の所から階段の方へむかって、

「おい、上れよ、大丈夫だよ」

と田岡は声をかけている。大介が首を出すと薄暗い階段の上り口から、白い芙蓉のように女の顔がうかび出た。紺絣の着物姿の、尚子だった。

そんな田岡の強引さにおしきられた形で、大介は、尚子のせりふの面倒を見ることになった。

田岡が期待したほど、尚子がそのため、その初舞台で成功したかどうか覚えていない。

　初舞台を迎えるまでわずか一ヵ月余りに、大介は下宿の部屋で尚子を自分のものにしてしまっていた。尚子が処女だったことが大介を愕かせた。まさか田岡の手がついていないとは考えてもいなかったからだ。そのことを不用意にもらすと、尚子ははじめて激しく泣いた。

　田岡の家につれていかれたことがあるけれど、庭からこっそり入って、泥棒猫のように田岡の部屋に案内された。

　田岡の家はお城みたいに宏大で、それだけでも貧しい地方の中学教員の娘の尚子は圧迫をうけた。それ以上に、田岡が自分を家の誰にも紹介しようとしないのが、尚子の自尊心を傷つけた。

「あの人はあたしを恋人にはしても、結婚の対象になんて考えてくれてないんです。あたしこう見えても、プライドが人一倍強いんです」

　東京へ飛びだして来たのも、故郷の初恋の少年の家が、尚子の家の貧しさを軽蔑したので、いたたまれなかったのだという。

「妹は、顔はそっくりなのに、それは素直なんです。あの子はきっと、あたしとちがって幸福になると思いますわ」

尚子は、大介になだめられて、ようやく涙がおさまると、大介の胸の中で、そんな話をぽつぽつ、ひとりごとのようにいった。

その時はじめて、尚子が二人姉妹で、双生児の妹が、故郷の町で小学校の教員をしているという話も聞いた。

尚子は、初舞台が終ると、いつのまにか、手廻りの品を大介の下宿に運びこみ、いっしょに暮しはじめていた。それまでのバーを変り、もっと収入のいい、それだけに客の誘惑の多い大きなバーへ移っていた。

半年ほど、大介は尚子の意外に家庭的な才能のある行きとどいた世話女房ぶりの中で、ぬくぬくとおさまっていた。

おせばゴムまりのように弾みかえす、尚子の白い軀にも馴れ、もう一晩も、尚子のいない生活など考えられなくなっていた頃、突然、尚子が姿を消した。わずかな荷物は大介の部屋に置きっぱなしのままだった。

尚子のはじめて帰って来なかった夜、大介は、一睡も出来なかった自分を発見して愕いた。それは、はじめていつのまにか自分の骨にまでからみついていた尚子の愛を思いしらされた夜でもあった。

秘かに手をつくしたが尚子の消息はわからなかった。

東北の尚子の故郷へ訪ねてみようと思ううち日が過ぎ、やがて大介は尚子との想い出も、他の想い出と共に、生活の塵の中に埋めつくしてしまっていた。

スクリーンには風がきらめきながら、花の咲く草原をふきわたっていた。

何の花なのか、日本では見なれぬ青い雑草の花が、長い茎の先で雫《しずく》のようにふるえていた。草原いっぱいにひろがっている青い花々がゆれる度、白い風の足跡がくっきりとスクリーンに描かれる。

女も、男も、二本の植物になったように、ひっそりと花の中に身を横たえていた。

ばら色の女のなめらかな腹の上を、淡い雲の影がゆったりと通りすぎている。

映写機が終りの近づいた気ぜわしい音をたて、やがて、止った。

「最後のよかったわ、これ新着でしょ」

田岡の女の甲高い声で、大介はわれにかえった。

いつのまにかコップのウイスキーが一滴もなくなっていた。

酔いがちっともわいて来ない。

視線を感じて横をむくと、田岡が目尻に笑いをため、じっと、うかがうように大介の表情をみつめていた。

「古いものなんだろう、この写真」

大介は、まだ膝の上にあったものを指さし、平静に聞える声で田岡にいった。

「うん、あの頃じゃないかな」

田岡は、わざと、あの頃ということばに力をこめていった。老人にむかって、

「ねえ、先生、この小学校の教員だったとかいう女、たしか、これが原因で自殺したんでしたね」

「そうでした。この女は、真面目な、いい教員だったらしいですよ。男とは同僚の恋仲で、相手も悪い人間でもなかったらしい。この写真がその町にも流れていって、二人とも居なくなり、一週間後、隣県の海岸に死体が上ったんです。女の死体だけだったですね、たしか」

田岡がそれを聞かせたがったのだと大介は解釈した。あの自尊心の強い尚子が自分と同じ顔を持つ妹のそんな恥辱に平静でいられる筈はなかったのだと思った。

その夜、まり子を老人の許に残し、大介は田岡の車で送られた。田岡がこんな手のこんだ復讐を思いつく程、尚子を愛していたのかと、大介ははじめて目をはじかれたような想いだった。

「今時、中元の品も変り種がなくってね」

田岡は老人から社用に買い求めた秘戯図の軸の用途など聞きもしないのに話していた。

陸橋を越えたところで、大介が急に降りたいというと、田岡は素直に車を止めた。車の外に立った大介の方へ、田岡は上体を窓からのりだし、低く囁いた。

「先月のことだ。渋谷で、尚子そっくりのコールガールひろったよ。ただし、尚子じゃない。おれを知らなかったもんな。すごい東北弁だった。妹の方じゃないかな」

思わず一歩ふみだした大介をしり目に、車は一気に闇をきりさいて走り去っていった。

驟雨《しゅうう》

鳴っている電話の受話器をとりあげたのに、一向に声がしない。

「もしもし」

じれて、芙紀子《ふきこ》が二度めの声をだしても、まだ相手の声はかえって来ず、はじめて芙紀子は怪しんで、耳を澄ませた。その時ようやく男の声がした。

「ふっこさんですね」

たしかめるというより、芙紀子の声を味わっていたというような響きがあった。芙紀子は思わず、

「ハイ」

と、ぶきっちょな返事をしていた。声が一まわり高く上ずっていた。男の声と、彼しか使わないいじぶんの名の呼び方を忘れる筈はなかった。心のたかぶりが、ハイという一言にこめられていた。男の声がつづいた。

「そこに、だれかいるんでしょう。あなたの声でわかる。何もいわなくていい……ただ、声が聞きたかっただけなんです。元気なんですね……」

「はい……あなたも？」

「今、羽田にいます。帰るところです。霧がこくて、もう三十分も出航がおくれているんです」

それで思いだして、電話したくなったんだという語らない声が、芙紀子にははっきり聞えてくるようだ。相手の目に、この茶の間の電話のあり場所や、それを聞いているじぶんの姿が、今ありありと描かれているだろうと思うと、芙紀子は全身にむず痒《がゆ》いようなうずきがひろがった。

「京都へ来ることがあったら、声をかけて下さい。もう逢っても……大丈夫でしょう」

「…………」

「あ、改札が始まった……それじゃあ……かけてよかったな、やっぱり……ぼくの方は……」

「あたくしも……ありがとう……」

受話器を置いても、芙紀子は一瞬ぼうっとしていた。耳の奥がしんしん鳴るような感じがする。

夫の勇一郎《ゆういちろう》は、この頃愛用しはじめた枸杞《くこ》を飲みながら、目はそんな間も持っている本から外さない。もちろん、芙紀子から話さないかぎり、電話が誰からだと聞くわけでもない。もしかしたら、妻が電話に出たことさえ気づいていないのかもしれなかった。飲み終ると立ち上り、日課の散歩にすぐ裏の公園まで出かけ、一まわりして帰る。きっかり三十分の散歩時間が、機械のようで、崩れたためしもなかった。いっしょにいかないかと妻を誘うこともなかった。勇一郎が下駄をつっかけ、だまって散歩に出てしまうと、はじめて芙紀子は大きなため息をはきだした。ようやく胸が軽くなった。

卓袱台に肘をつき、自然に指を折っていた。あらためて七年という歳月のはるけさに愕かされる。あの頃——芙紀子は二十七歳だった。章三《しょうぞう》は二十三歳だった。そして勇一郎は三十六歳だった筈だ。

——もう逢っても……大丈夫でしょう——

という章三の電話の声が、耳の奥で鈴のような余韻《よいん》をのこしてまだふるえていた。

誰が大丈夫なのか、章三か、芙紀子か、二人ともという意味なのか。どうともとれることばを芙紀子は噛みしめながら、目まいのしそうなきらめきが、しだいに心いっぱいに輝きわたってくる。

あれほどの秘密を秘めた心の悶えのあとは、いったいどこへ消えてしまったのだろうか。芙紀子は、夫が散歩している公園の小径や、池や、灌木のしげみを思い描いていた。すると、突然、体内の血の流れが、急にとどろきながら熱くたぎりたってくるような気がした。思わず心臓に片掌をおしあてていた。

章三との秘密をかくした公園のあちこちの場所が、気味の悪いほどの鮮明さで、はっきりと瞼によみがえってくる。まるで七年間、一日もかかさず、そうして思い出していたような、鮮かさと、順序のよさで、それらは次々芙紀子の瞼の裏をかざっていた。

芙紀子は両親を早くなくしたので、伯父の後見で兄弟三人アパート暮しの生活を長い間送っていた。父は財産も残さなかったため、芙紀子は欧文タイプと、欧文速記の腕で、丸の内の外国商社に勤め、女としては、相当の高給をとり、弟を大学に通わせた。そのため、つい二十七歳まで、縁談に耳をかたむけるチャンスを見逃していた。

「二十七ってたって、数えでいえば九じゃありませんか。私たちの娘の頃なら、もう後妻の話しかない年でしたよ。それにやっぱり、二十七と八じゃ、ずいぶん年のひびきの感じがちがいますからねえ。今年中に、やっぱり決めましょうよ」

芙紀子を可愛がってくれた専務夫人の仲人マニアが、やっきになってすすめてくれたのが、勇一郎との縁談だった。動物心理学という、変った学問に打ちこんでいて、恋をする閑も、見合をする閑もなく三十六歳まですぎてしまったというのが、専務夫人にいわせると、芙紀子と似合いだというのである。

それまでに、芙紀子も二、三の淡い恋めいたもののもないではなかったが、実を結ぶほど熱情をかきたてられるような思いは一度もなく、どっちからともなく離れてゆき、それがさほど心に傷みとならない程度の淡さばかりであった。芙紀子はじぶんが弟や妹にオサカナとあだ名されているように、人並より血が冷たいのかもしれないと本気で思ってみたりもする。弟と年子の妹の燿子《ようこ》は、高校時代からボーイフレンドが多く、勤めに出るといち早く恋人をみつけ、一年後にはもうちゃっかり結婚してしまった。

「お姉さんくらいじぶんの魅力を粗末にする女っていないわね。あたしがお姉さんくらい美人だと、もっとじゃんじゃん男を手玉にとってやるんだけどなあ」

赤ん坊に青く静脈のういた乳房をふくませながら、燿子は母になっていてもまだそんな口をきいて、芙紀子をはらはらさせる。その燿子は、勇一郎と姉の縁談が見合でまとまった時、

「惜しいなあ、あんな干瓢《かんぴょう》みたいな男にお姉さん嫁っちゃうの、もちっと、ましなのがいそうに思うけどなあ」

と最後までぐずぐず反対意見をのべていたが、とうとう、

「本当はね、親の遺産のすてきな家が武蔵野《むさしの》の公園の裏にあってさ、その上財産もあってさ、三男坊で姑、小姑がいないなんてそりゃあいい条件よ、でもさ、あの人、どうしてだかセックスアピールがないんだもの、お姉さんが可哀そうみたい」

といって、まだオールドミスの姉を赤面させた。

あんまり感傷性も文学趣味もない芙紀子は、一度逢ったくらいでは忘れてしまいそうな平凡な風貌の勇一郎と結婚することに、平凡な女の幸福があるように思い、彼との結婚にふみきった。勤めには飽きのきていた時だったし、年齢的にもたしかに曲り角でもあったし、芙紀子は結婚してよかったと思った。

勇一郎は新婚旅行にいった伊豆の海岸で、砂地に大きく正直と書き、

「これをぼくらの家訓にしましょう」

と大真面目な顔でいった。芙紀子はこの話だけは妹にかくしていた。

半年ほどは事もなくすぎた。新婚旅行から帰って以来は、ほとんど外出らしい外出もせず、芙紀子は勇一郎との家づくりに没頭した。一週間に三日、都心の母校の大学

へ講義にいく以外は、勇一郎は二階の書斎にとじこもったきりで、妻とは食事と、午後のお茶の時間に顔をあわせるくらいだ。

長い間、通いのばあや一人を使って暮してきたので、食事の途中でも、書物から目を離さない癖が、芙紀子には一番神経にさわったが、その他の点では、まあまあ世話のかからないいい夫だった。夫婦の夜の生活も、芙紀子自身が淡泊なのか、まだめざめないのか、勇一郎に不満や不足を感じたこともない。

「まるでうちは姉と妹がさかさまなんだから、いやんなっちゃう。妹が性教育するなんていただけないなあ」

ひとりでぶつぶついいながら、燿子が頼みもしないのに、ふろしきにどっさり一包み、似たような題の本や婦人雑誌の附録をもちこんでくれたが、芙紀子は押入れにつっこんだまま、まだ開けてみようともしない。夫婦の生活とは、奇もなくてらいもなくお茶漬のような味だと、いつだか誰だかが書いていたことばを芙紀子はじぶんたち夫婦のようなのが、平凡な幸福のシンボルみたいなものではないかと思っていた。

あの夏の嵐の夜、騒々しいブザーの音と共に章三が濡れ鼠になってとびこんでくるまでは――。

芙紀子が嫁いで始めて迎えた夏は、殊の外暑さがはげしかった。二十何年ぶりとかいう酷暑は、例年より早くやってきて、梅雨があけると、連日、寒暖計の水銀は三十度をこしていた。大地震が来るという不穏な予言が流れていて、数寄屋橋の袂に、地震の避難方法などというポスター展が出る始末であった。人々は何となく不気味な夏に怯えていた。

梅雨あけ以来、一ヵ月近くも一滴の雨も降らなかったのが、その日の午後から、急に雲が出て、夕方には風と雨の、本格的な嵐になってしまった。

早くから雨戸をたてまわし、芙紀子はテレビをつけっぱなしのまま、あまりの暑さに一週間ほどさぼっていた家計簿をつけていた。勇一郎は嵐だからといって、日課の時間割を変えるようなことはしない。夕食後から夜の十一時までは、書斎にとじこもりきりの時間なのだ。

その時、嵐の音をひきさくように、ブザーがけたたましく鳴った。

そんな夜のそんな遅く、訪れる客も思いつかず、芙紀子は玄関ののぞき窓からこわごわ外をうかがった。

レインコートも着ず、ワイシャツをびしょ濡れにした細い男の影が、軒灯に浮きだされていた。首を前につきだして髪の雫を払いおとしていた男が、ぱっと顔をふりあげ、真直ぐ、その目を覗き窓にむけた。芙紀子がはっとたじろいだほどの美しい目だった。濡れた髪が後になびき、白いすがすがしい額が灯の下に青く浮いていた。若い見知らぬ男だった。

男の目は、明らかに覗き窓の向うの芙紀子の目を意識しており、開けてくれるのをせがむように、甘えた笑顔を見せた。芙紀子はつりこまれて、目の幅しかあいていない覗き窓のすりガラスを下までおとした。はじめて顔と顔がむかいあった。

「章三です。北海道の旅行からの帰りなんでおそくなっちゃって」

芙紀子は、口の中であっとつぶやき、返事のかわりにあわてて内側から鍵をあけた。

夫の伯父の子である章三の話は、夫からよりも、ばあやのお喋りから芙紀子はよく聞き及んでいた。家は広島だけれど、中学の時、女教師にラブレターを出した事件で退学になりかけ、東京の学校へ転校させられたこと、高校時代も、ジャズ狂の少女のことで六本木でやくざに囲まれ、問題をおこし、あやうく退学になりかけたこと、勇一郎が頼まれて半年ほどこの家に預ったことなどが、芙紀子の聞きかじりの章三の過去だった。ばあやは今でも、裏の木柵がこわれたり、シャベルの柄が折れたり、樋《とい》がこわれたりする度、

「章三さまがいらっしゃると、わけもなく直してくれますのにねえ」

をくりかえした。一々、横柄な近所の大工に頭を下げにいくのがつくづく業腹らしくみえた。それからまた、

「御苦労なすった坊ちゃまですから、やさしくって御年に似ずそりゃあ気のつくところがおありなんです。おや、奥さま御存じありませんでしたか？　あの方だけ、広島の旦那様が、芸者にうませたお子だそうで、五つの年から御本宅にひきとられなすったんですよ。奥さまや、他の御兄弟がずいぶん小さな坊ちゃんに辛くあたられたっていう話ですけどねえ」

まるで見てきたようにいったりする。ばあやの章三びいきはついに、

「あの方が不良だなんて！　女の子の方から惚れちまうんでございますとも。半年くらいここにいらした間だって、大通りの美容院の娘たちと、煙草屋の姉妹がはりあって、大変でございましたよ」

といった類いの話にまで及ぶのであった。今は京都の大学にいるということだった。

全身から雫のたれる章三は、玄関に突ったったまま、両手をひろげ、

「これじゃ上れないや」

と芙紀子をみて白い歯をみせた。挨拶ぬきのそんな言葉やしぐさに、天性のコケッ

トリイがあると、芙紀子は、ばあやの噂話を思いだしていた。

　タオルと、勇一郎の浴衣を、玄関まで出しておいて、芙紀子ははじめて二階の夫に、章三の来訪を告げにいった。案の定、読書中をノックされた勇一郎は不機嫌で、客扱いする必要のない男だから、勝手にさせてやれといっただけで、芙紀子を押しだすようにして、ドアをしめた。

　芙紀子はその時結婚以来はじめて、夫の態度に屈辱を感じた。さっきからの嵐の気配もまるで感じていないような夫が、階下で風雨の音におびえている新妻の神経など、思いやってみてくれたこともないのだということが、妙になまなましい実感として胸に落ちた。いくら年の若い従兄弟といっても、一言ぐらい声をかけてやってから、書斎に引っこんでもいいではないか。芙紀子はそう思うと、これまでもいつだって勇一郎は、こういうふうに自己主義であり、自分の学問しか念頭になく、妻としてのじぶんの存在など、まるで忘れていることの方が多いのだということにも気がついた。なぜ、そんなことに今の今まで考え及びもしなかったのだろう。芙紀子はさも不思議なことを発見したように、じぶんたちの半年余りの夫婦生活に改めて目を凝らすような気持だった。

　章三が来て三日めに、勇一郎は前からの予定通り、軽井沢《かるいざわ》の夏季大学のゼミナールに出発していった。留守は、芙紀子の弟でも呼ぶつもりだったが、章三が、夏休みの間じゅう、広島に帰りたくないといいだしたことから、勇一郎が留守を頼んだ。

弟と一つちがいの章三を、芙紀子は弟と同じように扱った。

章三は勇一郎には兄さんと呼びかけていたが、芙紀子には「ふっこさん」と呼んだ。芙紀子がレース編みをしている籐椅子の足元で寝そべって推理小説などに読みふけっている章三が、芙紀子は不思議に気にならなかった。

「章三さんは、空気みたいな人ね、ついそこにいるのを忘れてしまうほど物静かなのね」

「透明人間になる術をきわめてるんですよ。こんなの孤児根性の居候根性からしか学べない」

「孤児?」

「ぼくのおふくろは、ぼくの五つの時死んでるんですよ。おふくろが生きてたら、おやじの家になんか絶対ぼくをやったりしなかったと思うな」

「…………」

芙紀子はレースの目を数えるふうをしてだまっていた。この美青年のこんな言葉に相槌をうつことは、何か爆発物にむかって身を投げかけるような、危険をはらんでいると、芙紀子のうちで本能的な警戒心が働いた。章三の話は、とりとめのないつまらないものでも、いきいきした生命がふきこまれ、人物はユニークになり、会話はウィットとユーモアでかざられている。章三から聞くと、不潔だとばかり想像していた娼家の娼妓の部屋まで、世にもなつかしい安息の場所のように聞え、肌のたるんだそっ歯でおでこの女までが、情の深い、正直で優しい女のように聞えてくるのだった。

芙紀子は何一つ相槌をうたず、章三だけを喋らせて終日でも彼の話を聞いていたいような気分になることがあった。そのくせ、自分では無意識で、ある時は母親のように、ある時はうんと年下の妹のように、おだてたり甘えたりしながら、章三の過去のロマンスをひとつびとつ聞きだしていた。

章三はまるで懺悔させられている罪人のような役を自ら買って出て、これまた、あることないこと芙紀子が喜びそうな話や恋人をつくっては芙紀子に聞かせてやるサービスぶりだった。

芙紀子も章三もじぶんたちの会話の遊びの意味を互いにさとってはいなかった。なぜそんなことを聞きたがり、どうしてそんなことに答えたがるのかお互いに考えてみたこともなかった。

勇一郎が留守になって一週間ほどがまたたくまにすぎていた。

その夜は特別にむし暑く、息をするのも苦しいような湿気をふくんだ重い空気がたれこめていた。十二時近くまで、芙紀子と章三はとりとめもない話をしていたが、いつのまにか時間のたったのに驚いて、芙紀子が時計を見上げたとき、いきなり茶簞笥の一輪挿しが、芙紀子の肩さきをかすめて飛び、水をちらして畳にとんでいた。天井から下った電灯が大きく揺れた。ずしんと軀の芯にひびくほどの大揺れだった。

気がついた時、芙紀子は章三の胸に抱きしめられていた。どちらが飛びついたか、引きよせたか覚えもなかった。二度めの揺れの時は、夢中で抱きあったまま、二人で縁側から庭へ転がり出ていた。はずみで二人は芝生の上に一つになって倒れていた。なおも、不気味な地の震えが、芙紀子の肌を通し軀の芯に伝ってくる。芙紀子はじぶんの背にまわされた章三の腕に次第に力が加わるのを感じながら、じぶんの軀もまるで飴のようななめらかさで、章三の軀にとけこんでいくのを感じていた。淫らな感じはなかった。ふと、このまま、この地震が未曾有《みぞう》のものになり、たちまち二人が裂けた地殻に呑みこまれても本望だといったような不思議に澄みきった安息が心をみたしていた。幸い、地震は小きざみの余震を思いきりわるくつづけただけで、大したことにもならなかった。

空は雲が低く飛び、月が不気味な紅さをたたえて雲のかげからのぞいていた。

さっきから、ふたりは一言も発していない。なだらかなスロープになった庭をつっきると、公園の雑木林の中へつづいていた。公園からは、そんなにすぐ芙紀子の家つづきになっているとは見えないので、改まった垣も柵もつくってなかった。

章三は芙紀子の手をとったまま、家へは上らず、ぐんぐん庭をつっきって公園の林の方へおりていった。裸の脚に夜露の冷たさが快かった。公園は夜霧につつまれていて、樹々も池も、池の向うの動物園や植物園の建物も霧の底に滲み、この世のものとも思えない、夢幻の美しさに変貌していた。魚のはねる音が、霧の底から、びっくりするほど大きく聞えた。

熊笹の中をわけ下りる時、章三は芙紀子をいきなり抱きあげ軽々と運んだ。名もない夏草が子供の背丈ほどものびてさがっている所に出た。芙紀子はその中に、そっとおろされ、そのまま柔く両肩を章三に押えられていた。なぜ抵抗しないのか、なぜ……芙紀子の麻痺した頭の一部で、かすかにそんな声が聞えるのに、もう現実の芙紀子は、魔法にかかったように、何の意志もなく、眠り薬がきいてくる時のような、無責任な甘い陶酔の中にひきこまれていた。草と霧に埋まっているという安心感が、不思議な解放感にすりかわっている。章三の掌が夜霧に湿った芙紀子のむきだしの腕をおずおずとすべり、次第に首や脇の奥の肌に触れようとするのを、どこまでもゆるしていた。

夢をみているのだ、これはみんな夢なのだ――

芙紀子の理性のほんの一かけらほどのものが、気弱な声をあげている。それでも芙紀子は、その声を無視して、ますます章三の手の誘いに心身をゆだねきっていた。薄いローンのワンピースの上から章三が乳房に触れてきた時、はじめて芙紀子は章三の手が思わずひるむほどの激しい身震いをした。けれどもそれは章三の手を拒んだわけではなかった。その証しに、芙紀子は、次の瞬間、じぶんから目をとざし、さらに柔く全身の関節をときはなし、草の底にもっと深く沈みこんでいた。月を仰ぐ姿勢になりながら章三の胴にまわした腕に力をこめ、抱きよせていた。

夫とのどの夜よりも、芙紀子はその夜、じぶんをおびただしくあふれさせていた。それはとめどもなくゆたかにあふれ、章三をまきこみ、芙紀子自身をも溺れさせ、なおとどまるところがない女のいのちの泉であった。

地震はその夜以来おこらなかったけれど、芙紀子と章三が、深夜、公園の木蔭や草の中に融けこんでいく夜は、その後、何度かつづいた。最初の夜のように、深い霧につつまれている夜は二度とは訪れなかったけれど、芙紀子はもう霧のヴェールがなくても、大胆に章三の愛撫の中に軀をゆるめていくことが出来るようになっていた。

いつでもふたりは、深夜の密会にはほとんどことばもかわさない。そのくせ別れて別々の寝所に入っていくと、まるで一晩語りあかしたほどの無数の会話を、それもずいぶんいりくんだ、複雑な会話をかわしあったあとのような、充実した想いにみたされているのを感じた。

不貞の罪に脅える前に、芙紀子は不貞のもたらした快楽の輝きの方に目をくらまされていた。

人の噂や、またじぶんでいいふらすかのような章三の軟派不良ぶりが、まったくの伝説にすぎないのを、芙紀子は、章三の、逢う度に神秘的に会得してゆく愛撫の上達から読みとった。

勇一郎が予定通り、軽井沢から帰宅した時、芙紀子ははじめて恐怖に青ざめた。

「どうしたんだ。夏痩せがひどいじゃないか」

勇一郎の目に、不貞の妻がそんなふうにしか映らないということが、芙紀子をいっそう絶望的にした。当然のように勇一郎がその夜、久しぶりの妻の軀を求めてくると、芙紀子の心より皮膚がいち早く抵抗の反応をおこし、勇一郎を鼻白ませたほど、鳥肌立ってきた。

「どうしたんだ」

「すみません……風邪気味か熱があるんです」

「ばかだな、それじゃ、はじめからそう言えばいいのに……ぼくまで伝染《うつ》ったって意味ないじゃないか」

病気で、仕事のスケジュールの狂うことを何より怖れる勇一郎は、あわてて妻の床から出ていった。すると、芙紀子は、実際、その時から、本物の寒気と悪寒が背骨をかけのぼり、正真の熱を出していた。

芙紀子と章三の駆落の計画が、芙紀子の裏切りと章三に思いこませたまま、つぶれてしまい、二人の恋も誰に発覚することもなく、立ち消えの形になったのを、芙紀子は運命だと、とうにあきらめをつけていた。

前後の考えもなくとり上せた芙紀子が、章三と、章三の友人を頼って北海道に逃げる計画をしたその朝、丈夫一徹だった勇一郎が突然七転八倒の苦しみをはじめた。時が時だけに、芙紀子は何か見えないものの意志さえ感じて、恐怖と慚愧《ざんき》の念で、それをみすてて、家をぬけ出すことは出来なかった。勇一郎の病名は胆石で、すぐ手術を必要とした。

待ち合せの場所に行かなかった芙紀子の事情をたしかめるほど、章三の気負いたったその頃の若さはゆとりもなかった。

行方も知れなくなっていた章三の名を芙紀子が久々で耳にしたのは、あの事があってから四年もたってからだった。

北海道からいつのまにか帰っていた章三が、さすがに年と共に身辺も落ちついて、京都の旧い美術商の一人娘に見そめられ、婿に入ったという噂だった。

芙紀子は苦い薬を一気にのみ下すような気持で、その噂をのみ下してしまうと、もう心の中の章三の記憶に、しっかりと蓋を閉ざしたつもりになっていた。

女中の糸子《いとこ》が、夕飯の献立をたしかめにきたので、芙紀子は追憶から呼びもどされた。糸子はあの当時のばあやの孫娘で、芙紀子と章三のことを、ただひとり勘づいていたらしいあのばあやも、一昨年の冬、他界している。

芙紀子は掌でじぶんの頰をはさみながら、歳月の速さを思いはかっていた。掌の中にちんまりおさまってしまうじぶんの頰の肉もおちたと思う。女の二十七歳が三十四歳になるということの歳月の非情さを考えずにはいられない。

芙紀子は章三が去って以来のじぶんの生活の灰色の単調さを、あのことの罰だと思って甘受しているつもりだった。

章三の子を、章三にも勇一郎にもつげず処置した結果が悪く、芙紀子はもう子供を持つということはあきらめなければならないと医者に宣告されていた。それもまた、芙紀子は天刑の一つだと思いこんでいる。

相変らず、勇一郎は自分の時間割に忠実な生活信条を一日たりとも乱そうとはしていない。食事と三時のお茶の時以外、夫と妻はほとんど顔をあわすこともなかった。芙紀子にとっては、生活は、単調で退屈な日々の連続だった。昨日より今日が格別愉しいこともなかったように、今日より明日に、光がみちているとももう期待しない。

妻の不貞に気づかず、妻の心の内は覗いてみたこともなく、動物の心理だけ追い求めている夫にも、芙紀子はもう、何の期待もかけていない。

現実的で、地味で、道徳家だとばかり思いこんでいたじぶんの内部にも、一皮むけば、あんな大胆な盲目の情熱も野性もひそんでいたことを識ってから、芙紀子は大概のことに動じなくなっている。

乗客がいっせいに立ち上り、機体の胴に、ぽっくり口をあけている出口にむかって、狭い通路を歩きだしても、芙紀子は動こうとしなかった。

窓際の席にひっそり坐ったまま、無表情に近い卵型の小さな顔をまっすぐ上げている和服姿は、一見さも旅馴れているように落着いてみえる。まさか芙紀子が生れてはじめて飛行機に乗った上、羽田から伊丹《いたみ》までの一時間余りを、景色も目に入らないほど、一つのことばかり思いつめ、一種の酩酊に近い放心状態にいるとは、誰も気づかないふうであった。

ようやく、人々の最後列から芙紀子が機体の外へ出た時も、なお、芙紀子の心は、深い迷いに濃い霧をわきたたせているような不透明さのままだった。

羽田では拭きぬぐったような青空だったのに、伊丹の空は、雨気を含んだしめっぽい曇天だった。空の重さに押されたように、芙紀子は伏目になって、空港の建物の方へ歩いていった。

改札を出た時、目の前にたちふさがった男をみて、芙紀子は声も出なかった。章三がまさか、ここまで出迎えてくれていようとは考えてもいなかったのだ。

「荷物は？」

章三は昨日逢った人のようななめらかさで二人の距離と歳月を一気にたぐりよせた。

「預けました」

「預りキップおだしなさい」

てきぱきした動作で、章三が荷物を受けとってきてくれる間、芙紀子は感情を押えた。むしろ冷たい表情で、じっと章三の背ばかりみつめていた。

八年ぶりに逢う章三が、昔と変らないようでいて、やはり、芙紀子には不気味な他人の背に見えてくる。昔の章三には、肩付も、首筋も、もっとしなやかで、すがすがしい若さがあった。今見る章三は、仕立てのいい外国布地の背広を着こなし、一廻り肥ったのか、見るからに貫禄がついていた。

建物の入口に章三の車が待たせてあった。

車が走りだしてからしばらくして、章三が前をむいたままつぶやいた。

「変らないなあ、ちっとも」

はじめてその口調に昔の章三の口調がのぞいていた。

「そんな筈ないわ……八年もたってるんですもの……」

去年、章三がいきなり電話をよこしてからもう一年がすぎている。三ヵ月前、勇一郎はドイツに旅立っていた。二年の予定で宿望の留学をはたすためであった。

この一年、芙紀子が章三の電話を聞いて以来、ずっと章三を思いつづけていたといえば嘘になる。

時々、梅雨に射しこむ陽ざしのような明るい鋭さで、章三の声と昔の俤が、芙紀子の心を照らしはしていたけれど、大方は、平凡な日常のとりとめもない雑事の中に流された、昔の恋を思いだすような、和んだ気持は見失っていたのが本当であった。

勇一郎が出発し、一ヵ月ばかりたって、学生時代の友人から、ふいに電話があった。

「うちの主人の会社、今度旅客の斡旋《あっせん》もはじめたのよ。もうすぐ案内状も出しますけど利用してね。外国旅行のキップの世話は勿論、国内航空便も、電話一本で、キップのおとどけからホテルのお世話までするわ」

鬼のいないまに、せいぜい旅でもしておおきなさいと、冗談半分にすすめられた時、芙紀子はふいに章三のいる京都へ行ってみてもいいと思ったのであった。その計画をつげると、友人は夢中になり、それならじぶんもいっしょに行こうなど、乗り気になったのに、結局は家事と子供の世話に逐われて、芙紀子の一人旅のプランだけが実現してしまった。

今日発つ、昨日のぎりぎりまで、芙紀子は章三に知らせるつもりもなかった。学生時代、修学旅行に行ったきり、ゆっくり訪れるチャンスもなかった古都というより、章三の棲んでいる町というなつかしさにひかれて、芙紀子はその土地で、昔の、狂気のような夢の想い出をさぐってみたい旅情をそそられたにすぎない。

昨日速達で、今日の飛行機の時間をしらせ、訪ねるかもしれないと、寺町の章三の店あてに出しておいたのも、それほどの期待を章三とのめぐりあいにかけていたわけでもなかった。

章三に逢いにいくという想いが、切ないほどの熱さになって胸をひたしてきはじめたのは、今朝、飛行機が離陸し、ゆらりと空中に舞い上ったその頃からではなかっただろうか。

あくせくした地上の生活から、今しばしでも逃れ出たと思うと、全く思いがけない激しさで、昔の恋の記憶が、飛沫をあげ、どうどうと胸の中に滝になってとどろきはじめていた。

飛行中、芙紀子は、あとからあとから思いだされてくる章三との花火のような儚い、それだけに華やいで美しい恋の記憶に、ほとんど淫蕩なほど心身を遊ばせていた。

章三のひとつびとつの動作や、声にもならなかった男の愛の囁きが、時間と空間を超え、芙紀子の胸を輝かせてきた。それらの反芻がすぎると、芙紀子の空想は、もっと放恣な色を濃くして、とめどもなく拡がっていた。

すると八年前のじぶんの稚《おさな》さがいじらしく、あのとき見のこした夢のつづきを、ぜがひでも見とどけなければすまない切ない願望が、芙紀子の軀中の細胞をふくらませてくる。今更のように夫との日常の、変りばえもしない退屈さが、嫌悪をもって思いかえされていた。

章三が目の前に立った時、芙紀子は章三にどうやって、今のじぶんの胸のうちをつげ、同じ熱さで過去の夢に溺れこんでくれるよう章三に伝えるべきかを考えこんでいたのだ。

「家内も子供も、とてもあなたを待ってるんです」

章三の声がおだやかに話しかけた時、芙紀子は、はっと目を叩かれたような気持を味わった。

今、章三の胸にあるものは、決してじぶんの抱いているような昏い艶めいたものでないことを、その声やことばが物語っていた。

「お子さん何人？　男の子？」

「二人ですよ、女ばかり。女房のやつ、もう一人どうしても男の子が欲しいっていうんですけど、また女の子だったらどうするって、ぼくが応じないんです」

芙紀子はふと唇が歪むのを感じながら、皮肉な口調でいった。

「奥さんに、あたしのこと、何てお話ししてあるの」

「え」

章三がはじめて、不思議なものを見るような目つきで、芙紀子の顔をちらとうかがった。

「あたし、ずっと、長い間、あなたに怨まれてるか憎まれているのだとばかり思っていたの」

「……ぼくが若かったんだな、子供だったんですよ。そういうことなら、ぼくはあなたに負い目を負っているわけだ」

「そんなことなくってよ」

車は、新東海道線の工事の行われている横を通り、萱野《かやの》三平《さんぺい》の家跡の高札の横など走りぬけ、たんたんとしたアスファルト道を走りつづけていた。

車内に風がふきぬける度、章三の頭の香油らしいものがかすかに芙紀子の鼻さきをかすめていく。

章三の昔の体臭はどんなだったろうと、芙紀子は目をとじ、息をすいこむようにしてみたが、どうしても思いだせない。

「ふっこさんには……子供はできないの？」

章三が顔を正面にむけたまま、聞いた。

「ええ」

「一度も？」

「一度も……」

今更、章三にあのことを告げたって何になろう。

芙紀子は、話題を更えるように、

「お宅はどちら」

と、月並なことを口にしていた。

「岡崎《おかざき》の法勝寺《ほうしょうじ》ですよ。ぜひ、泊ってもらうつもりで女房のやつ、はりきっていますよ」

「……ホテルに申しこんであるの……それに、あたし、あなたの奥さんにもお子さんにもちっとも逢いたくなくってよ」

章三がさっきより、もっとびっくりした表情で、芙紀子の顔をみかえった。

唇元に、冗談にしてしまおうとかまえかけた章三の笑いが、堅い芙紀子の表情に出逢って、とまどい、醜く、唇を歪めてしまった。

「何だか……ずいぶん、はっきり物をいうようになりましたね」

「そうかしら、女も三十の半ばにもなると、図々しいのよ」

「…………」

「あなたの中に生きていたあたしのイメージと、あんまり変ってる？」

「何だか、怖いことをいうようになりましたね、昔は……」

「昔は？」

「ことばはほとんどなかったくらいだ」

軀でものをいうひとだと、公園の草の中で、章三が囁いたのを、芙紀子は今でも大切に記憶の中にしまいこんでいた。

今、章三が、そのことを思いだしているのが、芙紀子には、硝子ばりの中をのぞくようにありありとわかった。

口を開けば、いっそうすさんだことを言いつのりそうな脅えがあって、芙紀子はあとはひっそりとだまってしまった。不思議な悲哀が、しとしとと胸を濡らしてきた。

飛行機の時間より、もっと長くかかって、車はようやく京都の街の中へ入っていった。

「どこへゆきます？」

「少し歩きたいわ……お忙しければ、すておいて下さいな、もう、こうしてお目にかかれたからいいの、胸がおさまったわ」

はじめて、章三が芙紀子の顔になつかしそうな目をしばらくあてていた。

芙紀子はふと、今なら、どんなことでも素直なことばで、章三にうちあけられるような気がしてきた。

今度の旅の目的は、心の底に、もう一度、章三との昔の夢の見のこした部分を、さぐりよせたい下心がかくれていたらしいのを、それをじぶんでも知らないまま、出発して、飛行機の中ではじめて、そんなじぶんの本心をのぞきみたことを、みんな話してしまってもいい気がした。

車は鴨川《かもがわ》を渡り、橋の近くの、友人のビルだという前の駐車場にとめると、章三は車をすて、先にたって芙紀子を案内した。

「ぼくの一番好きな道を案内しましょう。でももう、この頃はほとんど来る閑もないんだけれど」

章三は、落着いた足どりで、時々芙紀子の歩みをいたわりながら、青葉のむせかえるような南禅寺の境内へ入っていった。

芙紀子の白い結城が青葉に染まって緑色の翳をもっていた。

空はいよいよ昏く、低くたれこめてきた。

古風な山門をまわり、ゆるい石段を上っていくと、裏山に出た。章三は、勝手知った歩き方で、山麓にわけいっていく。人のあまり通りそうもない小道が、去年の落葉に埋まって細々と雑木林の中につづいていた。落葉は湿って、足音を吸いとり、ものの蒸されるような匂いをただよわせていた。深い木立を通して、南禅寺の山門の屋根が、目のすぐ下にあった。

椎の大木に囲まれた窪地に出た。そこの落葉の層は、芙紀子の草履が埋まりそうなほど厚く、やわらかな弾力をもっていた。青葉が様々の緑を重ねあわせ、鈍い陽を透していた。

細い雨が葉の茂みから、きらめきながら落ちてきた。たちまちそれがきれめのない無数の糸になって二人のまわりに濛々ともつれてきた。

章三は、芙紀子の手をとると、足速にもっと奥へ道をすすみ、崖崩れの跡らしいもう旧い横穴めいた洞の中に芙紀子をしゃがませた。人一人がやっと坐れるその洞の前に立ち、章三は上衣をぬいで、芙紀子の肩にかけ、芙紀子の着物をかばった。

落葉と、草いきれと、青葉の匂いが、芙紀子に武蔵野の公園を思いおこさせた。目をとじて大きく息を吸うと、思いがけない方向から水音が聞え、水の匂いが青葉の匂いの中にまざっていた。

「水の匂いがするわ」

「すぐこの下に疏水《そすい》が流れているんです」

南禅寺の境内から、突然、マイクを通す若い女の声が流れてきた。

「××幼稚園の木下《きのした》まゆ子ちゃんのお母さん、まゆ子ちゃんが迷子になっています。お母さんをさがしています」

すき透った美しい女の声だった。声は驟雨に湿った空気の中に、美しい鐘の余韻のように波紋をひろげていった。遠いこだまがゆっくり女の声を四方の山からかえしてきた。哀しいほど澄み透った声はいくつにもなって樹々の間を交錯した。

光る雨が、簾を巻きあげるように、見ているまに上っていく。雨滴のとまっている章三の髪に、雲を破ったばかりの陽光が一筋、箭のように射しつけ、雫を光らせた。章三が片手をのばした。芙紀子はその手に全身の重みをあずけて立ち上りながら、今、じぶんの中からも、何かが、雨脚のようにすばやくたち去っていくのを感じていた。

後書き

作家の生涯には、創作の途上で様々な波がある。

私の場合、いわゆる文壇に出たのは、年齢的に遅い方だった。「女子大生・曲愛《チュイアイ》玲《リン》」で新潮社同人雑誌賞を受賞した時は、三十五歳になっていた。はじめて原稿料をもらったのは少女小説を書いた時で、二十八歳の時だったが、本格的に小説家としてのれんをかかげたのは、昭和三十六年春、三十九歳で「田村俊子《たむらとしこ》賞」を受賞して以来のことだ。

戦後間もなく、曽野綾子《そのあやこ》さん、有吉佐和子《ありよしさわこ》さんの若い二十代作家が出て、目をみはるような活躍をし、才女時代という時機をつくった。私はその後でのこのこ出ていったわけでいっこう目ざましくもなかった。それでも同時代の女の作家がほとんどいない中では、ずいぶんがんばってきたように思う。同時代の女の作家が少いのは、丁度私たちの世代が、もろに戦争の被害を青春にこうむったからで、戦争が終った時は、生きることに必死で、文学など考えている閑もなかったせいだと思っている。

それでも、とにかく遅まきながら、作家の仲間入りをした私は、まるでなかった青春を手にいれたような、若い花やいだ気持になって、書きに書いた。「かの子撩乱」「女徳」「夏の終り」など、私の代表作といえるものは、この時期にみんな書いている。

長い間、体内にたまっていたものが、勢いよく吹き出すような感じで、書いても書いても次々書くものがあふれだしてきた。

年も四十代になったばかりで、まだずいぶん若い気がしていた。恋もあった。

私は長い苦労の末に一番なりたかった作家になったので、幸福いっぱいだった。

この本におさめられている小説は、そんな時期に書いたものばかりである。

小説現代、小説新潮、オール讀物などを舞台にしていた。

戦争中、青春がなかったので、四十になって私は青春の只中にいるように、心身ともに若やいでいたように思う。

もし、書いたものに瑞々しさやエロスが匂いたっているとしたら、そういう私の状態が生みだしたものだと思う。

「ブルーダイヤモンド」は、私のその頃親しくしていた和服デザイナーの話を聞いて、構想を得たもので、内容はみんな作り話である。ただし、彼女が美しく和服が似合う嫋々たる美人なのに乗馬がうまく、馬に乗る時の乗馬姿が別人のように颯爽としているのをモデルにさせてもらった。

彼女に馬の扱いや、乗馬の面白さを教えてもらい、彼女の属していた宮城の中の馬場へ見学につれていってもらったりした。

宮城の中に乗馬クラブの馬場があるのなど全くそれまで知らなかった。

ブルーダイヤモンドというのは、その時見せてもらったサラブレッドの美しさに、とっさに浮んだことばで、それを馬の名にした。

私はそれ以後も、一度も馬に乗ったことはない。

インドでポニーに乗ることがあったが、背の低いポニーの背の上でも、落ちそうでこわくてしがみついていた。

この頃も今も、私は愛をテーマにして小説を書いている。

出家した今でも、私にとって、愛は小説のテーマになる。仏教では人間の男女の、エロスを伴った愛を渇愛と呼んでいる。よくもうまく名づけたものと思う。人は死ぬまで悟りきれず、渇愛になやまされ、苦しみ、そしてその中から生きる喜びも汲みだしていく。

愛すれば執着し、執着すれば独占したく、独占したくなれば嫉妬が湧く、そして苦しむ。それが愛の悩みの基本的パターンである。そのことを人はくりかえしくりかえしながら、一向にそこから抜け出すことが出来ずに生きていく。この一世紀の間に、科学は信じられないほど進歩している。それでもまだ、愛のかたちは、古事記や万葉の時代と一向に変ったように見えない。その限りにおいて、小説にまだ読まれ、書かれていくのではないだろうか。

本作品は、一九八七年に講談社文庫で刊行されたものを文字を大きくし、装幀を変えて、新装版として刊行したものです。

また、時代背景に鑑み、原文を尊重しました。

著者｜瀬戸内寂聴　1922年、徳島県生まれ。東京女子大学卒。'57年「女子大生・曲愛玲」で新潮社同人雑誌賞、'61年『田村俊子』で田村俊子賞、'63年『夏の終り』で女流文学賞を受賞。'73年に平泉・中尊寺で得度、法名・寂聴となる（旧名・晴美）。'92年『花に問え』で谷崎潤一郎賞、'96年『白道』で芸術選奨文部大臣賞、2001年『場所』で野間文芸賞、'11年『風景』で泉鏡花文学賞を受賞。1998年『源氏物語』現代語訳を完訳。2006年、文化勲章受章。また、95歳で書き上げた長篇小説『いのち』が大きな話題になった。近著に『花のいのち』『愛することば あなたへ』『命あれば』『97歳の悩み相談 17歳の特別教室』『寂聴 九十七歳の遺言』『はい、さようなら。』『悔いなく生きよう』『笑って生ききる』『愛に始まり、愛に終わる 瀬戸内寂聴108の言葉』『その日まで』など。2021年逝去。

ブルーダイヤモンド〈新装版《しんそうばん》〉

瀬戸内寂聴《せとうちじゃくちょう》

2021年6月15日第1刷発行
2022年6月29日第3刷発行

発行者――鈴木章一
発行所――株式会社　講談社
東京都文京区音羽2-12-21　〒112-8001
電話　出版（03）5395-3510
　　　販売（03）5395-5817
　　　業務（03）5395-3615

Printed in Japan

講談社文庫
定価はカバーに
表示してあります

KODANSHA

デザイン―菊地信義
本文データ制作―講談社デジタル製作
印刷―――株式会社KPSプロダクツ
製本―――株式会社KPSプロダクツ

ISBN978-4-06-523045-9

講談社文庫刊行の辞

二十一世紀の到来を目睫に望みながら、われわれはいま、人類史上かつて例を見ない巨大な転換期をむかえようとしている。

世界も、日本も、激動の予兆に対する期待とおののきを内に蔵して、未知の時代に歩み入ろうとしている。このときにあたり、創業の人野間清治の「ナショナル・エデュケイター」への志を現代に甦らせようと意図して、われわれはここに古今の文芸作品はいうまでもなく、ひろく人文・社会・自然の諸科学から東西の名著を網羅する、新しい綜合文庫の発刊を決意した。

激動の転換期はまた断絶の時代である。われわれは戦後二十五年間の出版文化のありかたへの深い反省をこめて、この断絶の時代にあえて人間的な持続を求めようとする。いたずらに浮薄な商業主義のあだ花を追い求めることなく、長期にわたって良書に生命をあたえようとつとめるところにしか、今後の出版文化の真の繁栄はあり得ないと信じるからである。

同時にわれわれはこの綜合文庫の刊行を通じて、人文・社会・自然の諸科学が、結局人間の学にほかならないことを立証しようと願っている。かつて知識とは、「汝自身を知る」ことにつきていた。現代社会の瑣末な情報の氾濫のなかから、力強い知識の源泉を掘り起し、技術文明のただなかに、生きた人間の姿を復活させること。それこそわれわれの切なる希求である。

われわれは権威に盲従せず、俗流に媚びることなく、渾然一体となって日本の「草の根」をかたちづくる若く新しい世代の人々に、心をこめてこの新しい綜合文庫をおくり届けたい。それは知識の泉であるとともに感受性のふるさとであり、もっとも有機的に組織され、社会に開かれた万人のための大学をめざしている。大方の支援と協力を衷心より切望してやまない。

一九七一年七月

野間省一